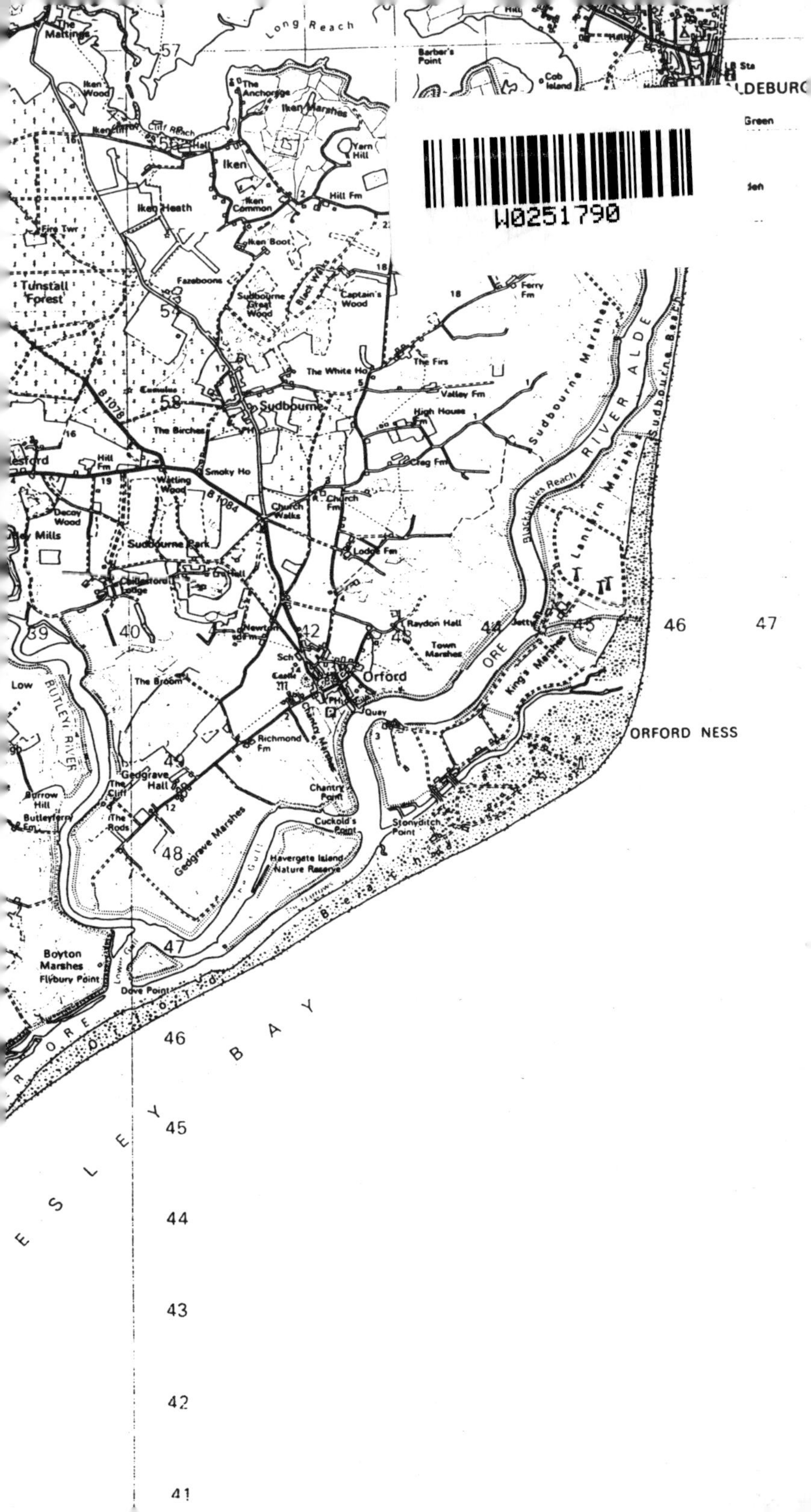
Long Reach
The Maltings
Iken Wood
Cliff Reach
Iken Cliff
Hall
The Anchorage
Iken Marshes
Barber's Point
Cob Island
ALDEBURG
LB Sta
Green
Yarn Hill
Iken
Iken Heath
Iken Common
Hill Fm
Fire Twr
Iken Boot
Tunstall Forest
Fazeboons
Sudbourne Great Wood
Black Walks
Captain's Wood
Ferry Fm
The Firs
The White Ho
Valley Fm
Sudbourne
High House Fm
Sudbourne Marshes
RIVER ALDE
Sudbourne Beach
The Birches
B 1078
Hill Fm
Smoky Ho
Watling Wood
B 1084
Church Walks
Church Fm
Cleg Fm
Blackstakes Reach
Lantern Marshes
Decoy Wood
Mills
Sudbourne Park
Lodge Fm
Chillesford Lodge
Newton Fm
Raydon Hall
Town Marshes
ORE
Jetty
King's Marshes
Low
BUTLEY RIVER
The Broom
Sch
Castle
Orford
PH
Quay
ORFORD NESS
Richmond Fm
Chantry Marshes
Gedgrave Hall
The Cliff
Burrow Hill
Butleyferry Fm
The Rods
Chantry Point
Cuckold's Point
Stonyditch Point
Gedgrave Marshes
Havergate Island Nature Reserve
The Gull
Beach
Boyton Marshes
Flybury Point
Dove Point
HOLLESLEY BAY
ORE
57
58
54
58
16
19
40
39
42
43
44
45
46
47
49
48
47
46
45
44
43
42
41

W. G. Sebald

DIE RINGE DES SATURN

DIE ANDERE BIBLIOTHEK

Herausgegeben

von

Hans Magnus Enzensberger

W. G. SEBALD

DIE RINGE DES SATURN

EINE ENGLISCHE WALLFAHRT

Eichborn Verlag
Frankfurt am Main 1995

Good and evil we know in the field of this world grow up together almost inseparably.

John Milton, *Paradise Lost*

Il faut surtout pardonner à ces âmes malheureuses qui ont élu de faire le pèlerinage à pied, qui côtoient le rivage et regardent sans comprendre l'horreur de la lutte et le profond désespoir des vaincus.

Joseph Conrad
an Marguerite Poradowska

Die Ringe des Saturn bestehen aus Eiskristallen und vermutlich meteoritischen Staubteilchen, die den Planeten in dessen Äquatorebene in kreisförmigen Bahnen umlaufen. Wahrscheinlich handelt es sich um die Bruchstücke eines früheren Mondes, der, dem Planeten zu nahe, von dessen Gezeitenwirkung zerstört wurde (→ Roch'sche Grenze).

Brockhaus Enzyklopädie

I

Im August 1992, als die Hundstage ihrem Ende zugingen, machte ich mich auf eine Fußreise durch die ostenglische Grafschaft Suffolk in der Hoffnung, der nach dem Abschluß einer größeren Arbeit in mir sich ausbreitenden Leere entkommen zu können. Diese Hoffnung erfüllte sich auch bis zu einem gewissen Grad, denn selten habe ich mich so ungebunden gefühlt wie damals bei dem stunden- und tagelangen Dahinwandern durch die teilweise nur spärlich besiedelten Landstriche hinter dem Ufer des Meers. Andererseits jedoch erscheint es mir jetzt, als ob der alte Aberglaube, daß bestimmte Krankheiten des Gemüts und des Körpers sich mit Vorliebe unter dem Zeichen des Hundssterns in uns festsetzen, möglicherweise seine Berechtigung hat. Jedenfalls beschäftigte mich in der nachfolgenden Zeit sowohl die Erinnerung an die schöne Freizügigkeit als auch die an das lähmende Grauen, das mich verschiedentlich überfallen hatte angesichts der selbst in dieser entlegenen Gegend bis weit in die Vergangenheit zurückgehenden Spuren der Zerstörung. Vielleicht war es darum auf den Tag genau ein Jahr nach dem Beginn meiner Reise, daß ich, in einem Zustand nahezu gänzlicher Unbeweglichkeit, eingeliefert wurde in das Spital der Provinzhauptstadt Norwich, wo ich dann, in Gedanken zumindest, begonnen habe mit der Niederschrift der nachstehenden Seiten. Genau entsinne ich mich noch, wie ich, gleich nach der Einlieferung, in meinem im achten Stockwerk des Krankenhauses gelegenen Zimmer überwältigt wurde von der Vorstellung, die in Suffolk im Vorsommer durchwanderten Weiten seien nun endgültig zusammengeschrumpft auf einen einzigen blinden und tauben Punkt. Tatsächlich war von meiner Bettstatt aus von der Welt nichts anderes mehr sichtbar als das farblose Stück Himmel im Rahmen des Fensters.

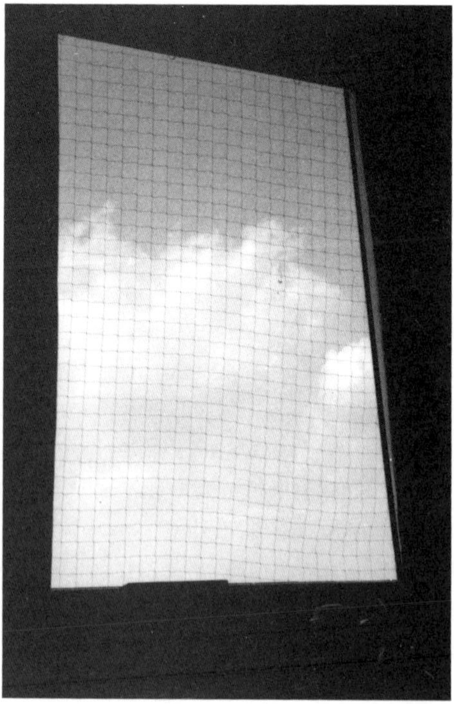

Der im Laufe des Tages des öfteren schon in mir aufgestiegene Wunsch, der, wie ich befürchtete, für immer entschwundenen Wirklichkeit durch einen Blick aus diesem sonderbarerweise mit einem schwarzen Netz verhängten Krankenhausfenster mich zu versichern, wurde bei Einbruch der Dämmerung so stark, daß ich mich, nachdem es mir irgendwie, halb bäuchlings, halb seitwärts gelungen war, über den Bettrand auf den Fußboden zu rutschen und auf allen vieren die Wand zu erreichen, trotz der damit verbundenen Schmerzen aufrichtete, indem ich mich an der Fensterbrüstung mühsam emporzog. In der krampfhaften Haltung eines Wesens, das sich zum erstenmal von der ebenen Erde erhoben hat, stand ich dann gegen die Glasscheibe gelehnt und mußte unwillkürlich an die Szene denken, in der der arme Gregor, mit zitternden Beinchen an die Sessellehne sich klammernd, aus seinem Kabinett hinausblickt in undeutlicher Erinnerung, wie es heißt, an das Befreiende, das früher einmal für ihn darin gelegen war, aus dem Fenster zu schauen. Und genau wie Gregor mit seinen trübe gewordenen Augen die stille Charlottenstraße, in der er mit den Seinen seit Jahren wohnte, nicht mehr erkannte und sie für eine graue Einöde hielt, so schien auch mir die vertraute Stadt, die sich von den Vorhöfen des Spitals bis weit gegen den Horizont hin erstreckte, vollkommen fremd. Ich konnte mir nicht denken, daß in dem ineinanderverschobenen Gemäuer dort unten noch irgend etwas sich regte, sondern glaubte, von einer Klippe aus hinabzublicken auf ein steinernes Meer oder ein Schotterfeld, aus dem wie riesige Findlingsblöcke die finsteren Massen der

Parkhäuser herausragten. Passanten waren in dieser fahlen Abendstunde im näheren Umkreis keine zu sehen, bis auf eine Krankenschwester, die gerade die trostlose Grünanlage vor der Einfahrt durchquerte auf ihrem Weg zum Nachtdienst. Eine Ambulanz mit Blaulicht bewegte sich, langsam um mehrere Ecken biegend, von der Stadtmitte her auf die Notfallstation zu. Das Martinshorn drang nicht bis zu mir herauf. Ich war, in der Höhe, in der ich mich befand, umgeben von einer beinahe völligen, sozusagen künstlichen Lautlosigkeit. Nur die Luftströmung, die über das Land hinwegstrich, hörte man auflaufen draußen am Fenster und manchmal, wenn auch dieses Geräusch sich legte, das nie ganz nachlassende Sausen in den eigenen Ohren.

Heute, wo ich meine Notizen anfange ins reine zu schreiben, mehr als ein Jahr nach der Entlassung aus dem Spital, kommt mir zwangsläufig der Gedanke, daß damals, als ich vom achten Stockwerk aus hinabschaute auf die in der Dämmerung versinkende Stadt, in seinem schmalen Haus in der Portersfield Road Michael Parkinson noch am Leben gewesen ist, beschäftigt wahrscheinlich wie zumeist mit der Vorbereitung eines Seminars oder mit seiner viele Jahre lang ihn schon in Anspruch nehmenden Studie über Ramuz. Michael war Ende Vierzig, Junggeselle und, wie ich glaube, einer der unschuldigsten Menschen, die mir jemals begegnet sind. Nichts lag ihm ferner als Eigennutz, nichts kümmerte ihn so sehr wie die aufgrund der seit einiger Zeit herrschenden Verhältnisse immer schwieriger werdende Erfüllung seiner Pflicht. Mehr als alles andere aber zeichnete ihn aus eine Bedürfnislosigkeit, von der manche behaupteten, daß sie ans Exzentrische grenzte. In einer Zeit, wo die meisten Leute zu ihrer Selbsterhaltung in einem fort einkaufen müssen, ist Michael praktisch überhaupt nie zum Einkaufen gegangen. Jahraus, jahrein trug er, seit ich ihn kannte, abwechslungsweise eine dunkelblaue und eine rostfarbene Jacke, und wenn die Ärmel abgestoßen oder die Ellbogen durchgewetzt waren, hat er selber zu Nadel und Faden gegriffen und einen Lederbesatz aufgenäht. Ja, sogar die Kragen an seinen Hemden soll er gewendet haben. In der Sommervakanz machte Michael regelmäßig lange, mit seinen Ramuzstudien in Verbindung stehende Reisen zu Fuß durch das Wallis und das Waadtland, manchmal auch durch den Jura oder durch die Cevennen. Oft, wenn er von einer solchen Reise zurückkam oder wenn ich den Ernst bewunderte, mit dem er stets seine Arbeit verrichtete, schien es mir, als habe er, auf seine Weise, das Glück gefunden in einer inzwischen kaum mehr denkbaren Form von Bescheidenheit. Doch dann hieß es im vergangenen Mai mit einem Mal, daß Michael, den seit ein paar Tagen niemand gesehen hatte, in seinem Bett tot aufgefunden worden sei, auf der Seite liegend und ganz starr schon und mit einem eigenartig rotfleckig verfärbten Gesicht. Die gerichtliche Untersuchung ergab *that he had died of unknown causes,* ein Urteil, dem ich für mich selber hinzusetzte: *in the dark and deep part of the night.* Der Entsetzensschauer, der uns nach dem von niemandem erwarteten Ableben Michael Parkinsons durchlief, erfaßte schlimmer wohl als alle anderen die gleichfalls ledige Romanistikdozentin Janine Rosalind Dakyns, ja man darf sagen, daß sie den Verlust Michaels, mit dem sie eine Art von Kinderfreundschaft verband, so wenig verschmerzen konnte, daß sie ein paar Wochen nach seinem Tod selber einer ihren Körper in der kürzesten Zeit zerstörenden Krankheit erlag. Janine Dakyns, die in einer kleinen Gasse in unmittelbarer Nähe des Spitals wohnte, hatte wie Michael in Oxford studiert und im Verlauf ihres Lebens eine von jeglicher Intellektuelleneitelkeit freie, stets vom obskuren Detail, nie vom Offenkundigen ausgehende, gewissermaßen private Wissenschaft von der französischen Romanliteratur des 19. Jahrhunderts entwickelt, insbesondere im Hinblick auf den von ihr weitaus am höchsten geschätzten Gustave Flaubert, aus dessen Tausende von Seiten umfassender Korrespondenz sie bei den verschiedensten Gelegenheiten lange, mich jedesmal von neuem in Erstaunen versetzende Passagen zitierte. Im übrigen hat sie, die beim Vortragen ihrer Gedanken oft in Zustände einer fast besorgniserregenden Begeisterung geriet, mit dem größtmöglichen persönlichen Interesse die schriftstellerischen Skrupel Flauberts zu ergründen versucht, eine Angst vor dem Falschen, die ihn, wie sie sagte, manchmal wochen- und monatelang an sein Kanapee fesselte und fürchten ließ, daß er nie mehr auch nur eine halbe Zeile würde zu Papier bringen können, ohne sich auf das peinlichste zu kompromittieren. Zu solchen Zeiten, sagte Janine, schien ihm nicht nur jedes zukünftige Schreiben völlig ausgeschlossen, sondern er war darüber hinaus davon überzeugt, daß alles bisher von ihm Geschriebene nur aus einer Aneinanderreihung der unverzeihlichsten, in ihren Auswirkungen unabsehbaren Fehler und Verlogenheiten bestehe. Janine behauptete, die Skrupel Flauberts seien zurückzuführen auf die von ihm beobachtete, unaufhaltsam fortschreitende und, wie er glaubte, bereits auf seinen eigenen Kopf übergreifende Verdummung. Es sei, soll er einmal gesagt haben, als versinke man im Sand. Wahrscheinlich aus diesem Grunde, meinte Janine, käme dem Sand in sämtlichen Werken Flauberts so viel Bedeutung zu. Der Sand erobere alles. Immer wieder, sagte Janine, seien durch die Tag- und Nachtträume Flauberts ungeheure Staubwolken getrieben, die, aufgewirbelt über den dürren Ebenen des afrikanischen Kontinents, nach Norden zogen, über das Mittelmeer und über die iberische Halbinsel, bis sie irgendwann sich niedersenkten wie Feuerasche, über dem Tuileriengarten, über einem Vorort von Rouen oder einem Landstädtchen in der Normandie, und eindrangen in die winzigsten Zwischenräume. In einem Sandkorn im Saum eines Winterkleides der Emma Bovary, sagte Janine, hat Flaubert die ganze Sahara gesehen, und jedes Stäubchen wog für ihn soviel wie das Atlasgebirge. Oft, zu Ende des Tages, habe ich mich mit Janine über die Weltauffassung Flauberts unterhalten in ihrem Büro, in dem solche Mengen von Vorlesungsnotizen, Briefen und Schriftstücken jeder Art herumlagen, daß man meinte, mitten in einer Papierflut zu stehen. Auf dem Schreibtisch, dem ursprünglichen Ausgangs- beziehungsweise dem Sammelpunkt der wundersamen Papiervermehrung, war im Verlaufe der Zeit eine richtige Papierlandschaft mit Bergen und Tälern entstanden, die inzwischen an den Rändern, so wie ein Gletscher, wenn er das Meer erreicht, abbrach und auf dem Fußboden ringsum neue, ihrerseits unmerklich gegen die Mitte des Raumes sich bewegende Ablagerungen bildete. Vor Jahren bereits war Janine von den immerzu weiterwachsenden Papiermassen auf ihrem Schreibtisch gezwungen gewesen, an andere Tische auszuweichen. Diese Tische, auf denen sich in der Folge ähnliche Akkumulationsprozesse vollzogen hatten, repräsentierten sozusagen spätere Zeitalter in der Entwicklung des Papieruniversums Janines. Auch der Teppich war seit langem schon unter mehreren Lagen Papier verschwunden, ja das Papier hatte angefangen, vom Boden, auf den es fortwährend aus halber Höhe hinabsank, wieder die Wände emporzusteigen, die bis zum oberen Türrand bedeckt waren mit einzelnen, jeweils nur an einer Ecke mit einem Reißnagel befestigten, teilweise dicht übereinandergehefteten Papierbögen und Dokumenten. Auch auf den Büchern in den Regalen lagen, wo es nur ging, Stapel von Papier, und all dieses Papier versammelte auf sich in der Stunde der Dämmerung den Widerschein des vergehenden Lichts, wie vordem, so habe ich mir einmal gedacht, unter dem tintenfarbenen Nachthimmel der Schnee auf den Feldern. Janines letzter Arbeitsplatz ist ein mehr oder weniger in die Mitte ihres Büros gerückter Sessel gewesen, auf dem man sie, wenn man an ihrer stets offenen Tür vorbeikam, sitzen sah, entweder vornübergebeugt kritzelnd auf einer Schreibunterlage, die sie auf den Knien hielt, oder zurückgelehnt und in Gedanken verloren. Als ich gelegentlich zu ihr sagte, sie gleiche, zwischen ihren Papieren, dem bewegungslos unter den Werkzeugen der Zerstörung verharrenden Engel der Dürerschen Melancholie, da antwortete sie mir, daß die scheinbare Unordnung in ihren Dingen in Wahrheit so etwas wie eine vollendete oder doch der Vollendung zustrebende Ordnung darstelle. Und tatsächlich wußte sie, was immer sie in ihren Papieren, in ihren Büchern oder in ihrem Kopf suchte, in der Regel auf Anhieb zu finden. Janine ist es auch gewesen, die mich sogleich an den ihr aus der Oxford Society bekannten Chirurgen Anthony Batty Shaw verwies, als ich, bald nach meiner Entlassung aus dem Krankenhaus, mit meinen Nachforschungen über Thomas Browne begann, der im 17. Jahrhundert in Norwich als Arzt praktiziert und eine Reihe von Schriften hinterlassen hat, denen kaum etwas Vergleichbares sich an die Seite stellen läßt. Ich war damals in der *Encyclopaedia Britannica* auf einen Eintrag gestoßen, in dem es hieß, der Schädel Brownes werde im Museum des Norfolk & Norwich Hospital aufbewahrt. So zweifelsfrei diese Behauptung mich dünkte, so wenig erfolgreich waren meine Versuche, den Schädel dort, wo ich selbst bis vor kurzem gelegen hatte, in Augenschein zu nehmen, denn unter den Damen und Herren der heutigen Krankenhausverwaltung war niemand, der etwas wußte von der Existenz eines solchen Museums. Nicht nur sah man mich voller Unverständnis an, als ich mein seltsames Anliegen vorbrachte, sondern ich hatte sogar den Eindruck, daß ich von einigen der von mir Befragten für einen lästigen Sonderling gehalten wurde. Nun gab es aber bekanntermaßen in der Zeit, in der man im Zuge der allgemeinen Sanierung der Gesellschaft die sogenannten

Bürgerspitäler einrichtete, in vielen dieser Häuser ein Museum oder, genauer gesagt, ein Gruselkabinett, in dem Früh- und Mißgeburten, Wasserköpfe, hypertrophe Organe und ähnliches mehr in Formalingläsern zu medizinischen Demonstrationszwecken aufbewahrt und gelegentlich der Öffentlichkeit zur Schau gestellt wurden. Es fragte sich nur, wo diese Dinge hingekommen waren. Was das Krankenhaus in Norwich und den Verbleib des Browneschen Schädels betraf, konnte mir auch die lokalhistorische Abteilung der durch einen Brand seither zerstörten Zentralbibliothek keinerlei Auskunft geben. Erst der durch Janine vermittelte Kontakt mit Anthony Batty Shaw brachte mir die gewünschte Aufklärung. Thomas Browne war, so Batty Shaw in einem mir von ihm übersandten, soeben im *Journal of Medical Biography* erschienenen Artikel, nach seinem 1682 an seinem siebenundsiebzigsten Geburtstag erfolgten Tod in der Stadtpfarrkirche St. Peter Mancroft begraben worden, wo seine sterblichen Reste dann ruhten bis zum Jahr 1840, als der Sarg, bei den Vorbereitungen zu einer Beisetzung an nahezu derselben Stelle des Chors, beschädigt und sein Inhalt teilweise ans Licht gebracht wurde. Infolge dieses Vorfalls gelangte der Schädel Brownes und eine Locke von seinem Haupthaar in den Besitz des Arztes und Kirchenvorstehers Lubbock, der die Reliquien seinerseits testamentarisch dem Spitalmuseum vermachte, wo sie zwischen allerhand anatomischen Absonderlichkeiten unter einem eigens gefertigten Glassturz bis 1921 zu sehen waren. Erst dann nämlich war der von der Pfarrei St. Peter Mancroft wiederholt gestellten Forderung einer Rückführung des Schädels Brownes nachgegeben und, beinahe ein Vierteljahrtausend nach dem ersten Begräbnis, mit aller Feierlichkeit ein zweites anberaumt worden. Browne selbst hat in seinem berühmten, halb archäologischen, halb metaphysischen Traktat über die Praxis der Feuer- und Urnenbestattung zu der späteren Irrfahrt seines eigenen Schädels den besten Kommentar geliefert an der Stelle, wo er schreibt, aus dem Grabe gekratzt zu werden, das sei eine Tragödie und Abscheulichkeit. Aber wer, so fügt er hinzu, kennt das Schicksal seiner Gebeine und weiß, wie oft man sie beerdigen wird.

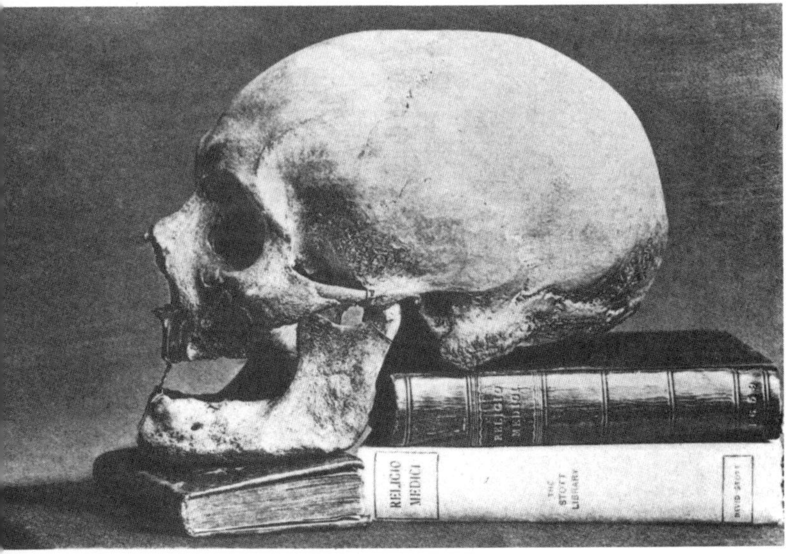

Thomas Browne
kam am 19. Oktober 1605 in London als Sohn eines Seidenhändlers zur Welt. Über seine Kindheit ist wenig bekannt, und in den Beschreibungen seines Lebens gibt es auch kaum einen Aufschluß über die

Art seiner an das Magisterstudium in Oxford sich anschließenden medizinischen Ausbildung. Verbürgt ist nur, daß er von seinem fünfundzwanzigsten bis zu seinem achtundzwanzigsten Jahr die in den hippokratischen Wissenschaften damals herausragenden Akademien von Montpellier, Padua und Wien besuchte und daß er zuletzt, kurz vor seiner Rückkehr nach England, in Leiden den Grad eines Doktors der Medizin erwarb. Im Januar 1632, während des Aufenthalts in Holland und somit zu einer Zeit, da Browne mehr als jemals zuvor vertieft war in die Geheimnisse des menschlichen Körpers, wurde im Amsterdamer Waagebouw eine öffentliche Prosektur vorgenommen an der Leiche des wenige Stunden zuvor wegen Diebstahls gehenkten Stadtgauners Adriaan Adriaanszoon alias Aris Kindt. Obzwar nirgends eindeutig belegt, ist es mehr als wahrscheinlich, daß Browne die Ankündigung dieser Prosektur nicht entgangen war und daß er dem spektakulären, von Rembrandt in seiner Porträtierung der Chirurgengilde festgehaltenen Ereignis beigewohnt hat, zumal die alljährlich in der Tiefe des Winters stattfindende anatomische Vorlesung des Dr. Nicolaas Tulp nicht nur für einen angehenden Mediziner von größtem Interesse, sondern darüber hinaus auch ein bedeutendes Datum im Kalender der damaligen, aus dem Dunkel, wie sie meinte, ins Licht hinaustretenden Gesellschaft gewesen ist. Zweifellos handelte es sich bei dem vor einem zahlenden Publikum aus den gehobenen Ständen gegebenen Schauspiel einesteils um eine Demonstration des unerschrockenen Forschungsdrangs der neuen Wissenschaft, andernteils aber, obzwar man das sicher weit von sich gewiesen hätte, um das archaische Ritual der Zergliederung eines Menschen, um die nach wie vor zum Register der zu verhängenden Strafen gehörende Peinigung des Fleisches des Delinquenten bis über den Tod hinaus. Daß es bei der Amsterdamer anatomischen Vorlesung um mehr ging als um die gründlichere Kenntnis der inneren menschlichen Organe, dafür spricht der an Rembrandts Darstellung ablesbare zeremonielle Charakter der Zerschneidung des Toten — die Chirurgen sind in ihrem besten Staat, und Dr. Tulp hat sogar seinen Hut auf dem Kopf — ebenso wie die Tatsache, daß nach der Vollendung der Prozedur ein feierliches, in gewissem Sinne symbolhaftes Bankett abgehalten wurde. Stehen wir heute im Mauritshuis vor dem gut zwei mal eineinhalb Meter messenden Anatomiegemälde Rembrandts, so stehen wir an der Stelle derer, die im Waagebouw seinerzeit dem Vorgang der Sezierung gefolgt sind, und meinen zu sehen, was diese gesehen haben: den grünlichen, im Vordergrund daliegenden Leib Aris Kindts mit dem gebrochenen Nacken und der in der Todesstarre furchtbar hervorgewölbten Brust. Und doch ist es fraglich, ob diesen Leib je in Wahrheit einer gesehen hat, denn die damals gerade aufkommende Kunst der Anatomisierung diente nicht zuletzt der Unsichtbarmachung des schuldhaften Körpers. Bezeichnenderweise sind ja die Blicke der Kollegen des Doktors Tulp nicht auf diesen Körper als solchen gerichtet, sondern sie gehen, freilich haarscharf, an ihm vorbei auf den aufgeklappten anatomischen Atlas, in dem die entsetzliche Körperlichkeit reduziert ist auf ein Diagramm, auf ein Schema des Menschen, wie es dem

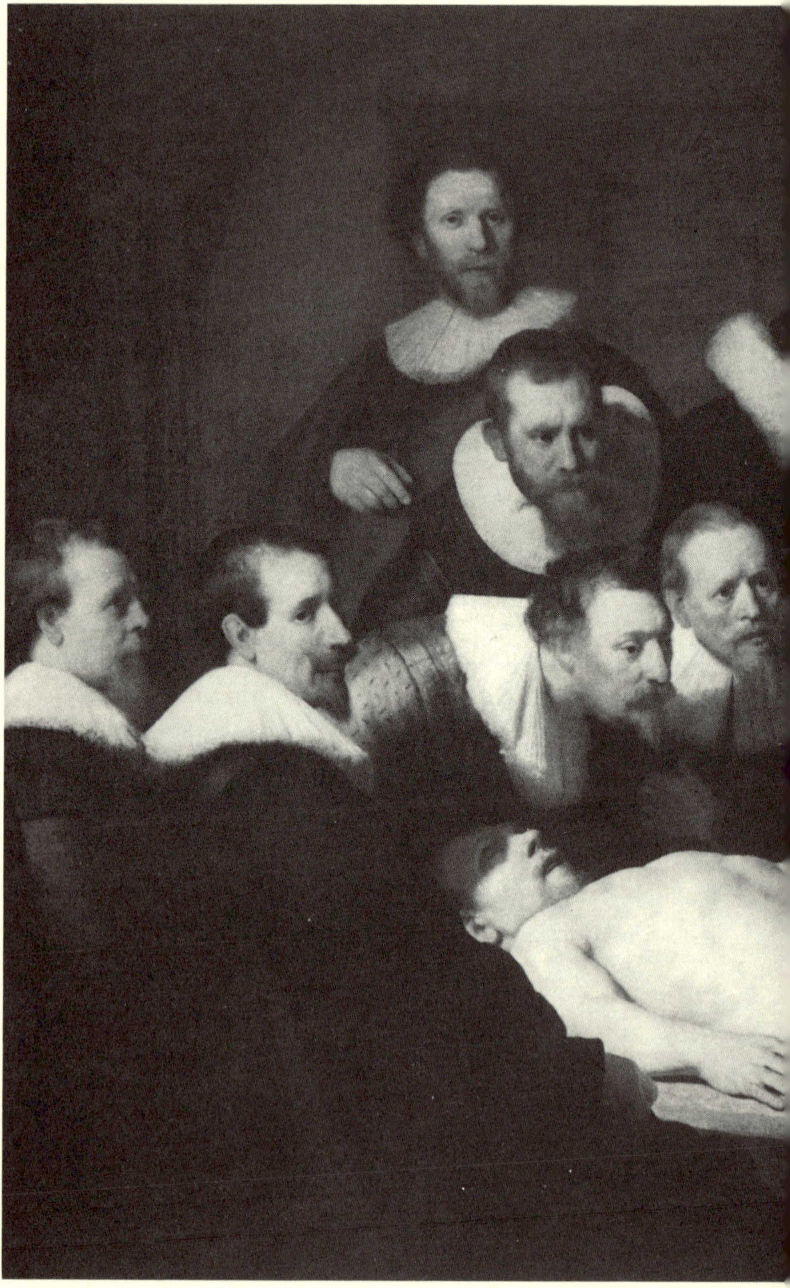

passionierten, an jenem Januarmorgen im Waagebouw angeblich gleichfalls anwesenden Amateuranatomen René Descartes vorschwebte. Bekanntlich lehrte Descartes in einem der Hauptkapitel der Geschichte der Unterwerfung, daß man absehen muß von dem unbegreiflichen Fleisch und hin auf die in uns bereits angelegte Maschine, auf das, was man vollkommen verstehen, restlos für die Arbeit nutzbar machen und, bei allfälliger Störung, entweder wieder instand setzen oder wegwerfen kann. Der seltsamen Ausgrenzung des doch offen zur Schau gestellten Körpers entspricht es auch, daß die vielgerühmte Wirklichkeitsnähe des Rembrandtschen Bildes sich bei genauerem Zusehen als eine nur scheinbare erweist. Entgegen jeder Gepflogenheit nämlich beginnt die hier dargestellte Prosektur nicht mit der Öffnung des Unterleibs und der Entfernung der am ehesten in den Verwesungszustand übergehenden Eingeweide, sondern (und auch das deutet möglicherweise auf einen Akt der Vergeltung) mit der Sezierung der straffälligen Hand.

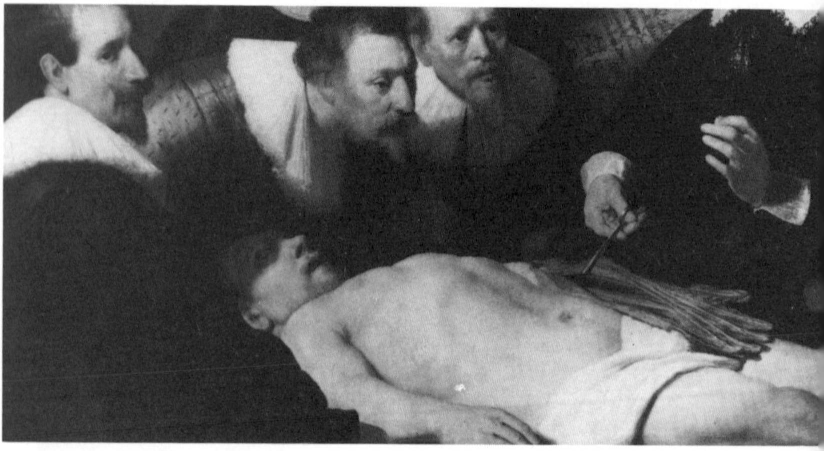

Und mit dieser Hand hat es eine eigenartige Bewandtnis. Nicht nur ist sie, verglichen mit der dem Beschauer näheren, geradezu grotesk disproportioniert, sie ist auch anatomisch gänzlich verkehrt. Die offengelegten Sehnen, die, nach der Stellung des Daumens, die der Handfläche der Linken sein sollten, sind die des Rückens der Rechten. Es handelt sich also um eine rein schulmäßige, offenbar ohne weiteres dem anatomischen Atlas entnommene Aufsetzung, durch die das sonst, wenn man so sagen kann, nach dem Leben gemalte Bild genau in seinem Bedeutungszentrum, dort, wo die Einschnitte schon gemacht sind, umkippt in die krasseste Fehlkonstruktion. Daß Rembrandt sich hier irgendwie vertan hat, ist wohl kaum möglich. Vorsätzlich erscheint mir vielmehr die Durchbrechung der Komposition. Die unförmige Hand ist das Zeichen der über Aris Kindt hinweggegangenen Gewalt. Mit ihm, dem Opfer, und nicht mit der Gilde, die ihm den Auftrag gab, setzt der Maler sich gleich. Er allein hat nicht den starren cartesischen Blick, er allein nimmt ihn wahr, den ausgelöschten, grünlichen Leib, sieht den Schatten in dem halboffenen Mund und über dem Auge des Toten.

Aus welcher Perspektive Thomas Browne, wenn er sich, wie ich glaube, tatsächlich unter den Zuschauern in dem Amsterdamer Anatomietheater befand, den Seziervorgang mitverfolgt und was er gesehen hat, dafür gibt es keinen Anhaltspunkt. Vielleicht war es der weiße Dunst, von dem er in einer späteren Notiz über den am 27. November 1674 über weiten Teilen Englands und Hollands liegenden Nebel behauptet, daß er aufsteige aus der Höhle eines frisch geöffneten

Körpers, während er, so Browne im selben Zug, zu unseren Lebzeiten unser Gehirn umwölke, wenn wir schlafen und träumen. Ich entsinne mich deutlich, wie mein eigenes Bewußtsein von solchen Dunstschleiern verhangen gewesen ist, als ich, nach der in den späten Abendstunden an mir vorgenommenen Operation, wieder auf meinem Zimmer im achten Stockwerk des Krankenhauses lag. Unter dem wundervollen Einfluß der Schmerzmittel, die in mir kreisten, fühlte ich mich in meinem eisernen Gitterbett wie ein Ballonreisender, der schwerelos dahingleitet durch das rings um ihn her sich auftürmende Wolkengebirge. Bisweilen teilten sich die wallenden Tücher, und ich sah hinaus in die indigofarbenen Weiten und hinab auf den Grund, wo ich, unentwirrbar und schwarz, die Erde erahnte. Droben aber am Himmelsgewölbe waren die Sterne, winzige Goldpunkte, in die Öde gestreut. An mein Ohr drangen durch die dröhnende Leere die Stimmen der beiden Schwestern, die mir den Puls maßen und ab und zu die Lippen netzten mit einem kleinen, rosaroten, an einem Stäbchen befestigten Schwamm, der mich an die würfelförmigen Lutscher aus türkischem Honig erinnerte, die man vormals auf dem Jahrmarkt kaufen konnte. Katy und Lizzie hießen die Wesen, die mich umschwebten, und ich glaube, daß ich nur selten so glücklich gewesen bin wie unter ihrer Obhut in dieser Nacht. Von den Alltäglichkeiten, über die sie miteinander redeten, verstand ich kein Wort. Ich hörte nur die auf und ab gehenden Töne, Naturlaute, wie sie hervorgebracht werden von den Kehlen der Vögel, ein vollendetes Klingen und Flöten, halb Engelsmusik, halb Sirenengesang. Nur ein äußerst absonderliches Bruchstück von all dem, was Katy zu Lizzie und Lizzie zu Katy gesagt hat, ist mir in Erinnerung geblieben. Es gehörte, glaube ich, zu einer Erzählung von einem Ferienaufenthalt auf der Insel Malta, und Katy beziehungsweise Lizzie behauptete, daß die Malteser mit unbegreiflicher Todesverachtung nicht links fahren und nicht rechts, sondern stets auf der schattigen Seite der Straße. Erst als im Morgengrauen die Nachtschwestern abgelöst wurden, da ging es mir wieder auf, wo ich war. Ich begann meinen Körper zu spüren, den tauben Fuß, die schmerzende Stelle in meinem Rücken, registrierte das Tellergeklapper, mit dem draußen auf dem Gang der Krankenhaustag anhob, und sah, als das erste Frühlicht die Höhe erhellte, wie, anscheinend aus eigener Kraft, ein Kondensstreifen quer durch das von meinem Fenster umrahmte Stück Himmel zog. Ich habe diese weiße Spur damals für ein gutes Zeichen gehalten, fürchte aber jetzt in der Rückschau, daß sie der Anfang gewesen ist eines Risses, der seither durch mein Leben geht. Die Maschine an der Spitze der Flugbahn war so unsichtbar wie die Passagiere in ihrem Inneren. Die Unsichtbarkeit und Unfaßbarkeit dessen, was uns bewegt, das ist auch für Thomas Browne, der unsere Welt nur als das Schattenbild einer anderen ansah, ein letzten Endes unauslotbares Rätsel gewesen. In einem fort hat er darum denkend und schreibend versucht, das irdische Dasein, die ihm nächsten Dinge ebenso wie die Sphären des Universums vom Standpunkt eines Außenseiters, ja man könnte sagen, mit dem Auge des Schöpfers zu betrachten. Und um den dafür notwendigen Grad von Erhabenheit zu erreichen, gab es für ihn nur das einzige Mittel eines gefahrvollen Höhenfluges der Sprache. Wie die anderen Schriftsteller des englischen 17. Jahrhunderts führt auch Browne ständig seine ganze Gelehrsamkeit mit sich, einen ungeheuren Zitatenschatz und die Namen aller ihm voraufgegangenen Autoritäten, arbeitet mit weit ausufernden Metaphern und Analogien und baut labyrinthische, bisweilen über ein, zwei Seiten sich hinziehende Satzgebilde, die Prozessionen oder Trauerzügen gleichen in ihrer schieren Aufwendigkeit. Zwar gelingt es ihm, unter anderem wegen dieser enormen Belastung, nicht immer, von der Erde abzuheben, aber wenn er, mitsamt seiner Fracht, auf den Kreisen seiner Prosa höher und höher getragen wird wie ein Segler auf den warmen Strömungen der Luft, dann ergreift selbst den heutigen Leser noch ein Gefühl der Levitation. Je mehr die Entfernung wächst, desto klarer wird die Sicht. Mit der größtmöglichen Deutlichkeit erblickt man die winzigsten Details. Es ist, als schaute man zugleich durch ein umgekehrtes Fernrohr und durch ein Mikroskop. Und doch, sagte Browne, ist jede Erkenntnis umgeben von einem undurchdringlichen Dunkel. Was wir wahrnehmen, sind nur vereinzelte Lichter im Abgrund des Unwissens, in dem von tiefen Schatten durchwogten Gebäude der Welt. Wir studieren die Ordnung der Dinge, aber was angelegt ist in ihr, sagt Browne, erfassen wir nicht. Darum dürfen wir unsere Philosophie bloß in kleinen Buchstaben schreiben, in den Kürzeln und Stenogrammen der vergänglichen Natur, auf denen allein der Abglanz der Ewigkeit liegt. Dem eigenen Vorsatz getreu, verzeichnet

Browne die in der anscheinend unendlichen Vielfalt der Formen Mal für Mal wiederkehrenden Muster, beispielsweise in seiner Abhandlung über den Garten des Cyrus dasjenige des sogenannten Quincunx,

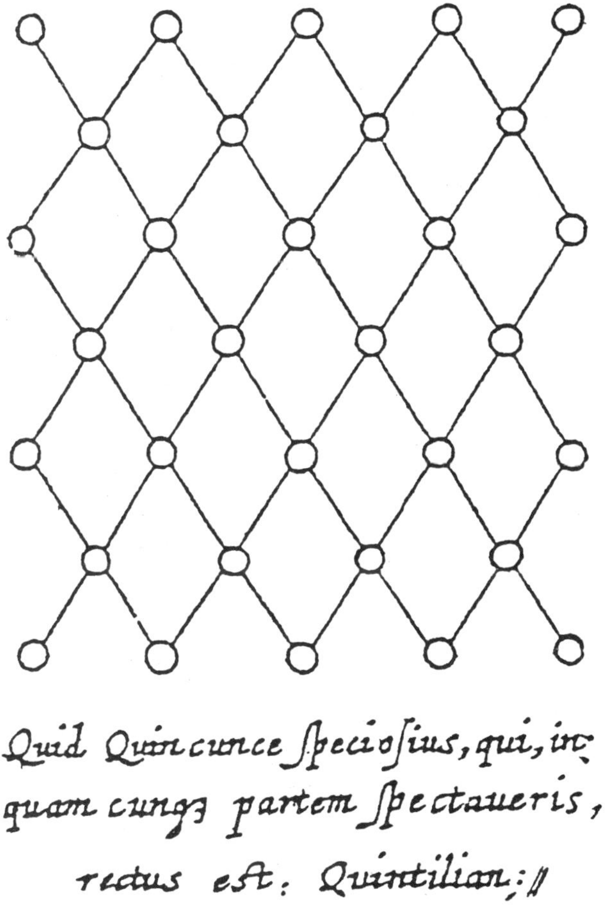

das gebildet wird von den Eckpunkten eines regelmäßigen Vierecks und dem Punkt, an dem dessen Diagonalen sich überschneiden. Überall an der lebendigen und toten Materie entdeckt Browne diese Struktur, in gewissen kristallinischen Formen, an Seesternen und Seeigeln, an den Wirbelknochen der Säugetiere, am Rückgrat der Vögel und Fische, auf der Haut mehrerer Arten von Schlangen, in den Spuren der über Kreuz sich fortbewegenden Vierfüßler, in den Konfigurationen der Körper der Raupen, Schmetterlinge, Seidenspinner und Nachtfalter, in der Wurzel des Wasserfarns, den Samenhülsen der Sonnenblumen und Schirmpinien, im Innern der jungen Triebe der Eichen oder der Stengel des Schachtelhalms und in den Kunstwerken der Menschen, in den ägyptischen Pyramiden und im Mausoleum des Augustus ebenso wie in dem mit Granatapfelbäumen und weißen Lilien nach der Richtschnur bestückten Garten des Königs Salomon. Endlos viel ließe sich hier zusammentragen, sagt Browne, und endlos ließe sich zeigen, mit welch eleganter Hand die Natur geometrisiert, aber — so beschließt er mit einer schönen Wendung seine Schrift — das Sternbild der Hyaden, die Quincunx des Himmels senkt sich bereits hinter den Horizont *and so it is time to close the five ports of knowledge We are unwilling to spin out our thoughts into the phantasmes of sleep, making cables of cobwebs and wildernesses of handsome groves.* Ganz abgesehen davon, fügt er nachdenklich noch an, daß Hippokrates in seinen Bemerkungen über die Schlaflosigkeit so wenig gesprochen habe vom Wunder der Pflanzen, daß man sich kaum getraut, zu träumen vom Paradies, zumal unsereinen in der Praxis vornehmlich die Abnormitäten beschäftigen, welche die Natur in einem fort hervorbringt, sei es in Form krankhafter Auswüchse, sei es vermittels des kaum weniger krankhaften Erfindungsreichtums, mit dem sie jede leere Stelle in ihrem Atlas mit allerhand Groteskerien ausfüllt. In der Tat will ja auch unser heutiges Naturstudium einerseits hinaus auf die Beschreibung eines vollkommen gesetzmäßigen Systems, andererseits jedoch richtet sich unser Augenmerk mit Vorliebe auf Kreaturen, die sich vor allen auszeichnen durch ihre abstruse Gestalt oder durch ihr aberwitziges Verhalten. Dementsprechend kamen bereits in Brehms *Thierleben* die Ehrenplätze dem Krokodil und dem Känguruh, dem Ameisenbär, dem Armadillo, dem Seepferdchen und dem Pelikan zu, und heutzutage erscheint auf dem Bildschirm etwa ein Heer von Pinguinen, das die ganze Winterfinsternis hindurch unbeweglich in den Eisstürmen der Antarktis steht mit dem in der wärmeren Jahreszeit gelegten Ei auf den Füßen. Zweifellos sieht man in dergleichen, *Nature Watch* oder *Survival* genannten und für besonders lehrreich geltenden Programmen viel eher irgendein Monstrum auf dem Grunde des Baikalsees bei seinem Paarungsgeschäft als eine gewöhnliche Amsel. Auch Thomas Browne ist von der Erforschung der isomorphen Linie der Quincunx-Signatur immer wieder abgelenkt worden durch das neugierige Verfolgen singulärer Phänomene und die Arbeit an einer umfassenden Pathologie. Unter anderem soll er sich in seinem Studierzimmer lange eine Rohrdommel gehalten haben, weil er herausfinden wollte, wie der in der ganzen Natur einmalige, den tiefsten Tönen eines Fagotts gleichende Ruf dieses schon rein äußerlich überaus seltsamen Federtiers zustande kommt, und in seinem mit der Ausräumung weit verbreiteter Vorurteile und Legenden befaßten

Kompendium *Pseudodoxia Epidemica* handelt er von allerlei teils wirklichen, teils imaginären Wesen wie dem Chamäleon, dem Salamander, dem Vogel Strauß, dem Greif und dem Phoenix, dem Basilisk, dem Einhorn und der zweiköpfigen Schlange Amphisbaena. Zwar widerlegt Browne die Existenz der Fabelwesen in den meisten Fällen, aber die verwunderlichen Ausgeburten, von denen man weiß, daß es sie tatsächlich gibt, lassen es irgendwie als möglich erscheinen, daß die von uns erfundenen Bestien nicht nur aus der Luft gegriffen sind. Jedenfalls geht aus den Beschreibungen Brownes hervor, daß die Vorstellung von den unendlichen, über jede Vernunftgrenze sich hinwegsetzenden Mutationen der Natur beziehungsweise die aus unserem Denken entstehenden Chimären ihn ebenso fasziniert haben wie dreihundert Jahre später Jorge Luis Borges, den Herausgeber des in vollständiger Fassung erstmals 1967 in Buenos Aires erschienenen *Libro de los seres imaginarios*. Unter den in diesem Werk in alphabetischer Ordnung versammelten Phantasiewesen findet sich, wie mir unlängst erst aufgefallen ist, auch der sogenannte Baldanders, dem Simplicius Simplicissimus im sechsten Buch seiner Lebensgeschichte begegnet. Der Baldanders liegt als ein steinernes Bild mitten im Wald, hat das Ansehen eines alten deutschen Helden und trägt ein romanisches Soldatenkleid mit einem großen Schwabenlatz. Er, Baldanders, so erklärt er sich, habe seinen Ursprung im Paradies, sei unerkannt alle Zeit und Tage bei Simplicius gewesen und könne ihn erst verlassen, wenn Simplicius wieder zu dem, wovon er hergekommen, geworden sei. Dann verwandelt sich Baldanders vor den Augen des Simplicius der Reihe nach in einen Schreiber, der folgende Zeilen schreibt

Ich bin der Anfang und das End und gelte an allen Orthen.

Manoha · gilos, timad, isaser, sale, lacob, salet, enni nacob idil dadele neuaco ide eges Eli neme meodi eledid emonatan desi negogag editor goga naneg eriden, hohe ritatan auilac, hohe ilamen eriden diledi iisac usur sodaled auar, amu salifononor macheli retoran; Vlidon dad amu ossosson, Gedal amu bede neuavv, alijs, dilede ronodavv agnoh regnoh cni tatæ hyn lamini celotah, isis tolostabas oronatah assis tobulu, V Viera saladid egrivi nanon ægar rimini sisac, heliosole Ramelu ononor vvindelishi timinitur, bagoge gagoe hannor elimitat.

und dann

in einen großen Eichenbaum, in eine Sau, in eine Bratwurst, in einen Bauerndreck, in einen Kleewasen, in eine weiße Blume, in einen Maulbeerbaum und einen seidenen Teppich. Ähnlich wie in diesem fortwährenden Prozeß des Fressens und des Gefressenwerdens hat auch für Thomas Browne nichts Bestand. Auf jeder neuen Form liegt schon der Schatten der Zerstörung. Es verläuft nämlich die Geschichte jedes einzelnen, die jedes Gemeinwesens und die der ganzen Welt nicht auf einem stets weiter und schöner sich aufschwingenden Bogen, sondern auf einer Bahn, die, nachdem der

Meridian erreicht ist, hinunterführt in die Dunkelheit. Die eigene Wissenschaft vom Verschwinden in der Obskurität ist für Browne untrennbar verbunden mit dem Glauben, daß am Tag der Auferstehung, wenn, so wie auf einem Theater, die letzten Revolutionen vollendet sind, die Schauspieler alle noch einmal auf der Bühne erscheinen, *to complete and make up the catastrophe of this great piece.* Der Arzt, der die Krankheiten in den Körpern wachsen und wüten sieht, begreift die Sterblichkeit besser als die Blüte des Lebens. Ihn dünkt es ein Wunder, daß wir uns halten auch bloß einen einzigen Tag. Gegen das Opium der verstreichenden Zeit, schreibt er, ist kein Kraut gewachsen. Die Wintersonne zeigt an, wie bald das Licht erlischt in der Asche, wie bald uns die Nacht umfängt. Stunde um Stunde wird an die Rechnung gereiht. Sogar die Zeit selber wird alt. Pyramiden, Triumphbögen und Obelisken sind Säulen von schmelzendem Eis. Nicht einmal diejenigen, die einen Platz gefunden haben unter den Bildern des Himmels, konnten auf immer ihren Ruhm sich erhalten. Nimrod ist im Orion verloren, Osiris im Hundsstern. Kaum drei Eichen haben die größten Geschlechter überdauert. Den eigenen Namen auf irgendein Werk zu setzen, sichert niemandem das Anrecht auf Erinnerung, denn wer weiß, ob nicht gerade die besten spurlos verschwunden sind. Der Mohnsamen geht überall auf, und wenn an einem Sommertag unversehens das Elend wie Schnee über uns kommt, wünschen wir nurmehr, vergessen zu werden. In solchen Kreisen drehen sich die Gedanken Brownes, am unausgesetztesten vielleicht in seinem 1658 unter dem Titel *Hydriotaphia* veröffentlichten

Diskurs über die damals gerade in einem Feld in der Nähe des Wallfahrtsortes Walsingham in Norfolk aufgefundenen Urnengefäße. Unter Zuhilfenahme der verschiedensten historischen und naturhistorischen Quellen verbreitet er sich hier über die Anstalten, die wir treffen, wenn einer aus unserer Mitte sich anschickt zu seiner letzten Reise. Beginnend mit einigen Anmerkungen zu den Friedhöfen der Kraniche und Elefanten, zu den Begräbniszellen der Ameisen und der Gewohnheit der Bienen, ihren Toten das Trauergeleit zu geben aus dem Stock, beschreibt er in der Folge die Beisetzungsrituale mehrerer Völker bis hin zu dem Punkt, wo die christliche Religion, die den sündigen Leib als Ganzes bestattet, die Leichenfeuer endgültig ausgehen läßt. Daß aus der in vorchristlicher Zeit so gut wie universalen Praxis der Einäscherung nicht, wie oft geschieht, zu schließen ist auf die Unwissenheit der Heiden von dem bevorstehenden jenseitigen Leben, dafür nimmt Browne das wortlose Zeugnis der Tannen, Eiben, Zypressen, Zedern und anderen immergrünen Bäume, aus deren Ästen zum Zeichen ewiger Hoffnung man zumeist die Totenfeuer entfachte. Im übrigen, sagt Browne, sei es, entgegen der allgemeinen Vermutung, nicht schwer, einen Menschen zum Brennen zu bringen. Für Pompeius habe ein alter Kahn gereicht, und dem König von Kastilien sei es gelungen, fast ohne Feuerholz eine weithin sichtbare Lohe zu machen aus einer größeren Anzahl von Sarazenen. Ja, so setzt Browne noch hinzu, wenn wirklich die dem Isaak aufgeladene Bürde gelangt hätte für einen Holocaust, dann könnte jeder von uns den eigenen Scheiterhaufen auf seiner Schulter tragen. Wiederholt kehrt die Betrachtung zurück zu dem, was tatsächlich zutage kam an der Ausgrabungsstätte auf dem Acker bei Walsingham. Staunenswert ist es, sagt Browne, welch lange Zeiten die dünnwandigen Tongefäße unbeschadet erhalten geblieben sind zwei Fuß unter der Erde, während Pflugscharen und Kriege hinweggingen über sie, und große Häuser und Paläste und wolkenhohe Türme in sich zusammensanken und zerfielen. Genau werden die in den Urnen enthaltenen Überreste der Verbrennung untersucht; die Asche, die losen Zähne, die von den blassen Wurzeln des Hundsgrases wie von einem Kranz umwundenen Bruchstücke der Gebeine, die für den elysäischen Fährmann bestimmten Münzen. Sorgsam registrierte Browne auch, wovon er sonst weiß, daß es den Toten beigegeben wurde als Rüstzeug und Schmuck. Allerlei Seltenheiten umfaßt der von ihm aufgestellte Katalog: das Beschneidungsmesser Josuas, den Ring der Geliebten des Propertius, aus Achat geschliffene Grillen und Echsen, einen Schwarm goldener Bienen, blaue Opale, silberne Gürtelspangen und Schnallen, Kämme, Zangen und Nadeln aus Eisen und Horn und eine Maultrommel aus Messing, die zuletzt bei der Fahrt über das schwarze Wasser erklang. Das wunderbarste Stück aber, aus einem römischen Aschengefäß der Sammlung des Kardinals von Farese, ist ein vollkommen unversehrtes Trinkglas, so hell, als habe man es soeben geblasen. Dergleichen von der Strömung der Zeit verschonte Dinge werden in der Anschauung Brownes zu Sinnbildern der in der Schrift verheißenen Unzerstörbarkeit der menschlichen Seele, an der der Leibarzt, so befestigt er sich weiß in seinem christlichen Glauben, insgeheim vielleicht zweifelt. Und weil der schwerste Stein der Melancholie die Angst ist vor dem aussichtslosen Ende unserer Natur, sucht Browne unter dem, was der Vernichtung entging, nach den Spuren der geheimnisvollen Fähigkeit zur Transmigration, die er an den Raupen und Faltern so oft studiert hat. Das purpurfarbene Fetzchen Seide aus der Urne des Patroklus, von dem er berichtet, was also bedeutet es wohl?

II

Es war ein tief mit Wolken verhangener Tag, als ich, im August 1992, mit dem alten, bis an die Fensterscheiben hinauf mit Ruß und Öl verschmierten Dieseltriebwagen, der damals zwischen Norwich und Lowestoft verkehrte, an die Küste hinunterfuhr. Meine wenigen Mitreisenden saßen im Halbdunkel auf den abgewetzten lilafarbenen Sitzpolstern, alle in Fahrtrichtung, möglichst weit voneinander entfernt und so stumm, als hätten sie noch niemals in ihrem Leben ein Wort über die Lippen gebracht. Die meiste Zeit rollte der unsicher auf den Schienen schwankende Wagen im Leerlauf dahin, denn es geht dem Meer zu fast immer leicht bergab. Nur zwischendurch, wenn mit einem das ganze Gehäuse erschütternden Schlag das Triebwerk in Gang gesetzt wurde, war eine Weile das Mahlen der Zahnräder zu hören, ehe wir unter gleichmäßigem Pochen weiterrollten wie zuvor, an Hinterhöfen und Schrebergartenkolonien und Schutthalden und Lagerplätzen vorbei in das vor der östlichen Vorstadt sich ausdehnende Marschland hinaus. Über Brundall, Brundall Gardens, Buckenham und Cantley, wo eine Zuckerrübenraffinerie mit qualmendem

Schornstein am Ende einer Stichstraße in einem grünen Feld liegt wie ein Dampfer an einer Mole, folgt die Strecke dem Lauf des Yare-Flusses, bis sie in Reedham das Wasser überquert und in einem weiten Bogen hineinführt in eine südostwärts bis an das Ufer des Meers sich erstreckende Ebene. Nichts ist hier zu sehen als ab und zu ein einsames Flurwächterhaus, als Gras und wogendes Schilf, ein paar niedergesunkene Weidenbäume und zerfallende, wie Mahnmale einer zugrundegegangenen Zivilisation sich ausnehmende Ziegelkegel, die Überreste der ungezählten Wind-

pumpen und Windmühlen, deren weiße Segel sich gedreht haben über den Marschwiesen von Halvergate und überall hinter der Küste, bis sie, in den Jahrzehnten nach dem Ersten Weltkrieg, eine um die andere stillgelegt wurden. Wir können uns kaum mehr denken, so sagte mir einer, dessen Kindheit zurückreichte in die Windmühlenzeit, daß einst in der Landschaft eine jede Windmühle gewesen ist wie ein

Glanzlicht in einem gemalten Auge. Als diese Glanzlichter verblaßten, verblaßte mit ihnen gewissermaßen die gesamte Umgegend. Manchmal meine ich, wenn ich hinschaue, es sei alles schon tot. — Nach Reedham hielten wir in Haddiscoe und Herringfleet, zwei zerstreuten Ansiedlungen, von denen kaum etwas zu sehen war. An der nächsten, zu dem Landschloß von Somerleyton gehörenden Station stieg ich aus. Der Triebwagen ruckte gleich wieder an und verschwand, eine schwarze Rauchfahne hinter sich herziehend, in der leicht geschwungenen Kurve ein Stück weit voraus. Einen Bahnhof gab es hier nicht, nur einen offenen Unterstand. Ich ging den leeren Perron entlang, auf der linken Seite die scheinbar unendliche Weite des Marschlands, auf der rechten, hinter einer niedrigen Ziegelmauer, das Gebüsch und die Bäume des Parks. Nirgends ein Mensch, den man nach dem Weg hätte fragen können. Früher, dachte ich mir, als ich den Rucksack umhängte und auf dem Holzsteig über die Geleise schritt, wird das anders gewesen sein, denn gewiß langte früher fast alles, was man in einem Haus wie Somerleyton brauchte zur Vervollständigung des Besitzes und was man von auswärts anschaffen mußte zur Aufrechterhaltung der ja niemals gänzlich gesicherten Stellung, in den Güterwaggons der olivgrün lackierten Dampfbahn hier an dieser Station an — Ausstattungsgegenstände jeder Art, das neue Piano, Vorhänge und Portieren, die italienischen Kacheln und die Armaturen für die Badezimmer, die Dampfkessel und Rohrleitungen für die Gewächshäuser, die Lieferungen der Handelsgärtnereien, kistenweise Rheinwein und Bordeaux, Rasenmähmaschinen und große Schachteln mit fischbeinverstrebten Miedern und Krinolinen aus London. Und jetzt nichts mehr und niemand, kein Bahnhofsvorstand mit glänzender Uniformmütze, keine Bediensteten, keine Kutscher, keine geladenen Gäste, keine Jagdgesellschaften, weder Herren in unverwüstlichem Tweed noch Damen in eleganten Reisekostümen. Eine Schrecksekunde, denke ich oft, und ein ganzes Zeitalter ist vorbei. Heute wird Somerleyton wie die meisten bedeutenden Häuser des Landadels während der Sommermonate dem zahlenden Publikum zugänglich gemacht. Aber diese Leute kommen nicht mit dem Dieseltriebwagen, sondern sie fahren beim Hauptportal herein im eigenen Automobil. Der gesamte Besucherbetrieb ist, naturgemäß, auf sie abgestellt. Wer dennoch an der Bahnstation eintrifft wie ich, der muß, wenn er nicht zunächst die halbe Domäne umrunden will, gleich einem Strauchdieb über die Mauer klettern und sich durch das Dickicht kämpfen, ehe er den Park erreicht. Es berührte mich wie eine seltsame Lektion aus der Entwicklungsgeschichte, die ja gelegentlich ihre zurückliegenden Stadien mit einer gewissen Selbstironie rekapituliert, daß ich, sowie ich aus den Bäumen hervortrat, ein Miniaturbähnchen durch die Felder dahindampfen sah, in welchem eine Anzahl von Menschen hockte, die mich erinnerten an verkleidete Hunde oder Seehunde im Zirkus. Zuvorderst aber auf dem kleinen Zug saß, mit umgehängter Billettasche als Schaffner, Lokomotivführer und Chef der dressierten Tiere in einem, der jetzige Lord Somerleyton, Her Majesty's, The Queen's Master of the Horse.

Die Herrschaft Somerleyton, die sich während des hohen Mittelalters im Besitz der FitzOsberts und Jernegans befand, ist im Verlauf der Jahrhunderte durch eine Reihe, sei es durch Heirat, sei es durch Blut miteinander verbundener Familien gegangen. Von den Jernegans kam sie auf die Wentworths, von den Wentworths auf die Garneys, von den Garneys auf die Allens und von den Allens auf die Anguishes, deren Linie 1843 erlosch. Im selben Jahr noch veräußerte Lord Sydney Godolphin Osborne, ein entfernter Verwandter des ausgestorbenen Geschlechts, der sein Erbe nicht antreten wollte, die gesamte Liegenschaft an einen Sir Morton Peto. Peto, der aus den niedrigsten Verhältnissen stammte und sich vom Handlanger und Maurergehilfen hatte emporarbeiten müssen, war, als er Somerleyton erwarb, gerade dreißig, zählte jedoch bereits zu den bedeutendsten Unternehmern und Spekulanten seiner Zeit. Bei der Planung und Durchführung prestigeträchtiger Projekte in London, zu denen unter anderem die Anlage des Hungerford Market, der Bau des Reform-Clubs, der Nelson-Säule und mehrerer Westend-Theater gehörten, wurden von ihm in jeder Hinsicht neue Maßstäbe gesetzt. Darüber hinaus hatte er es durch Finanzbeteiligungen bei der Ausweitung des Eisenbahnwesens in Kanada, Australien, Afrika, Argentinien, Rußland und Norwegen in kürzester Frist zu einem wahrhaft riesigen Vermögen gebracht, so daß er nun auf dem Punkt stand, wo er seinen Aufstieg in die obersten Gesellschaftsklassen krönen mußte durch die Errichtung einer an Komfort und Extravaganz alles bisher Dagewesene in den Schatten stellenden Residenz auf dem Land. Tatsächlich vollendete Morton Peto sein Traumwerk, einen Prinzenpalast im sogenannten anglo-italienischen Stil mit kompletter Innenausstattung, auf dem Platz des abgerissenen alten Herrenhauses innerhalb weniger Jahre. 1852 schon finden sich in der *Illustrated London News* und in anderen tonangebenden Magazinen die überschwenglichsten Berichte von dem neuerstandenen Somerleyton, dessen besonderer Ruhm anscheinend darin bestand, daß sich die Übergänge zwischen Interieur und Außenwelt so gut wie unmerklich vollzogen. Die Besucher vermochten kaum zu sagen, wo das Naturgegebene aufhörte und das Kunsthandwerk anfing. Salons wechselten ab mit Wintergärten, luftige Foyers mit Veranden. Es gab Korridore, die in einer Farngrotte mit immerzu plätschernden Brunnen zusammentrafen, überlaubte Gartengänge, die sich kreuzten unter der Kuppel einer phantastischen Moschee. Versenkbare Fenster öffneten den Raum nach draußen, während inwendig auf den Spiegelwänden die Landschaft erschien. Palmenhäuser und Orangerien, der einem grünsamtenen Tuch gleichende Rasen, die Bespannung der Billardtische, die Bouquets in den Morgen- und Ruhezimmern und in den Majolikavasen auf der Terrasse, die Paradiesvögel und Goldfasane auf den Seidentapeten, die Stieglitze in den Volieren und die Nachtigallen im Garten, die Teppicharabesken und die von Buchsbaumhecken eingefaßten Blumenparterres, all das changierte in einer Weise, daß die Illusion einer vollkommenen Harmonie hervorgerufen wurde zwischen natürlichem Wachstum und Fabrikation. Am wunderbarsten, heißt es in einer der zeitgenössischen Beschreibungen, sei Somerleyton in einer Sommernacht, wenn die unvergleichlichen, von gußeisernen Säulen und Verstrebungen getragenen, in ihrer filigranen Erscheinungsform schwerelos wirkenden Glashäuser von innen heraus strahlten und funkelten. Ungezählte Argand-Brenner, in deren weißer Flamme leise rauschend das giftige Gas sich verzehrte, verbreiteten mittels ihrer versilberten Reflektoren ein gleichsam mit dem Lebensstrom unserer Erde pulsierendes,

ungeheuer helles Licht. Nicht einmal Coleridge hätte im Opiumschlummer eine zauberhaftere Szene sich ausmalen können für seinen mongolischen Fürsten Kubla Khan. Und jetzt stellen Sie sich vor, so fährt der Berichterstatter fort, Sie hätten irgendwann im Verlauf einer Abendgesellschaft zusammen mit einer Ihnen sehr nahen Person den Campanile von Somerleyton bestiegen und stünden, gestreift von dem lautlosen Flügel eines soeben vorbeigleitenden Nachtvogels zuoberst auf der Galerie! Eine Brise trägt den betäubenden Duft der Lindenblüten von der großen

Allee zu Ihnen herauf. Sie sehen unter sich die steil abfallenden, mit dunkelblauem Schiefer gedeckten Dächer und im Widerschein der schneeweiß schimmernden Glashäuser die ebenmäßig schwarzen Flächen des Rasens. Weiter draußen im Park treiben die Schatten der libanesischen Zedern, im Hirschgarten schlafen mit einem offenen Auge die scheuen Tiere, und jenseits der äußersten Einfriedung, gegen den Horizont hin, dehnt das Marschland sich aus und schlagen die Segel der Mühlen im Wind.

Auf den heutigen Besucher macht Somerleyton nicht mehr den Eindruck eines morgenländischen Märchenpalasts. Die gläsernen Wandelgänge und das Palmenhaus, dessen hoher Dom einst die Nächte illuminierte, sind schon 1913 nach einer Gasexplosion ausgebrannt und anschließend abgerissen worden, die Bediensteten, die alles instand hielten, die Butler, Kutscher, Chauffeure, Gärtner, Köchinnen, Nähmädchen und Kammerfrauen seit langem entlassen. Etwas ungenutzt und verstaubt wirken jetzt die Zimmerfluchten. Die Samtvorhänge und die weinroten Lichtblenden sind verschossen, die Polstermöbel durchgesessen, die Stiegenhäuser und Korridore, durch die man geführt wird, vollgestellt mit zwecklosem, aus der Zirkulation geratenem Kram. In einer Überseetruhe aus Kampferholz, mit der vielleicht ein früherer Bewohner des Hauses einmal nach Nigeria gereist ist oder nach Singapur, liegen alte Croquethämmer und hölzerne Kugeln, Golfschläger, Billardstöcke und Tennisrackets, die meisten so klein, als seien sie für Kinder gedacht gewesen oder geschrumpft im Laufe der Jahre. An den Wänden hängen kupferne Kessel,

Bettpfannen, Husarensäbel, afrikanische Masken, Speere, Safaritrophäen, kolorierte Gravüren von einer Schlacht des Burenkrieges — *Battle of Pieters Hill and Relief of Ladysmith: A Bird's-Eye View from an Observation Balloon* — und einige wahrscheinlich irgendwann zwischen 1920 und 1960 von einem mit dem Modernismus in Berührung gekommenen Kunstmaler angefertigte Familienporträts, auf denen die gipsfarbenen Gesichter der Dargestellten von furchtbaren scharlachroten und violetten Flecken unterlaufen sind. In der Eingangshalle steht ein mehr als drei Meter großer ausgestopfter Eisbär. Wie ein gramgebeugtes Gespenst schaut er aus in seinem gelblichen, von den Motten zerfressenen Fell. Tatsächlich weiß man, wenn man durch die für Besucher geöffneten Räume von Somerleyton geht, manchmal nicht so recht, ob man sich auf einem Landsitz in Suffolk befindet oder an einem sehr weit abgelegenen, quasi extraterritorialen Ort, an der Küste des Nordmeers oder im Herzen des schwarzen Kontinents. Auch in welchem Jahrzehnt oder Jahrhundert man ist, läßt sich nicht ohne weiteres sagen, denn viele Zeiten haben sich hier überlagert und bestehen nebeneinander fort. Als ich an jenem Augustnachmittag mit der da und dort ein wenig verweilenden Besucherschar durch Somerleyton Hall gewandert bin, habe ich verschiedentlich an eine Pfandleihanstalt denken müssen oder ein Brockenhaus. Aber gerade das Überzählige, gewissermaßen schon auf den Versteigerungstag Harrende der durch die Generationen angesammelten Dinge ist es gewesen, das mich eingenommen hat für diesen letzten Endes aus lauter Absurditäten bestehenden Besitz. Wie abweisend, habe ich mir gedacht, muß Somerleyton zur Zeit des Großunternehmers und Parlamentsabgeordneten Morton Peto gewesen sein, als vom Keller bis zum Dach, vom Tafelgeschirr bis zu den Aborten alles nagelneu war, bis in die winzigsten Einzelheiten aufeinander abgestimmt und von gnadenlos gutem Geschmack. Und wie schön dünkte das Herrenhaus mich jetzt, da es unmerklich dem Rand der Auflösung sich näherte und dem stillen Ruin. Andererseits freilich bedrückte es mich, als ich nach dem Rundgang wieder ins Freie hinaustrat, in einer der größtenteils aufgelassenen Volieren eine einsame chinesische Wachtel zu sehen, die — offenbar in einem Zustand der Demenz — in einem fort am rechten Seitengitter ihres Käfigs auf und ab lief und jedesmal, bevor sie kehrtmachte, den Kopf schüttelte, als begreife sie nicht, wie sie in diese

aussichtslose Lage geraten sei.

Im Gegensatz zu dem allmählich verdämmernden

Haus waren die Anlagen, die es umgaben, jetzt, ein Jahrhundert nach der Glanzzeit von Somerleyton, auf dem Höhepunkt ihrer Evolution. Zwar mochten die Rabatten und Beete einst farbenprächtiger und besser gepflegt gewesen sein, aber dafür füllten die von Morton Peto gepflanzten Bäume nun auch den Luftraum über dem Garten aus, und die von den damaligen Besuchern bereits bewunderten Zedern, von denen einige ihr Astwerk über nahezu einen Viertelmorgen ausbreiteten, waren inzwischen ganze Welten für sich. Es gab Sequoien, die höher als sechzig Meter hinaufragten, und seltene Sykomoren, deren äußerste Zweige sich niedergesenkt hatten auf den Rasen und die dort, wo sie die Erde berührten, festgewachsen waren, um von neuem aufzustreben in einem vollkommenen Kreis. Man konnte sich leicht vorstellen, daß diese Platanenarten sich über das Land ausbreiteten wie konzentrische Ringe auf dem Wasser und daß sie, indem sie solchermaßen ihr Umfeld eroberten, nach und nach schwächer wurden, in sich selber verwuchsen und von innen her abstarben. Manche der helleren Bäume schwebten wolkengleich über dem Park. Andere waren von einem tiefen, undurchdringlichen Grün. Terrassenförmig stiegen die Kronen übereinander, und wenn man die Sehschärfe der Augen nur ein wenig verstellte, dann war es, als schaute man in ein von riesigen Wäldern überzogenes Gebirge hinein. Bei weitem am dichtesten und grünsten aber schien mir das in der Mitte des geheimnisvollen Geländes gelegene Eibenlabyrinth von Somerleyton, in welchem ich mich so gründlich verlief, daß ich erst wieder herausfand, nachdem ich mit dem Stiefelabsatz vor jedem der Heckengänge, die sich als Irrwege erwiesen, einen Strich gemacht hatte durch den weißen Sand. Später, in einem der langen, an die Ziegelmauern des Küchengartens angebauten Gewächshäuser bin ich in ein Gespräch gekommen mit William Hazel, dem Gärtner, der Somerleyton heute mit ein paar ungelernten Hilfskräften betreut. Als er merkte, woher ich stammte, begann er mir zu erzählen, daß während der letzten Schuljahre und der nachfolgenden Lehrlingszeit nichts seinen Kopf so sehr in Anspruch genommen habe wie der Luftkrieg, der von den siebenundsechzig nach 1940 in East Anglia angelegten Flugfeldern nach Deutschland getragen wurde. Man macht sich, sagte Hazel, kaum mehr einen zureichenden Begriff von den Ausmaßen dieses Unternehmens. Die achte Luftflotte allein hat im Verlauf der eintausendundneun Tage währenden Aktion eine Milliarde Gallonen Gasolin verbraucht, siebenhundertzweiunddreißigtausend Tonnen Bomben abgeworfen, nahezu neuntausend Flugzeuge und fünfzigtausend Mann verloren. Abend für Abend sah ich die Bombergeschwader über Somerleyton hinwegziehen, und Nacht für Nacht malte ich mir vor dem Einschlafen aus, wie die deutschen Städte in Flammen aufgingen, wie die Feuerstürme in den Himmel lohten und die Überlebenden in den Trümmern herumwühlten. Lord Somerleyton hatte mir eines Tages, sagte Hazel, als er mir beim Beschneiden der Rebstöcke in diesem Gewächshaus zerstreuungshalber ein wenig zur Hand ging, die von den Alliierten verfolgte Strategie des Flächenangriffs auseinandergesetzt und mir bald darauf eine große Reliefkarte von Deutschland gebracht, auf der all die Ortsnamen, die mir von den Nachrichtensendungen her bekannt waren, in einer seltsamen Schrift geschrieben standen neben den symbolischen Abbildern der Städte, die, entsprechend der Anzahl der Einwohner, mehr oder weniger Dachgiebel, Zinnen und Türme und darüber hinaus, im Fall der bedeutenderen Plätze, auch noch das jeweilige Wahrzeichen, also zum Beispiel den Kölner Dom, den Frankfurter Römer oder den Bremer Roland aufwiesen. Wie romantische Ritterburgen sahen diese etwa briefmarkengroßen Städtebilder aus, und tatsächlich stellte ich mir das Deutsche Reich damals vor als ein mittelalterliches, ungeheuer rätselhaftes Land. Immer wieder studierte ich auf meiner Karte die verschiedenen Regionen von der polnischen Grenze bis an den Rhein, von den grünen Tiefebenen des Nordens bis zu den dunkelbraunen, stellenweise von ewigem Eis und Schnee bedeckten Alpen und buchstabierte die Namen der Städte, deren Zerstörung soeben bekanntgegeben worden war: Braunschweig und Würzburg, Wilhelmshaven, Schweinfurt, Stuttgart, Pforzheim, Düren und Dutzende andere mehr. Das ganze Land habe ich auf diese Art auswendig gelernt, ja man könnte sagen, es hat sich mir eingebrannt. Jedenfalls versuche ich seit jener Zeit alles in Erfahrung zu bringen, was mit dem Luftkrieg verbunden ist. Ich habe sogar, als ich Anfang der fünfziger Jahre mit den Besatzungstruppen in Lüneburg gewesen bin, einigermaßen Deutsch gelernt, um, wie ich mir dachte, die von den Deutschen selber über die Luftangriffe und über ihr Leben in den vernichteten Städten geschriebenen Berichte lesen zu können. Zu meinem Erstaunen freilich mußte ich bald feststellen, daß die Suche nach solchen Berichten stets ergebnislos verlief. Niemand scheint damals etwas aufgeschrieben oder erinnert zu haben. Und auch wenn man die Leute persönlich befragte, war es, als sei in ihren Köpfen alles ausradiert worden. Ich aber kann heute noch kein Auge zutun, ohne die Formationen der Lancaster- und Halifax-Bomber, der Liberators und sogenannten fliegenden Festungen über die graue Nordsee hinweg nach Deutschland hineinfliegen und im Morgengrauen weit auseinandergezogen wieder heimkehren zu sehen. Anfang April 1945, kurz vor dem Ende des Kriegs, sagte Hazel, indem er die abgeschnittenen Triebe der Rebstöcke zusammenfegte, bin ich Zeuge geworden, wie hier über Somerleyton zwei Thunderbolts der US Air Force abgestürzt sind. Es war ein schöner Sonntagmorgen. Ich hatte dem Vater auf dem Campanile des Hauses, der eigentlich ein Wasserturm ist, bei einer dringenden Reparatur zur Hand gehen müssen. Als wir mit der Arbeit fertig waren, sind wir auf die Aussichtsplattform hinaufgestiegen, von der aus man den ganzen hinter der Küste gelegenen Landstrich überblicken kann. Wir hatten uns noch kaum umgesehen, als die beiden von einer Patrouille zurückkommenden Flieger, aus reinem Übermut, wie ich glaube, einen *dog fight* veranstalteten über dem Landgut von Somerleyton. Deutlich konnten wir die Gesichter der Piloten in ihren Glaskabinen erkennen. Mit aufheulenden Motoren jagten die Maschinen hinter- und nebeneinander her durch die glänzende Frühlingsluft, bis sich die Tragflächenspitzen in einem Aufschwung berührten. *It had seemed like a friendly game,* sagte Hazel, *and yet now they fell, almost instantly.* Als sie hinter den Weißpappeln und Weiden verschwanden, hat sich in mir alles angespannt in Erwartung des Einschlags. Aber weder Stichflammen noch Rauchwolken stiegen auf. Der See hatte sie lautlos verschluckt. *It was years later that we pulled them out. Big Dick one of them was called and the other Lady Loreley. The two pilots, Flight Officers Russel P. Judd from Versailles/Kentucky and Louis S. Davies from Athens/Georgia, or what bits and bones had remainded of them, were buried here in the grounds.*

Eine gute Stunde brauchte ich, nachdem ich mich von William Hazel verabschiedet hatte, von Somerleyton nach Lowestoft, zu Fuß die Landstraße entlang und vorbei an dem großen, wie eine befestigte Stadt in der Ebene liegenden Gefängnis von Blundeston, in dem meist um die zwölfhundert Inhaftierte ihre Strafen verbüßen. Es war schon nach sechs Uhr abends, als ich die Außenbezirke von Lowestoft erreichte. In den langen Straßenzügen, durch die ich

gehen mußte, zeigte sich keine lebende Seele, und je mehr ich dem Zentrum mich näherte, desto mehr bedrückte mich, was ich sah. Ich war vor fünfzehn Jahren vielleicht zum letztenmal in Lowestoft gewesen, an einem Junitag mit zwei Kindern am Strand, und ich bildete mir ein, mich zu erinnern an einen zwar etwas zurückgebliebenen, aber ansonsten sehr freundlichen Ort. Unbegreiflich schien es mir darum jetzt, als ich nach Lowestoft hineinging, wie es in einer verhältnismäßig so kurzen Zeit so weit hatte herunterkommen können. Natürlich wußte ich, daß der Niedergang Lowestofts seit den schweren Wirtschaftskrisen und Depressionen der dreißiger Jahre unaufhaltsam war, doch hatte es, um 1975 herum, als die Bohrinseln aus der Nordsee zu wachsen begannen, auch Hoffnungen auf eine Wende zum Besseren gegeben, Hoffnungen, die sich dann in der dem realen Kapitalismus verschriebenen Ära der Baronin Thatcher immer mehr aufblähten, bis sie sich zuletzt im Spekulationsfieber überschlugen und zusammensanken in nichts. Gleich einem unterirdischen Brand und dann wie ein Lauffeuer hatte der Schaden sich fortgefressen, Bootswerften und Fabriken waren geschlossen worden, eine um die andere, bis für Lowestoft als einziges nur noch die Tatsache sprach, daß es den östlichsten Punkt markierte auf der Karte der britischen Inseln. Heute steht in manchen Straßen der Stadt fast jedes zweite Haus zum Verkauf, Unternehmer, Geschäftsleute und Privatpersonen versinken immer weiter in ihren Schulden, Woche für Woche hängt irgendein Arbeitsloser oder Bankrotteur sich auf, der Analphabetismus hat bereits ein Viertel der Bevölkerung erfaßt, und ein

Ende der stetig fortschreitenden Verelendung ist nirgends abzusehen. Obgleich mir dies alles bekannt war, bin ich nicht vorbereitet gewesen auf die Trostlosigkeit, die einen in Lowestoft sogleich erfaßt, denn es ist eine Sache, in den Zeitungen Berichte über sogenannte *unemployment blackspots* zu lesen, und eine andere, an einem lichtlosen Abend durch die Zeilen der Reihenhäuser mit ihren verschandelten Fassaden und grotesken Vorgärtchen zu gehen und, wenn man endlich angelangt ist in der Mitte der Stadt, nichts vorzufinden als Spielsalons, Bingohallen, Betting Shops, Videoläden, Pubs, aus deren dunklen Türöffnungen es nach saurem Bier riecht, Billigmärkte und zweifelhafte Bed & Breakfest Etablissements mit Namen wie *Ocean Dawn, Beachcomber, Balmoral, Albion* und *Layla Lorraine* Es war nicht leicht, die einsamen Feriengäste und Handlungsreisenden sich vorzustellen, die hier einkehren mochten, und daß das *Victoria,* wie es in meinem kurz nach der Jahrhundertwende gedruckten Führer hieß, ein Promenadenhotel sei *of a superior description,* das war, als ich die mit marineblauer Ölfarbe gestrichene Treppe zu seinem Eingang hinaufstieg, auch nicht ohne weiteres nachzuvollziehen. Eine ganze Zeitlang habe ich in dem leeren Entree gestanden und bin durch die sogar mitten in der Saison — wenn von einer Saison in Lowestoft überhaupt die Rede sein kann — völlig verlassenen Räume gewandert, ehe ich auf eine verschreckte junge Frau stieß, die mir, nach einigem zwecklosem Herumsuchen im Register der Rezeption, einen mächtigen, an einer hölzernen Birne hängenden Zimmerschlüssel reichte. Es fiel mir auf, daß sie nach der Mode der dreißiger Jahre gekleidet war und daß sie es vermied, mich anzusehen. Immer war ihr Blick zu Boden gesenkt oder ging durch einen hindurch, als sei man gar nicht vorhanden. Dieselbe verschreckte Person ist es auch gewesen, die später in dem großen Speisesaal, in dem ich an jenem Abend als einziger Gast saß, meine Bestellung entgegennahm und die mir bald darauf einen gewiß seit Jahren schon in der Kühltruhe vergrabenen Fisch brachte, an dessen paniertem, vom Grill stellenweise versengten Panzer ich dann die Zinken meiner Gabel verbog. Tatsächlich machte es mir solche Mühe, ins Innere des, wie es sich schließlich zeigte, aus nichts als seiner harten Umwandung bestehenden Gegenstands vorzudringen, daß mein Teller nach dieser Operation einen furchtbaren Anblick bot. Die Sauce Tartare, die ich aus einem Plastiktütchen hatte herausquetschen müssen, war von den rußigen Semmelbröseln gräulich verfärbt, und der Fisch selber, oder das, was ihn vorstellen sollte, lag zur Hälfte zerstört unter den grasgrünen englischen Erbsen und den Überresten der fettig glänzenden Chips. Ich weiß nicht mehr, wie lange ich in dem ganz in Weinrot austapezierten Speisesaal gesessen bin, bis die verstörte junge Frau, die offenbar die gesamte Arbeit im Haus allein verrichtete, aus den immer dichter werdenden Schatten des Hintergrunds herbeihastete, um den Tisch abzuräumen. Vielleicht kam sie, sowie ich das Besteck beiseite legte, vielleicht erst nach einer Stunde. Ich erinnere mich nur noch an die scharlachfarbenen Flecken, die ich, als sie sich nach meinem Teller bückte, aus dem Ausschnitt ihrer Bluse über ihren Hals hinaufkriechen sah. Nachdem sie wieder davongehuscht war, stand ich auf und trat in das halbrunde Aussichtsfenster. Draußen erstreckte sich der Meeresstrand, irgendwo zwischen dunkel und hell, und es bewegte sich nichts, weder in der Luft noch am Land, noch auf dem Wasser. Selbst die schneeweiß in der Bucht auflaufenden Wellen, so schien es mir, standen still.

Als ich am nächsten Morgen mit dem Rucksack über der Schulter das *Victoria Hotel* verließ, war Lowestoft, unter einem wolkenlosen Himmel, wieder zum Leben erwacht. Vorbei an dem Hafenbecken, in dem Dutzende von ausgedienten und arbeitslosen Kuttern vertäut lagen, ging ich nach Süden zu durch die untertags ständig vom Autoverkehr verstopften und von blauem Benzindampf erfüllten Straßen der Stadt. Einmal, in unmittelbarer Nähe des seit seinem Neubau im letzten Jahrhundert kein einziges Mal mehr renovierten Zentralbahnhofs, glitt eine schwarzlakkierte, mit Blumenkränzen bedeckte Leichenlimou-

sine zwischen anderen Fahrzeugen an mir vorbei. Drinnen saßen mit ernstem Gesichtsausdruck zwei Angestellte des Beerdigungsinstituts, der Chauffeur und sein Beifahrer, und hinter ihnen, auf der Ladefläche sozusagen, ruhte in seinem Sarg, wie man annehmen mußte, irgendein unlängst aus dem Leben geschiedener Mensch, im Sonntagsanzug, den Kopf auf einem kleinen Kissen, die Augenlider geschlossen, die Hände gefaltet und die Spitzen der Schuhe nach oben zeigend. Indem ich dem Leichenwagen nachschaute, kam mir der Handwerksbursche aus Tuttlingen in den Sinn, der sich in Amsterdam vor vielen Jahren dem Trauerzug eines anscheinend allseits bekannten Handelsherrn angeschlossen und bei der Beisetzung mit Andacht und Rührung der holländischen Leichenpredigt gelauscht hat, von der er kein Wort verstand. Hatte er zuvor neidselig die wundervollen Tulipanen, Levkojen und Sternblumen in den Fenstern bestaunt und die aus dem fernen Ostindien im Hafen anlangenden Kisten, Ballen und Fässer voller Tee, Zucker, Gewürzkram und Reis, so dachte er von jetzt an, wenn er sich bisweilen fragte, warum er es auf seiner Wanderung durch die Welt zu fast gar nichts brachte, immer an den Amsterdamer Handelsherrn, dem er einst das letzte Geleit gegeben hatte, an sein großes Haus, an sein reiches Schiff und an sein enges Grab. Mit dieser Geschichte im Kopf nahm ich meinen Weg aus der überall von den Spuren eines schleichenden Marasmus gezeichneten Stadt, die zu ihrer Glanzzeit nicht nur einer der bedeutendsten Fischereihäfen im Vereinigten Königreich, sondern auch ein über die Grenzen des Landes hinaus als *most salubrious* gepriesenes Seebad gewesen ist. Damals, in der zweiten Hälfte des 19. Jahrhunderts, entstand unter der Regie Morton Petos auf der anderen Seite des Flusses Waveney die sogenannte Südstadt mit einer Reihe von Hotels, die den Ansprüchen der vornehmsten Londoner Kreise gerecht werden konnten, und neben den Hotels errichtete man Wandelhallen und Pavillons, Kirchen und Kapellen für jede Denomination, baute eine Leihbibliothek, einen Billardsaal, ein tempelartiges Teehaus und eine Straßenbahn mit einem prunkvollen Terminus. Eine breite Esplanade, Alleen, Bowling Greens, botanische Gärten und See- und Süßwasserbäder wurden angelegt und Verschönerungs- und Fördervereine gegründet. Lowestoft, heißt es in einer zeitgenössischen Beschreibung, habe in der denkbar kürzesten Frist in der öffentlichen Wertschätzung die oberste Stufe erklommen und besitze nun sämtliche Einrichtungen, die erforderlich seien für einen Badeplatz von Renommee. Wer sich unter den am Südstrand entstandenen Baulichkeiten umsehe, so der Artikel weiter, bemerke unfehlbar an der Eleganz und Vollständigkeit des hier Bewerkstelligten die vorteilhafte Auswirkung einer vom Gesamtplan bis in die letzte Einzelheit alles durchwaltenden Vernunft. Als Krönungsstück des in jeder Hinsicht vorbildlichen Unternehmens galt der neue, über vierhundert Meter weit in die Nordsee hinausragende Pier, angeblich der schönste an der ganzen Ostküste. Über dem auf afrikanischen Mahagoniplanken zusammengesetzten Promenadendeck erhoben sich die weißen, nach dem Einbruch der Dunkelheit von Gasreverberen erleuchteten Aufbauten, in denen sich, nebst anderen Räumlichkeiten, ein mit hohen Wandspiegeln ausgestatteter Lese- und Konzertsaal befand. Hier wurde alljährlich Ende September, wie mir mein vor wenigen Monaten verstorbener Nachbar Frederick Farrar erzählte, zum Beschluß der Regatta ein Wohltätigkeitsball veranstaltet unter der Schirmherrschaft eines Mitglieds des Königlichen Hauses. Frederick Farrar war, mit viel zu großer Verspätung, wie er mir gegenüber einmal geäußert hat, 1906 in Lowestoft auf die Welt gekommen und dort auch, umsorgt und behütet von seinen drei schönen Schwestern Violet, Iris und Rose, aufgewachsen, bis man ihn, Anfang 1914 auf eine sogenannte Prep School in der Nähe von Flore in Northamptonshire schickte. Die schweren Trennungsschmerzen, die mich dort lange, vor allem vor dem Einschlafen und beim Aufräumen meiner Sachen überfielen, verwandelten sich in meiner Brust, so Frederick Farrar in seiner Reminiszenz, in eine Art von perversem Stolz, als wir eines Abends, gleich zu Beginn meines zweiten Schuljahres auf dem westlichen Vorplatz antreten und eine patriotische Rede unseres Headmasters über die Hintergründe und den höheren Sinn des während der Ferienzeit ausgebrochenen Krieges anhören mußten, nach deren Beendigung, sagte Frederick Farrar, ein mir bis auf den heutigen Tag unvergeßlich gebliebener Kinderkadett namens Francis Browne auf der Trompete einen Zapfenstreich blies. Zwischen 1924 und 1928 hatte Frederick Farrar auf Wunsch seines Vaters, der in Lowestoft Notar und lange Zeit auch Konsul für Dänemark und das Ottomanische Reich gewesen war, in Cambridge und London Rechtswissenschaft studiert und in der Folge, wie er gelegentlich mit einem gewissen Entsetzen sagte, mehr als ein halbes Jahrhundert in Anwaltskanzleien und Gerichtshöfen zugebracht. Da in England die Richter in aller Regel bis ins fortgeschrittene Alter hinein im Amt bleiben, war Frederick Farrar eben erst in den Ruhestand eingetreten, als er 1982 das Haus in unserer Nachbarschaft erwarb, um sich dort ganz der Zucht seltener Rosen und Veilchen zu widmen. Daß auch die Iris zu seinen besonderen Vorlieben zählte, brauche ich eigentlich kaum anzufügen. Der Garten, den Frederick Farrar um diese von ihm in Dutzenden von Variationen gehegten Blumen herum zusammen mit einem tagtäglich ihm zur Hand gehenden Gehilfen im Verlauf eines Jahrzehnts anlegte, gehörte zu den schönsten in der ganzen Gegend, und oft bin ich in der letzten Zeit, nachdem ein Schlag ihn gestreift hatte und er sehr gebrechlich geworden war, dort mit ihm gesessen und habe mir erzählen lassen von Lowestoft und von der Vergangenheit. In diesem Garten ist es dann auch gewesen, daß Frederick Farrar sein Ende fand, an einem wunderbaren Tag im Mai, als er es, während seines morgendlichen Rundgangs, irgendwie fertigbrachte, mit dem Feuerzeug, das er stets in seiner Tasche trug, seinen Schlafrock in Brand zu stecken. Der Gärtnergehilfe entdeckte ihn eine Stunde später, bewußtlos und mit schweren Verbrennungen am ganzen Leib, an einer kühlen Stelle im Halbschatten, wo die winzige, beinahe schwarzblättrige *Viola Labradorica* zu einer richtigen Kolonie sich ausgebreitet hatte. Frederick Farrar erlag seinen Verletzungen noch am selben Tag. Während des Begräbnisses auf dem kleinen Friedhof von Framingham Earl mußte ich an den Kindertrompeter Francis Browne denken, der im Sommer 1914 in die Nacht hineinblies auf einem Schulhof in Northamptonshire, und an den weißen Pier von Lowestoft, der damals so weit hinausreichte ins Meer. Frederick Farrar hatte mir erzählt, daß am Abend des Wohltätigkeitsballs die gewöhnliche Bevölkerung, die zu einer solchen Veranstaltung naturgemäß keinen Zugang hatte, in hundert und mehr Booten und Kähnen an die Spitze des Piers hinausruderte, um dort draußen von ihren sachte schwankenden und manchmal etwas abdriftenden Warten aus zuzusehen, wie sich die bessere Gesellschaft zu den Klängen des Orchesters im Kreise drehte und in einer Lichterwoge gleichsam schwebte über dem nachtdunklen, zu dieser frühherbstlichen Zeit meist schon von Nebelschwaden überzogenen Wasser. Blicke ich heute in jene Zeit zurück, hat Frederick Farrar einmal zu mir gesagt, so sehe ich alles wie hinter wehenden weißen Schleiern: die Stadt von der Seeseite her, die von grünen Bäumen und Buschen umgebenen, bis an die Ufer herabgehenden Villen, das Sommerlicht und den Strand, über den wir gerade von einem Ausflug nach Hause zurückkehren, der Vater mit ein, zwei anderen Herren mit aufgekrempelten Hosen voraus, die Mama allein mit dem Parasoleil, die Schwestern mit ihren gerafften Röcken und dahinter die Dienstboten mit dem Eselchen, zwischen dessen Tragkörben ich meinen Sitz hatte. Einmal, vor Jahren, sagte Frederick Farrar, hat mir von diesem Bild sogar geträumt, und unsere Familie ist mir vorgekommen wie einst der kleine Hof Jakobs des Zweiten in der Verbannung an der Küste von Den Haag.

III

Drei bis vier Meilen südlich von Lowestoft verläuft die Küste in einem weiten, leicht landeinwärts geschwungenen Bogen. Von dem Fußpfad, der dort über die Grasdünen und niedrigen Klippen führt, sieht man unterhalb den von flachen Kiesbänken durchzogenen Strand, auf dem, wie ich mich verschiedentlich schon vergewissern konnte, zu jeder Stunde des Tages und der Nacht und zu jeder Zeit des Jahres allerlei zeltartige Unterstände aus Stangen und Strickwerk, Segeltuch und Ölzeug aufgeschlagen sind. In langer Reihe und ziemlich gleichmäßigem Abstand voneinander

folgen sie dem Saum des Meers. Es ist, als hätten die letzten Überreste eines wandernden Volkes sich hier, am äußersten Rand der Erde, niedergelassen in Erwartung des von allen von jeher ersehnten, sämtliche Entbehrungen und Irrwege im nachhinein rechtfertigenden Wunders. In Wirklichkeit freilich sind die unter dem offenen Himmel Lagernden nicht durch ferne Länder und Wüsten bis an dieses Ufer gekommen, sondern es handelt sich um Leute aus der engeren Umgegend, die nach alter Gewohnheit von ihren Angelplätzen aus hinausschauen auf die vor ihren Augen andauernd sich verändernde See. Ihre Zahl bleibt seltsamerweise immer mehr oder weniger dieselbe. Für jeden, der sein Biwak abbricht, findet sich bald ein anderer ein, so daß die Gemeinschaft der die Tage verdösenden und die Nächte durchwachenden Fischer über Jahre hinweg, zumindest dem Anschein nach, sich nicht verändert, ja in dieser Form vermutlich weiter zurückreicht als die Erinnerung. Nur selten soll es geschehen, daß einer der Fischer Kontakt aufnimmt mit seinem Nebenmann, denn obgleich sie allesamt unverwandt nach Osten blicken und am Horizont die Abenddämmerung und das Morgengrauen aufsteigen sehen, und obgleich sie, wie ich glaube, dabei bewegt werden von denselben unbegreiflichen Gefühlen, ist ein jeder von ihnen doch für sich ganz allein und hat Verlaß nur auf sich selber und auf seine paar wenigen Ausrüstungsgegenstände, auf das Federmesserchen beispielsweise, den Thermosbehälter oder das kleine Transistorradio, aus dem kaum hörbar ein scharrendes Geräusch dringt, so als redeten untereinander die mit den Wellen zurückrollenden Steine. Ich denke nicht, daß diese Männer tage- und nächtelang am Meer sitzen, um, wie sie behaupten, die Stunde nicht zu versäumen, zu der die Wittlinge vorbeiziehen, die Flundern steigen oder der Kabeljau gegen die Küste schwimmt, sondern sie werden sich einfach aufhalten wollen an einem Ort, an dem sie die Welt hinter sich haben und voraus nichts mehr als Leere. Tatsächlich wird heute vom Ufer aus kaum noch etwas gefangen. Die Boote, in denen früher die Fischer von den Stränden ausliefen, sind, seit das Geschäft nicht mehr lohnt, verschwunden, die Fischer selber ausgestorben. Niemand hat ein Interesse an ihrer Hinterlassenschaft. Hie und da stößt man auf einem Schiffsfriedhof, wo die herrenlosen Kähne zerfallen und die Drahtseilwinden, mit denen man sie einst ans Land gezogen hat, in der Salzluft verrosten. Draußen auf der hohen See geht die Fischerei vorderhand weiter, wenngleich auch dort die Ausbeute immer geringer wird, ganz abgesehen davon, daß die gelandeten Fänge oft nur für Fischmehl zu brauchen sind. Tausende von Tonnen Quecksilber, Kadmium und Blei, Berge von Düngemitteln und Pestiziden werden von den Flüssen und Strömen Jahr für Jahr hinausgetragen in den deutschen Ozean. Ein Großteil der schweren Metalle und der anderen toxischen Substanzen setzt sich in den seichten Gewässern der Doggerbank ab, wo ein Drittel der Fische bereits mit seltsamen Auswüchsen und Gebresten zur Welt kommen. Immer wieder sichtet man vor der Küste über viele Quadratmeilen sich ausdehnende, dreißig Fuß in die Tiefe hängende giftige Algenfelder, in denen die Seetiere scharenweise verenden. Einige der selteneren

Schollenarten, Karauschen und Brassen, bei denen mehr und mehr der weiblichen Fische in bizarrer Mutation männliche Geschlechtsorgane ausbilden, vollführen ihre mit der Fortpflanzung verbundenen Rituale nur noch als einen Todestanz, der die Kehrseite ist der Vorstellung von der staunenswerten Selbstvermehrung und Vervielfältigung des organischen Lebens, mit der wir noch aufgewachsen sind. Nicht umsonst war der Hering immer ein besonders beliebter Lehrgegenstand für die unteren Klassen, das Hauptemblem sozusagen für die grundsätzliche Unausrottbarkeit der Natur. Ich entsinne mich genau, daß einer jener von schwarzem Gestrichel durchzitterten Kurzfilme, welche die Schullehrer in den fünfziger Jahren von den Kreisbildstellen ausleihen konnten, einen Kutter aus Wilhelmshaven zeigte, der zwischen dunklen, bis an den oberen Bildrand sich auftürmenden Wellen herumfuhr. Bei Nacht, schien es, wurden die Netze ausgebracht, und bei Nacht wurden sie wieder eingeholt. Alles spielte sich ab in wüster Finsternis. Hellweiß waren nur die Leiber der bald zuhauf auf dem Deck liegenden Fische und das Salz, mit dem sie vermengt wurden. In meiner Erinnerung an diesen Schulfilm sehe ich die Männer in ihrem schwarzglänzenden Ölzeug heldenhaft arbeiten unter der einmal ums andere über sie hereinbrechenden Sturzsee — der Heringsfang als einer der exemplarischen Schauplätze im Kampf des Menschen mit der Übermacht der Natur. Gegen das Ende zu, als das Schiff den Heimathafen ansteuert, durchbrechen die Strahlen der Abendsonne die Wolken und breiten ihren Glanz aus über das nun still gewordene Meer. Einer der Seeleute, frisch gewaschen und gekämmt, spielt auf seiner Mundharmonika. Der Kapitän steht am Steuer und blickt verantwortungsbewußt in die Ferne. Zuletzt das Löschen der Ladung, die Arbeit in den Hallen, wo die Heringe von Frauenhänden ausgenommen, der Größe nach sortiert und in Fässer verpackt werden. Dann nehmen die Güterwagen der Eisenbahn (so heißt es in dem Beiheft zu dem 1936 gedrehten Film, das ich unlängst habe auftreiben können) den ruhelosen Wanderer des Meeres auf, um ihn an die Stätten zu bringen, wo sich sein Schicksal auf dieser Erde endgültig erfüllen wird. An anderer Stelle, in einer 1857 in Wien erschienenen Naturgeschichte der Nord-

see lese ich, daß der Hering während der Frühlings- und Sommermonate in ungeahnten Millionen aus den dunklen Tiefen steige, um in den Küstengewässern und seichten Meeresgründen schichtenweise übereinandergelagert zu laichen. Und mit einem Ausrufezeichen ist vermerkt, daß ein jedes Heringsweibchen siebzigtausend Eier ablege, die, wenn sie sich alle ungehindert vermehrten, nach einer Berechnung Buffons bald eine das zwanzigfache Volumen der Erde ausmachende Menge von Fischen ergeben würden. Die Chroniken verzeichnen auch wiederholt Jahre, in denen die gesamte Heringsfischerei in einer geradezu katastrophalen Heringsschwemme unterzugehen drohte. Ja es wird sogar berichtet, daß riesige Heringsschwärme von Wind und Wellen gegen die Küste getrieben und an Land geworfen wurden, wo sie über eine Strecke von etlichen Meilen ein paar Fuß tief den Strand bedeckten. Nur zu einem geringen Teil konnten derartige Heringsernten von der Bevölkerung der anliegenden Ortschaften in Körbe und Kisten geschaufelt und eingebracht werden. Der Rest verdarb innerhalb weniger Tage und bot das erschreckende Bild einer in ihrem eigenen Überfluß erstickenden Natur. Andererseits kam es immer wieder vor, daß die Heringe die gewohnten Plätze mieden und infolgedessen ganze Küstenstriche verarmten. Auf welchen Bahnen der Hering durchs Meer zieht, ist bis heute nicht zuverlässig festgestellt. Man hat angenommen, die Licht- und Windverhältnisse bestimmten die Wege, auf denen er wandert, oder der Erdmagnetismus oder die fortwährend sich verschiebenden Isothermen des Wassers, aber all diese Vermutungen haben sich letztlich als nicht stichhaltig erwiesen, weshalb die Heringsjäger stets nur von dem ihnen überlieferten, teils auf Legenden beruhenden Wissen und von ihren eigenen Beobachtungen ausgehen konnten, beispielsweise davon, daß die in regelmäßiger Keilformation sich bewegenden Fische bei einem bestimmten Einfallswinkel der Sonnenstrahlen einen pulsierenden Widerschein gegen den Himmel schicken. Als zuverlässiges Anzeichen für die Anwesenheit des Herings gelten auch die an der Oberfläche des Wassers treibenden Myriaden von abgeriebenen Schuppen, die am Tag flimmern wie Silberplättchen und im Abenddämmer manchmal aussehen wie Schnee oder Asche. War der Heringsschwarm einmal gesichtet, wurde er meist in der Nacht eingefangen und zwar, wie es in der schon zitierten Naturgeschichte der Nordsee heißt, in zweihundert Fuß langen, beinahe eine Viertelmillion Fische fassenden Netzen, welche man aus grober persischer Seide verfertigte und schwarz einfärbte, indem eine hellere Farbe den Hering erfahrungsgemäß verscheuchte. Die Netze schließen nämlich den Fang nicht ein, sondern sie stehen im Wasser gleich einer Wand, gegen die die Fische verzweiflungsvoll anschwimmen, bis sie sich mit den Kiemen in den Maschen verfangen, um dann bei dem an die acht Stunden dauernden Herausziehen und Aufwinden des Netzes erdrosselt zu werden. In ihrer weitaus überwiegenden Mehrzahl sind darum die Heringe, wenn sie aus dem Wasser gehievt werden, bereits tot. Frühere Naturhistoriker wie M. de Lacépede neigten daher zu der Annahme, daß Heringe, sowie sie aus dem Wasser gebracht werden, augenblicklich, sei es an einer Art von Infarkt, sei es aus sonst einer Ursache zugrunde gehen. Diese den Heringen bald von allen maßgeblichen Naturkundigen zugeschriebene besondere Eigenschaft führte wiederum dazu, daß Augenzeugenberichten über Heringe, die sich außerhalb des Wassers am Leben befinden, lange besondere Aufmerksamkeit zugewandt wurde. So ist es zum Beispiel verbürgt, daß ein kanadischer Missionar namens Pierre Sagard an Deck eines Fischkutters vor der Küste Neufundlands einen Haufen Heringe des längeren zappeln sah und daß ein Herr Neucrantz in Stralsund mit großer Genauigkeit die letzten Zuckungen eines vor einer Stunde und sieben Minuten (zum Zeitpunkt des Todes) aus dem Wasser geholten Herings registrierte. Auch ein gewisser Noel de Marinière, Inspektor des Fischmarkts von Rouen, hat eines Tages staunend wahrgenommen, wie ein paar Heringe, die schon zwei bis drei Stunden auf dem Trockenen lagen, sich rührten und fühlte sich dadurch veranlaßt, die Überlebensfähigkeit dieser Fische genauer zu erkunden, indem er ihnen die Flossen abschnitt und sie auf andere Weise verstümmelte. Eine solche, von unserem Wissensdrang inspirierte Prozedur ist sozusagen die äußerste Zuspitzung der Leidensgeschichte einer ständig von Katastrophen bedrohten Art. Was nicht schon im Laichstadium von den Schell- und Schildfischen gefressen wird, endet im Inneren eines Seeaals, eines Hundsfischs, eines Kabeljaus oder eines der vielen anderen Heringsjäger, zu denen nicht zuletzt wir selber zu rechnen sind. Bereits um 1670 waren mehr als achthunderttausend Holländer und Friesen, ein nicht unbeträchtlicher Teil der Gesamtbevölkerung, ausschließlich mit dem Heringsfang beschäftigt. Hundert Jahre später wird die Zahl der alljährlich eingebrachten Heringe auf sechzig Milliarden geschätzt. Angesichts dieser kaum vorstellbaren Mengen beruhigten sich die Naturhistoriker bei dem Gedanken, daß der Mensch bloß für einen Bruchteil der im Kreislauf des Lebens andauernd sich fortsetzenden Vernichtung verantwortlich ist, und im übrigen auch mit der Annahme, daß die besondere physiologische Organisation der Fische sie schützte vor der Empfindung der Angst und der Schmerzen, die beim Todeskampf durch die Körper und die Seelen der höher ausgebildeten Tiere gehen. Doch in Wahrheit wissen wir nichts von den Gefühlen des Herings. Wir wissen nur, daß sein inneres Gerüst aus über zweihundert verschiedenen, auf das komplizierteste zuzusammengesetzten Knorpeln und Knochen besteht.

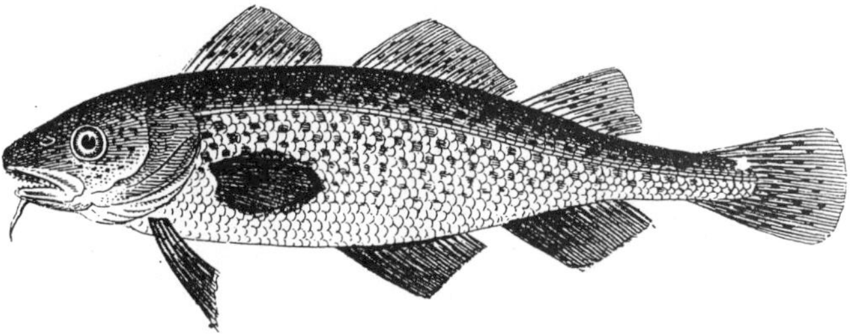

Äußerlich auffällig ist das starke Schwanzruder, der schmale Kopf, der ein wenig vorstehende Unterkiefer und das große Auge, in dessen silberweißer Iris eine schwarze Pupille schwimmt. Über den Rücken hin ist der Hering bläulich grün gefärbt. Die Schuppen an seinen Seiten und am Bauch schimmern einzeln in einem orangegoldenen Ton, haben jedoch in ihrer Gesamtheit einen reinweißen metallischen Glanz. Gegen das Licht gehalten, scheinen die hinteren Partien auf in einem Dunkelgrün von solcher Schönheit, wie man es sonst nirgendwo sieht. Wenn das Leben aus dem Hering gewichen ist, verändern sich seine

Farben. Der Rücken wird blau, Backen und Kiemen sind rot unterlaufen von Blut. Zu den Besonderheiten des Herings gehört übrigens auch, daß sein toter Körper an der Luft zu leuchten beginnt. Diese eigenartige, der Phosphoreszenz ähnliche und doch von ihr grundverschiedene Leuchtkraft erreicht wenige Tage nach dem Eintritt des Todes ihren Höhepunkt und nimmt dann in dem Maße ab, in dem der Fisch in Verwesung übergeht. Es ist lange Zeit, ja ich glaube bis heute ungeklärt geblieben, was für eine Bewandtnis es mit dem Leuchten der leblosen Heringe hat. Um 1870, als allerorten an Projekten zu einer totalen Illumination

unserer Städte gearbeitet wurde, sollen zwei englische Wissenschaftler mit den seltsamerweise zu ihren Forschungen passenden Namen Herrington und Lightbown das absonderliche Naturphänomen untersucht haben in der Hoffnung, daß sich aus der von den toten Heringen ausgeschwitzten luminösen Substanz die Formel zur Erzeugung einer organischen, sich fortwährend von selber regenerierenden Lichtessenz würde ableiten lassen. Das Scheitern dieses exzentrischen Planes war, wie ich letzthin in einer Monographie über die Geschichte des künstlichen Lichts gelesen habe, ein kaum nennenswerter Rückschlag in der sonst unaufhaltsamen Verdrängung der Finsternis.

Ich hatte die Strandfischer längst hinter mir gelassen, als ich am frühen Nachmittag den halbwegs zwischen Lowestoft und Southwold hinter einer Kiesbank gelegenen Brackwassersee Benacre Broad erreichte. Der See ist umgeben von dem grünen Kranz eines Laubgehölzes, das aufgrund der fortschreitenden Erosion der Küste von der Meerseite her allmählich abstirbt. Sicher ist es nur noch eine Frage der Zeit, bis die Kiesbank in einer Sturmnacht durchbrochen wird und die ganze Gegend ihr Ansehen verändert. Aber doch konnte man an dem Tag, an dem ich dort an dem stillen Ufer saß, glauben, man schaue hinein in die Ewigkeit. Die Dunstschleier, die am Morgen landeinwärts trieben, hatten sich aufgelöst, das Himmelsgewölbe war leer und blau, kein Hauch regte sich in der Luft, wie gemalt standen die Bäume, und nicht ein einziger Vogel flog über das samtbraune Wasser. Es war, als sei die Welt unter einen Glassturz gerückt, bis aus dem Westen mächtige Quellwolken heraufkamen und langsam einen grauen Schatten über die Erde zogen. Vielleicht ist es diese Verdüsterung gewesen, die mich daran erinnerte, daß ich vor mehreren Monaten aus der *Eastern Daily Press* einen Artikel ausgeschnitten hatte über den Tod des Majors George Wyndham Le Strange, dessen Domizil das große steinerne Herrenhaus von Henstead jenseits des Brackwassersees gewesen war. Le Strange habe, so hieß es in dem Artikel, während des letzten Krieges in dem Panzerabwehrregiment gedient, das am 14. April 1945

das Lager von Bergen Belsen befreite, sei aber, unmittelbar nach dem Waffenstillstand, aus Deutschland zurückgekehrt, um die Verwaltung der Güter seines Großonkels in der Grafschaft Suffolk zu übernehmen, die er, wie ich von anderer Seite weiß, zumindest bis Mitte der fünfziger Jahre in vorbildlicher Weise bewirtschaftete. Zu jener Zeit war es auch, daß Le Strange sich die Haushälterin verschrieb, der er zuletzt sein gesamtes Vermögen vermachte, die Ländereien in Suffolk sowohl als einen auf mehrere Millionen Pfund geschätzten Immobilienbesitz in der Innenstadt von Birmingham. Dem Zeitungsbericht zufolge hatte Le Strange diese Haushälterin, eine einfache junge Frau namens Florence Barnes aus dem Landstädtchen Beccles, eingestellt unter der ausdrücklichen Bedingung, daß sie die von ihr zubereiteten Mahlzeiten mit ihm gemeinsam, aber unter Wahrung absoluten Stillschweigens einnehme. Nach den anscheinend von Mrs. Barnes selber der Zeitung gegenüber gemachten Angaben ist die einmal getroffene Vereinbarung von ihr getreulich eingehalten worden, auch nachdem die Lebensführung Le Stranges mehr und mehr ins Exzentrische sich zu wandeln begann. Zwar hatte sich Mrs. Barnes, von dem Berichterstatter der Zeitung hierzu zweifelsohne eindringlich befragt, nur auf das zurückhaltendste geäußert, doch haben meine eigenen seither angestellten Nachforschungen ergeben, daß Le Strange gegen Ende der fünfziger Jahre nach und nach all sein Hauspersonal ebenso wie seine Landarbeiter, Gärtner und Verwalter entlassen hatte, daß er von da an in dem großen Steinhaus allein mit der schweigsamen Köchin aus Beccles lebte und daß infolgedessen

EDP 1.3.92

Housekeeper Rewarded for Silent Dinners

A wealthy eccentric has left his vast estate to the housekeeper to whom he hardly spoke for over thirty years.

Major George Wyndham Le Strange (77), a bachelor, collapsed and died last month in the hallway of his manor house in Henstead, Suffolk which had remained virtually unchanged since Georgian times.

During the last war, Le Strange had served in the 63rd Anti-Tank Regiment which liberated the concentration camp at Belsen on 14 April 1945. Immediately after VE-Day, he returned to Suffolk to manage his great uncle's estates.

Mrs. Florence Barnes (57), employed by Le Strange in 1955 as housekeeper and cook on condition that she dined with him in silence every day, said that Le Strange had, in the course of time, become a virtual recluse but she refused to give any details of the Major's eccentric way of life.

Asked about her inheritance, she said that, beyond wanting to buy a bungalow in Beccles for herself and her sister, she had no idea what to do with it.

das ganze Gut, die Gartenanlagen und der Park zusehends verwilderten und verfielen und die brachliegenden Felder von ihren Rändern her zuwuchsen mit Strauchwerk und Gestrüpp. Abgesehen von dergleichen, offenbar von der Beobachtung des tatsächlich Vorgefallenen veranlaßten Bemerkungen waren in den an die Domäne angrenzenden Dörfern einige den Major selber betreffende Geschichten im Umlauf, denen man wahrscheinlich nur bedingt Glauben schenken darf. Sie beruhten wohl auf dem Wenigen, das gerüchtweise im Verlaufe der Jahre aus der Tiefe des Parks an die Öffentlichkeit gedrungen war und das demzufolge die im engeren Umkreis lebende Bevölkerung in besonderem Maße beschäftigte. So hörte ich zum Beispiel in einer Wirtschaft in Henstead sagen, Le Strange sei in seinem späteren Alter, weil er seine Garderobe völlig abgetragen hatte und neue Stücke sich nicht mehr zulegen mochte, in Kleidern aus früheren Zeiten herumgegangen, die er bei Bedarf aus den Kästen auf dem Dachboden seines Hauses hervorholte. Es gab Leute, die behaupteten, ihn gelegentlich gesehen zu haben in einem kanariengelben Gehrock oder einer Art Trauermantel aus verschossenem veilchenfarbenem Taft mit vielen Knöpfen und Ösen. Auch hieß es, Le Strange, der immer schon einen zahmen Hahn auf seinem Zimmer gehalten hatte, sei nachmals ständig umschwärmt gewesen von allem möglichen Federvieh, von Perlhühnern, Fasanen, Tauben und Wachteln und den verschiedensten Garten- und Singvögeln, die teils am Boden um ihn herumliefen, teils in der Luft ihn umflogen. Einmal im Sommer, so erzählten einige, habe Le Strange in seinem Garten eine Höhle ausgehoben, in der er dann tage- und nächtelang gesessen sei gleich dem heiligen Hieronymus in der Wüste. Am eigenartigsten aber war die, wie ich vermute, von den Bediensteten des Leichenbestatters in Wrentham ausgegangene Legende, daß die helle Haut des Majors bei seinem Ableben olivgrün, sein gänsegraues Auge tiefdunkel und sein schlohweißes Haar rabenschwarz geworden sei. Was ich von solchen Geschichten halten soll, das ist mir bis heute nicht klar. Der Park, soviel ist sicher, ist im vergangenen Herbst auf einer Auktion mit allen zugehörigen Liegenschaften von einem Holländer erworben worden, und Florence Barnes, die treue Haushälterin des Majors, lebt, wie sie es beabsichtigt hatte, zusammen mit ihrer Schwester Jemima in einem Bungalow in ihrem Heimatort Beccles.

Eine Viertelstunde südlich von Benacre Broad, wo der Strand sich verengt, und ein Stück Steilküste beginnt, liegen wüst durcheinander ein paar Dutzend toter Bäume, die vor Jahren schon von den Klippen von Covehithe heruntergestürzt sein müssen. Ausgebleicht vom Salzwasser, vom Wind und der Sonne, sieht das zerbrochene, rindenlose Holz aus wie die Gebeine irgendeiner vor langer Zeit an diesem einsamen Ufer zugrundegegangenen, selbst die Mammuts und Saurier überragenden Art. Der Fußpfad führt um den Verhack herum, durch eine Ginsterböschung auf die Anhöhe der Lehmklippe hinauf und dort in geringer Entfernung von dem stets von Einbrüchen bedrohten Rand des festen Landes zwischen Adlerfarnen hindurch, von denen die größten mir bis an die Schultern reichten. Draußen auf dem bleifarbenen Meer begleitete mich ein Segelboot, genauer gesagt schien es mir, als stünde es still und als käme ich selber, Schritt für

Schritt, so wenig vom Fleck wie der unsichtbare Geisterfahrer mit seiner bewegungslosen Barke. Doch nach und nach trat das Farnkraut auseinander und gab den Blick voraus frei auf ein zur Kirche von Covehithe hin sich erstreckendes Feld. Hinter einem niedrigen Elektrozaun lagerte da eine an die hundert Stück zählende Schweineherde auf der von ein paar mageren Kamillenbüscheln bewachsenen braunen Erde. Ich stieg über den Draht und näherte mich einem der schweren, bewegungslos schlafenden Tiere. Langsam öffnete es, als ich mich niederbeugte zu ihm, sein kleines, von hellen Wimpern umsäumtes Auge und blickte mich fragend an. Ich fuhr ihm mit der Hand über den staubbedeckten, unter der ungewohnten Berührung erschauernden Rücken, strich ihm über den Rüssel und das Gesicht und kraulte ihm die Kuhle hinter dem Ohr, bis es aufseufzte wie ein von endlosem Leiden geplagter Mensch. Als ich mich wieder erhob, machte es mit einem Ausdruck tiefster Ergebenheit das Auge wieder zu. Eine Zeitlang saß ich dann noch auf dem Grasplatz zwischen dem elektrischen Zaun und dem Rand der Klippe. Die schütteren, schon vergilbten Halme beugten sich in dem aufkommenden Wind. Der Himmel verdunkelte sich zusehends. Wolkenbänke schoben sich weit hinaus über das jetzt von weißen Streifen durchzogene Meer. Die Barke, die so lang sich nicht fortbewegt hatte, war auf einmal verschwunden. Mich erinnerte all das an die Geschichte, die der heilige Evangelist Markus erzählt aus der Gegend der Gadarener und die unmittelbar anschließt an die ungleich bekanntere von der Besänftigung des Sturms auf dem See Genezareth. So gut das Bild von den kleingläubigen Jüngern, die ihren sorglos schlummernden Meister wachrütteln, als die Wellen in den Kahn schlagen, in den Schulkatechismus paßte, so wenig wußte man offenbar, was es auf sich hatte mit dem wahnsinnigen Gadarener. Ich jedenfalls konnte mich nicht entsinnen, daß die Gadarenergeschichte uns in den sogenannten Religionsstunden oder im Gottesdienst je vorgelesen, geschweige denn auseinandergesetzt worden wäre. Der Tobsüchtige, von dem gesagt wird, er sei dem Nazarener entgegengelaufen aus den Gräbern, in denen er seine Behausung hatte, war, so heißt es, erfüllt von einer derart unmäßigen Kraft, daß niemand ihn zu bändigen vermochte. Sämtliche Ketten hatte er abgerissen, jede Fessel zerrieben. Allezeit, schreibt Markus, war er auf der Totenstätte in den Bergen und schrie und heulte und hieb auf sich ein mit Steinen. Nach seinem Namen befragt, antwortete er: Legion heiße ich, denn wir sind unser viele und bitten, treibt uns nicht aus aus dieser Gegend. Der Herr aber befiehlt den bösen Geistern hineinzufahren in die Sauherde, die daselbst auf der Weide ist. Und die Säue, von denen der Evangelist sagt, daß es an die zweitausend gewesen sind, stürzen sich von dem Abhang hinab und ersaufen in der Flut. Handelt es sich bei dieser grauenvollen Geschichte, so habe ich mich damals auf meinem Platz über dem deutschen Ozean gefragt, um den Bericht eines glaubwürdigen Zeugen? Und wenn ja, bedeutet das nicht, daß unserem Herrn bei der Heilung des Gadareners ein böser Kunstfehler unterlaufen ist? Oder haben wir hier, fragte ich mich, eine von dem Evangelisten bloß erfundene Parabel vor uns über den Ursprung der angeblichen Unsauberkeit der Schweine, die, wenn man es recht bedenkt, darauf hinausläuft, daß wir unseren kranken Menschenverstand immer wieder auslassen müssen an einer anderen, von uns für niedriger gehaltenen und für nichts als zerstörenswert erachteten Art? Während mir das durch den

Kopf ging, sah ich draußen über dem Meer die Schwalben herumschießen. In einem fort ihre winzigen Schreie ausstoßend, durchschnitten sie ihr Flugfeld, geschwinder, als ihnen mit den Augen zu folgen war. Schon früher, in der Kindheit, wenn ich in den Abendstunden vom schattigen Talgrund aus diesen Seglern zuschaute, die zu jener Zeit noch in großer Zahl droben im letzten Licht kreisten, habe ich mir vorgestellt, daß die Welt nur zusammengehalten wird von ihren durch den Luftraum gezogenen Bahnen. Viele Jahre später las ich dann in der 1940 in Salto Oriental in Argentinien verfaßten Schrift *Tlön, Uqbar, Orbis Tertius* von der Rettung eines ganzen Amphitheaters durch ein paar Vögel. Die Schwalben, so bemerkte ich jetzt, jagten ausschließlich in der Ebene, die sich von der Anhöhe, auf der ich saß, ins Leere erstreckte. Nicht eine von ihnen stieg höher hinauf oder tauchte tiefer zum Wasser hinab. Und wenn sie, geschoßgleich, aufs Ufer zukamen, verschwanden einige von ihnen immer unmittelbar unter meinen Füßen, als hätte sie der Erdboden verschluckt. Ich trat an den Rand der Klippe und sah, daß sie ihre Nistlöcher in die oberste Lehmschicht des Abbruchs gegraben hatten, eines neben dem andern. Ich stand also sozusagen auf einem perforierten Stück Land, das jeden Moment nachgeben konnte. Demungeachtet legte ich, wie wir es einst auf dem flachen Blechdach des doppelstöckigen Bienenhauses zur Mutprobe getan hatten, so weit es ging den Kopf in den Nacken, richtete den Blick an den Zenit hinauf, ließ ihn herabgleiten an der Himmelskugel und zog ihn dann vom Horizont her über das Wasser herein bis an den zirka zwanzig Meter unter mir sich befindenden schmalen Strand. Indem ich, langsam ausatmend, das in mir aufsteigende Schwindelgefühl überwand und einen Schritt zurück tat, war es mir, als hätte ich auf dem Uferstreifen etwas seltsam Fehlfarbenes sich bewegen sehen. Ich kauerte mich nieder und blickte, erfüllt von plötzlicher Panik, hinab über den Rand. Es war ein Menschenpaar, das dort drunten lag, auf dem Grund der Grube, dachte ich mir, ein Mann, ausgestreckt über dem Körper eines anderen Wesens, von dem nichts sichtbar war als die angewinkelten, nach außen gekehrten Beine. Und in der eine Ewigkeit währenden Schrecksekunde, in der dieses Bild mich durchfuhr, kam es mir vor, als sei ein Zucken durch die Füße des Mannes gefahren wie bei einem gerade Gehenkten. Jetzt jedenfalls war er still, und still und reglos war auch die Frau. Ungestalt gleich einer großen, ans Land geworfenen Molluske lagen sie da, scheinbar ein Leib, ein von weit draußen hereingetriebenes, vielgliedriges, doppelköpfiges Seeungeheuer, letztes Exemplar einer monströsen Art, das mit flach den Nüstern entströmendem Atem seinem Ende entgegendämmert. Voller Bestürzung richtete ich mich wieder auf, so unsicher, als erhöbe ich mich zum erstenmal in meinem Leben von der Erde, und ging fort von der mir unheimlich gewordenen Stelle, von der Klippe hinab über den leicht sich absenkenden Weg auf den Strand, der sich hier ausweitet nach Süden. Vor mir in der Ferne duckte sich die Stadt Southwold, eine Anzahl winziger Häuser, Bauminseln, ein schneeweißer Leuchtturm, unter dem dunklen Himmel. Noch ehe ich dort anlangte, begannen die ersten Regentropfen zu fallen. Ich wandte mich um, schaute zurück auf die leere Bahn, über die ich gekommen war, und wußte nicht mehr, ob ich

das blasse Seeungeheuer am Fuß der Klippe von Covehithe nun in Wirklichkeit oder bloß in meiner Einbildung gesehen hatte. Die Erinnerung an die damals verspürte Unsicherheit bringt mich wieder auf die im vorigen schon erwähnte argentinische Schrift, die in der Hauptsache befaßt ist mit unseren Versuchen zur Erfindung von Welten zweiten oder gar dritten Grades. Der Erzähler berichtet, wie er zusammen mit einem gewissen Bioy Casares in einem Landhaus der Calle Gaona in Ramos Mejía an einem Abend des Jahres 1935 beim Nachtessen war und wie sie sich im Anschluß an dieses Nachtessen verloren hatten in einem weit ausschweifenden Gespräch über die Ausarbeitung eines Romans, der gegen offenkundige Tatsachen verstoßen und sich in verschiedene Widersprüche verwickeln sollte in einer Weise, die es wenigen Lesern — sehr wenigen Lesern — ermöglichen sollte, die in dem Erzählten verborgene, einesteils grauenvolle, andernteils gänzlich bedeutungslose Wirklichkeit zu erahnen. Am Ende des Flurganges, der zu dem Zimmer führte, in dem wir damals saßen, so der Verfasser weiter, hing ein ovaler, halbblinder Spiegel, von dem eine Art Beunruhigung ausging. Wir fühlten uns von diesem stummen Zeugen belauert, und also entdeckten wir — in tiefer Nacht sind dergleichen Entdeckungen fast unvermeidlich —, daß Spiegel etwas Entsetzliches haben. Bioy Casares erinnerte demzufolge, einer der Häresiarchen von Uqbar habe erklärt, das Grauenerregende an den Spiegeln, und im übrigen auch an dem Akt der Paarung, bestünde darin, daß sie die Zahl der Menschen vervielfachen. Ich fragte Bioy Casares, so der Verfasser, nach der Herkunft dieser mir denkwürdig scheinenden Sentenz, und er sagte, die *Anglo-American Cyclopaedia* führe sie an in ihrem Artikel über Uqbar. Dieser Artikel aber, so stellt es sich im weiteren Verlauf der Erzählung heraus, ist in der besagten Enzyklopädie nicht aufzufinden, beziehungsweise er findet sich einzig und allein in dem von Bioy Casares vor Jahren erstandenen Exemplar, dessen sechsundzwanzigster Band um vier Seiten mehr aufweist als alle anderen Exemplare der fraglichen, 1917 erschienenen Ausgabe. Es bleibt somit ungeklärt, ob es Uqbar je gegeben hat oder ob es bei der Beschreibung dieses unbekannten Landes nicht ähnlich wie bei dem Enzyklopädistenprojekt Tlön, dem der Hauptteil der hier in Rede stehenden Schrift gewidmet ist, darum geht, über das rein Irreale im Laufe der Zeit zu einer neuen Wirklichkeit zu gelangen. Die labyrinthische Konstruktion Tlöns, so merkt ein Nachtrag aus dem Jahr 1947 an, steht im Begriff, die bekannte Welt auszulöschen. Schon ist das bislang von niemand beherrschte Idiom von Tlön in die Schulen eingedrungen, schon überdeckt die Geschichte Tlöns alles, was wir vordem einmal wußten oder zu wissen glaubten, schon zeigen sich in der Historiographie die unbestreitbaren Vorteile einer fiktiven Vergangenheit. Nahezu sämtliche Wissenszweige sind reformiert, und die wenigen unreformierten Disziplinen harren ebenfalls ihrer Erneuerung. Eine verstreute Dynastie von Einsiedlern, die Dynastie der Erfinder, Enzyklopädisten und Lexikographen von Tlön hat das Antlitz der Erde verwandelt. Alle Sprachen, selbst Spanisch, Französisch und Englisch, werden vom Planeten verschwinden. Die Welt wird Tlön sein. Mich aber, so schließt der Erzähler, kümmert das nicht, ich feile in der stillen Muße meines Landhauses weiter an einer tastenden, an Quevedo geschulten Übertragung des *Urn Burial* von Thomas Browne (die ich nicht drucken zu lassen gedenke).

IV

Die Regenwolken hatten sich verzogen, als ich nach dem Nachtessen einen ersten Rundgang machte durch die Straßen und Gassen der Stadt. Schon begann es duster zu werden zwischen den Zeilen der Ziegelhäuser. Einzig der Leuchtturm mit seiner funkelnden

Glaskabine reichte noch in die Grad für Grad von der Erde abhebende Helligkeit hinein. Fußmüde, wie ich war von dem langen Weg von Lowestoft herunter, setzte ich mich bald auf eine Bank auf dem weiten, Gunhill genannten Rasenplatz und schaute hinaus auf das stille Meer, aus dessen Tiefe jetzt die Schatten heraufwuchsen. Die letzten Abendspaziergänger waren verschwunden. Ich fühlte mich wie in einem leeren Theater, und es hätte mich nicht gewundert, wenn vor mir auf einmal der Vorhang aufgegangen und auf dem Proszenium beispielsweise der 28. Mai 1672 wieder heraufgekommen wäre, jener denkwürdige Tag, an dem dort draußen die holländische Flotte, das strahlende Morgenlicht hinter sich, aus dem über der See treibenden Dunst auftauchte und das Feuer eröffnete auf die in der Bucht vor Southwold versammelten englischen Schiffe. Wahrscheinlich sind damals die Bewohner von Southwold, sowie die ersten Kanonenschüsse gefallen waren, hinausgeeilt vor die Stadt und haben das seltene Schauspiel vom Strand aus verfolgt. Mit den Händen die Augen schützend gegen die blendende Sonne, werden sie gesehen haben, wie die Schiffe scheinbar planlos sich hin und her bewegten, wie die Segel im leichten Nordost sich blähten und bei den schwerfälligen Richtmanövern wieder zusammensanken. Menschen werden sie auf die Entfernung wohl keine wahrgenommen haben, nicht einmal die Herren von der holländischen und englischen Admiralität auf ihren Kommandobrücken. Später, als die Schlacht ihren Fortgang nahm, als die Pulvermagazine explodierten und einige der geteerten Schiffsleiber bis an die Wasserlinie herabbrannten, wird alles eingehüllt gewesen sein in einen beizenden, gelbschwarz über die ganze Bucht sich wälzenden Rauch, der den Verlauf des Kampfgeschehens jeder Beobachtung entzog. Sind die Berichte von den auf den sogenannten Feldern der Ehre ausgefochtenen Schlachten von jeher unzuverlässig gewesen, dann handelt es sich bei den bildlichen Darstellungen der großen Seetreffen ausnahmslos um pure Fiktionen. Selbst gefeierte Seeschlachtenmaler wie Storck, van der Velde oder de Loutherbourg, von denen ich einige der *Battle of Sole Bay* gewidmete Erzeugnisse im Marinemuseum von Greenwich genauer studiert habe, vermögen, trotz einer durchaus erkennbaren realistischen Absicht, keinen wahren Eindruck davon zu vermitteln, wie es auf einem der mit Gerät und Mannschaften bis zum äußersten überladenen Schiffe zugegangen sein muß, wenn brennende Masten und Segel niederstürzten

oder Kanonenkugeln die von einem unglaublichen Leibergewimmel erfüllten Zwischendecks durchschlugen. Allein auf der *Royal James,* die von einem Feuerschiff in Brand gesteckt wurde, kam beinah die Hälfte der tausendköpfigen Besatzung ums Leben. Genaueres über den Untergang dieses Dreimasters ist nicht überliefert. Verschiedene Augenzeugen wollen den nahezu drei Zentner schweren Earl von Sandwich, den Befehlshaber der englischen Flotte, zuletzt von Flammen umzingelt und verzweiflungsvoll gestikulierend auf dem Hinterdeck gesehen haben. Gewiß ist nur, daß seine aufgedunsene Leiche ein paar Wochen später bei Harwich an den Strand gespült wurde. Die Nähte der Uniform waren geplatzt, die Knopflöcher ausgerissen, aber der Hosenbandorden strahlte noch in unverminderter Pracht. Es kann zu jener Zeit auf der Welt nur wenig Städte gegeben haben mit soviel Seelen, als ausgelöscht wurden in einer solchen Schlacht. Die erlittene Pein, das gesamte Werk der Zerstörung übersteigt um ein Vielfaches unser Vorstellungsvermögen, ebenso wie es nicht auszudenken ist, was für ein enormer Aufwand an Arbeit — vom Schlagen und Zurichten der Bäume, von der Gewinnung und der Verhüttung des Erzes und dem Schmieden des Eisens bis zum Weben und Vernähen der Segel — vonnöten gewesen sein muß, um die ja von vornherein größtenteils zur Vernichtung bestimmten Fahrzeuge zu bauen und auszurüsten. Eine Weile bloß glitten diese seltsamen, auf Namen wie *Stavoren, Resolution, Victory, Groot Hollandia* und *Olyfan* getauften Wesen, vom Weltatem getrieben, über das Meer, und schon waren sie wieder verschwunden. Es ist übrigens nie richtig klargeworden, welche der beiden Parteien in diesem um die Erpressung wirtschaftlicher Vorteile geführten Seekampf vor Southwold letzten Endes die siegreiche gewesen ist, doch gilt es als ausgemacht, daß der holländische Niedergang mit einer, am Gesamtaufwand der Schlacht gemessen, kaum tarierbaren Verschiebung der Kräfte hier seinen Anfang genommen hat, während andererseits die nahezu bankrotte, diplomatisch isolierte und durch den holländischen Überfall auf Chatham schwer gedemütigte englische Regierung, trotz eines scheinbar völligen Mangels an Strategie und einer am Rande der Auflösung sich befindenden Marineverwaltung, dank vielleicht allein des damaligen Spiels des Windes und der Wellen ihre so lange ungebrochene Vorherrschaft über die Meere einleiten konnte. — Wie ich an jenem Abend in Southwold so dasaß auf meinem Platz über dem deutschen Ozean, da war es mir auf einmal, als spürte ich ganz deutlich das langsame Sichhineindrehen der Welt in die Dunkelheit. In Amerika, so Thomas Browne in seinem Traktat über das Urnen-Begräbnis, stehen die Jäger auf, wenn die Perser gerade eintauchen in den tiefsten Schlaf. Gleich einer Schleppe wird der Nachtschatten über die Erde gezogen, und da nach Sonnenuntergang fast alles von einem Weltgürtel zum nächsten sich niederlegt, so fährt er fort, könnte man, immer der untergehenden Sonne nachfolgend, die von uns bewohnte Kugel andauernd voller hingestreckter, wie von der Sense Saturns umgelegter und geernteter Leiber erblicken — einen endlos langen Kirchhof für eine fallsüchtige Menschheit. Weiter und weiter schaute ich hinaus auf das Meer, bis dorthin, wo die Finsternis am dichtesten wurde, und wo, kaum mehr zu erkennen, eine sehr seltsam geformte Wolkenbank sich erstreckte, die rückseitige Ansicht wohl des am Spätnachmittag über Southwold niedergegangenen Wetters. Die Gipfelregionen dieses tintenfarbenen Gebirges gleißten in ihren höchsten Höhen noch eine Weile wie die Eisfelder des Kaukasus, und indem ich sie allmählich erlöschen sah, fiel mir wieder ein, daß ich vor Jahren einmal im Traum ein ebensolches fernes und fremdes Gebirge seiner ganzen Länge nach durchwandert hatte. Es muß eine Strecke von tausend Meilen und mehr gewesen sein, durch Schluchten, Tobel und Täler, über Jochstraßen, Halden und Driften, am Saum großer Wälder entlang, über Steinfelder, Schotter und Schnee. Und ich entsann mich, daß ich im Traum, angekommen am Ende meines Wegs, einen Blick zurückwarf und daß es genau sechs Uhr abends gewesen ist. Die gezackten Gipfel der Berge, aus denen ich hervorgekommen war, hoben sich mit geradezu beängstigender Schärfe ab von einem türkisblau gefärbten Himmel, an dem zwei oder drei rosa Wolken schwebten. Es war ein Bild von einer mir unergründlichen Vertrautheit, das ich wochenlang im Kopf hatte und das, wie mir schließlich bewußt wurde, bis in die letzte Einzelheit übereinstimmte mit dem Bild des Vallülamassivs, das ich ein paar Tage vor meiner Einschulung in einem Zustand größter Übermüdung vom Omnibus aus gesehen hatte, als wir am Abend nach Hause fuhren von einem Ausflug ins Montafon. Wahrscheinlich sind es verschüttete Erinnerungen, die die eigenartige Überwirklichkeit dessen erzeugen, was man im Traum sieht. Vielleicht ist es aber auch etwas anderes, etwas Nebel- und Schleierhaftes, durch das hindurch, paradoxerweise, im Traum alles viel klarer erscheint. Ein kleines Wasser wird zu einem See, ein Windhauch zu einem Sturm, eine Handvoll Staub zu einer Wüste, ein Körnchen Schwefel im Blut zu einem vulkanischen Feuer. Was ist das für ein Theater, in dem wir Dichter, Schauspieler, Maschinist, Bühnenmaler und Publikum in einem sind? Gehört zum Durchqueren der Traumfluchten mehr oder weniger Verstand, als man mit hineinbringt ins Bett?

So unbegreiflich mir diese Dinge von jeher gewesen sind, so unmöglich war es mir auch an jenem Abend auf dem Gunhill von Southwold, wirklich zu glauben, daß ich vor genau einem Jahr vom holländischen Strand aus nach England hinübergeschaut hatte. Ich war damals, nach einer bösen, in Baden in der Schweiz verbrachten Nacht über Basel und Amsterdam nach Den Haag gefahren und hatte mich dort in einem der zweifelhaften Hotels am Stationsweg einquartiert. Ich weiß nicht mehr, war es das *Lord Asquith*, das *Aristo* oder das *Fabiola*. Jedenfalls saßen in der Rezeptionsnische des selbst den bescheidensten Reisenden sogleich mit einem Gefühl der tiefsten Niedergeschlagenheit erfüllenden Etablissements zwei nicht mehr ganz junge, offenbar miteinander seit langem vermählte Herren und zwischen ihnen, an Kindes Statt sozusagen, ein aprikosenfarbener Pudel. Nachdem ich mich auf dem mir angewiesenen Zimmer etwas ausgeruht hatte, spazierte ich in der Absicht, irgendwo etwas zu mir zu nehmen, den Stationsweg hinauf Richtung Stadtzentrum, vorbei an der *Bristol Bar*, an *Yuksels Café*, an einer *Videoboetik*, an

Aran Turks Pizzaladen, an einem Euro-Sex-Shop, einer islamitischen Metzgerei und einer Teppichhandlung, über deren Auslage ein primitives vierteiliges Fresko eine durch die Wüste ziehende Karawane zeigte. *Perzenpaleis* stand in roten Buchstaben an der Front des heruntergekommenen Gebäudes, in dessen

oberen Stockwerken sämtliche Fensterscheiben mit weißer Kalkfarbe verschmiert waren. Indem ich noch emporschaute an dieser Fassade, schlüpfte unmittelbar neben mir, so daß sich unsere Ellbogen berührten, ein dunkelbärtiger Mann, der über seinem langen Kleid eine alte Anzugjacke trug, bei einem Tor hinein, durch dessen spaltbreite Öffnung mein Blick einen mir unvergeßlichen, ganz aus der Zeit gelösten Moment lang auf eine hölzerne Stellage gefallen ist, in der, ordentlich über- und nebeneinander, vielleicht hundert Paar abgetragene Straßenschuhe standen. Erst später habe ich aus dem Hinterhof des Hauses das Minarett hinaufragen sehen in den azurfarbenen holländischen Abendhimmel. Eine Stunde und mehr bin ich in dieser gewissermaßen extraterritorialen Gegend herumgegangen. Die Fenster in den Seitengassen waren größtenteils mit Brettern vernagelt, und an den rußigen Backsteinwänden standen Sprüche wie *Help de regenwouden redden* und *Welcome to the Royal Dutch Graveyard.* Irgendwo einzukehren, dazu konnte ich mich jetzt nicht mehr entschließen. Statt dessen kaufte ich mir bei MacDonald's, wo ich mir an dem grellerleuchteten Tresen wie ein seit langem in allen Ländern gesuchter Verbrecher vorgekommen bin, eine Tüte Chips, die ich auf dem Rückweg in mein Hotel nach und nach verzehrte. Vor den Eingängen der diversen Unterhaltungs- und Eßlokale am Stationsweg hatten sich inzwischen kleine Gruppen morgenländischer Männer versammelt, von denen die meisten stillschweigend rauchten, während der eine oder andere ein Geschäft abzuwickeln schien mit einem Klienten. Als ich den kleinen Kanal erreichte, der den Stationsweg kreuzt, glitt auf einmal quer über die Fahrbahn an mir vorbei, als sei sie aufgetaucht aus dem Nichts, eine mit Lichtern bestückte, chromglänzende amerikanische Limousine mit offenem Verdeck, in der ein Zuhälter in einem weißen Anzug saß, mit einer goldumrandeten Sonnenbrille und einem lachhaften Tirolerhut auf dem Kopf. Und wie ich, voller Erstaunen, dieser beinahe überirdischen Erscheinung nachschaute, da kam um die Straßenecke herum ein dunkelhäutiger Mensch auf mich zugestürzt, dem das blanke Entsetzen im Antlitz stand und der mich, indem er einen Haken um mich schlug, zugleich in die Bahn seines Verfolgers hineinriß, bei dem es sich, dem ganzen Ansehen nach, um einen seiner Landsleute handeln mußte. Außerdem dürfte der Verfolger, dessen Augen geradezu glänzten vor Mordlust und Wut, ein Koch oder Küchenmann gewesen sein, denn er hatte eine Schürze vorgebunden und ein langes, blitzendes Messer in der Hand, das so knapp an mir vorbeifuhr, daß ich bereits zu spüren glaubte, wie es mir zwischen die Rippen drang. Verstört von den Nachwirkungen dieses Erlebnisses, lag ich dann in meinem Hotelzimmer auf dem Bett. Es war eine ungute, schwere Nacht, so schwül, daß man unmöglich die Fenster geschlossen lassen konnte. Und wenn man sie aufmachte, hörte man den Verkehrslärm von der Kreuzung herauf und alle paar Minuten das grauenhafte Quietschen der durch die Gleisschleife des Terminus sich quälenden Straßenbahn. Ich bin daher in einer ziemlich schlechten Verfassung gewesen, als ich am nächsten Vormittag im Mauritshuis vor dem beinahe vier Quadratmeter großen Gruppenporträt *Die anatomische Vorlesung des Dr. Nicolaas Tulp* stand. Obzwar ich eigens wegen dieses Bildes, das mich in den nächsten Jahren noch viel beschäftigte, nach Den Haag gekommen war, gelang es mir in meinem übernächtigten Zustand auf keine Weise, angesichts des unter den Blicken der Chirurgengilde ausgestreckt daliegenden Prosektursubjekts irgendeinen Gedanken zu fassen. Vielmehr fühlte ich mich, ohne daß ich genau gewußt hätte warum, von der Darstellung derart angegriffen, daß ich später bald eine Stunde brauchte, bis ich mich vor Jacob van Ruisdaels *Ansicht von Haarlem mit Bleichfeldern* einigermaßen wieder beruhigte. Die gegen Haarlem sich hinziehende

Ebene ist aus der Höhe herunter gesehen, von den Dünen aus, wie im allgemeinen behauptet wird, doch ist der Eindruck einer Schau aus der Vogelperspektive so stark, daß diese Seedünen ein richtiges Hügelland hätten sein müssen, wenn nicht gar ein kleines Gebirge. In Wahrheit ist van Ruisdael beim Malen natürlich nicht auf den Dünen gestanden, sondern auf einem künstlichen, ein Stück über der Welt imaginierten Punkt. Nur so konnte er alles zugleich sehen, den riesigen, zwei Drittel des Bildes einnehmenden Wolkenhimmel, die Stadt, die bis auf die alle Häuser überragende St. Bavokathedrale kaum mehr ist als eine Art Ausfransung des Horizonts, die dunklen Buschen und Gehölze, das Anwesen im Vordergrund und das lichte Feld, auf welchem die Bahnen der weißen Leinwand auf der Bleiche liegen und wo, soviel ich zählen konnte, sieben oder acht kaum einen halben Zentimeter große Figuren bei ihrer Arbeit sind. Nach Verlassen der Galerie setzte ich mich für eine Weile auf den von der Sonne beschienenen Treppenaufgang des Palais, das der Gouverneur Johann Maurits, wie in dem Führer, den ich gekauft hatte, geschrieben stand, während seines siebenjährigen Aufenthalts in Brasilien sich in der Heimat hatte bauen und ausstaffieren lassen als eine seinem persönlichen Wahlspruch »So weit das Erdenrund reicht« entsprechende, die Wunder der fernsten Weltgegenden widerspiegelnde kosmographische Residenz. Bei der Einweihung des Hauses im Mai 1644, also genau dreihundert Jahre vor meiner Geburt, sollen auf dem gepflasterten Platz vor dem neuen Gebäude elf von dem Gouverneur aus Brasilien mitgebrachte Indianer einen Tanz aufgeführt und den versammelten Bürgern der Stadt eine Ahnung davon gegeben haben, bis in was für fremde Länder die Macht ihres Gemeinwesens jetzt sich ausdehnte. Längst waren diese Tänzer, von denen sonst nichts überliefert ist, verschwunden, lautlos wie Schatten, still wie der Reiher, den ich, als ich mich wieder auf meinen Weg machte, unbeirrt von dem am Ufer des Hofvijver dahinkriechenden Autoverkehr, mit gleichmäßigem Schwingenschlag fliegen sah knapp über der blanken Fläche des Wassers. Wer weiß, wie es vor Zeiten wirklich gewesen ist? Diderot hat Holland in seinem Reisebericht als das Ägypten Europas beschrieben, wo man in einem Boot über die Felder dahinfahren kann und wo, so weit das Auge reicht, kaum etwas über die überschwemmten Ebenen hinausragt. Die geringste Erhöhung, schreibt er, verhelfe einem in diesem wunderbaren Land zum größten Gefühl der Erhabenheit. Und nichts den menschlichen Geist Zufriedenstellenderes gab es für Diderot als die sauberen, in allem vorbildlichen holländischen Städte mit ihren schnurgeraden, von Baumreihen gesäumten Kanälen. Ganz als seien sie von einer Künstlerhand über Nacht nach einem bis ins letzte durchdachten Plan hervorgezaubert worden, reihten die Ansiedlungen sich aneinander, und selbst in der Mitte der größten von ihnen, schreibt Diderot, wähne man sich immer noch auf dem Land. Den Haag, das zu jener Zeit um die vierzigtausend Einwohner zählte, nennt Diderot das schönste Dorf auf der Erde und den Weg von der Stadt an den Strand von Scheveningen hinaus eine Promenade, die nirgendwo sonst ihresgleichen habe. Es war nicht leicht, diese Ansichten nachzuvollziehen, als ich selber die Parkstraat entlang in Richtung Scheveningen wanderte. Hier und da stand eine schöne Villa in einem Garten, aber sonst gab es kaum etwas, das mich aufatmen ließ. Wahrscheinlich war ich, wie schon so oft in fremden Städten, auf den falschen Wegen gegangen. In Scheveningen, wo ich gehofft hatte, von weitem schon das Meer sehen zu können, mußte ich lange im Schatten vielstöckiger Wohnbauten gehen wie auf dem Grund einer Schlucht. Als ich endlich den Strand erreichte, war ich so müde, daß ich mich niederlegte und schlief bis in die Nachmittagsstunden hinein. Ich hörte das Rauschen des Meers, verstand, halb im Traum, jedes holländische Wort und glaubte mich zum erstenmal in meinem Leben angekommen, zu Hause. Selbst im Erwachen schien es mir noch einen Augenblick, als halte rings um mich her mein Volk Rast auf dem Zug durch die Wüste. Die Fassade des Kurhauses ragte vor mir auf wie eine große Karawanserei, wozu es im

übrigen gut paßte, daß der wohl um die Jahrhundertwende mitten in den Sand gesetzte Hotelpalast umgeben war von zahlreichen, offenbar erst in jüngster Zeit errichteten Anbauten mit zeltartigen Dächern, die Zeitungskioske, Souvenirläden und Schnellrestaurants beherbergten. In einem davon, dem *Massada-Grill*, in dem auf der Fotoleuchttafel über der Theke statt der üblichen Hamburgerkombinationen koschere Gerichte abgebildet waren, trank ich vor der Rückfahrt in die Stadt noch eine Tasse Tee und bewunderte ein selig strahlendes Großelternpaar, das umgeben von einer bunten Schar von Enkelkindern in dem sonst leeren Lokal irgendein Familien- oder Ferienfest feierte.

Gegen Abend, in Amsterdam, saß ich in dem stillen, mit alten Möbeln, Bildern und Spiegeln ausgestatteten Salon eines mir von früher her bekannten Privathotels am Vondelpark und machte verschiedene Aufzeichnungen über die Stationen meiner nun beinahe abgeschlossenen Reise, über die in Bad Kissingen mit allerhand Nachforschungen verbrachten Tage, über den Panikanfall in Baden, die Bootsfahrt auf dem Zürcher See, die Glückssträhne in der Lindauer Spielbank, den Besuch in der Alten Pinakothek und den am Grab meines Namenspatrons in Nürnberg, von dem die Legende berichtet, daß er ein Königssohn gewesen sei aus Dacien oder Dänemark, der sich in Paris vermählt habe mit einer französischen Prinzessin. In der Hochzeitsnacht soll er, wie es heißt, überkommen worden sein von einer Anwandlung tiefsten Unwerts. Siehe, so wird berichtet, habe er zu seiner Braut gesagt, heute sind unsere Leiber geschmückt und morgen sind sie eine Speise der Würmer. Vor dem Morgengrauen noch ergriff er die Flucht, wallfahrte hinab nach Italien und lebte dort so lange in der Zurückgezogenheit, bis er in sich die Kraft wachsen spürte, Wunder zu wirken. Nach Errettung der angelsächsischen Königssöhne Winnibald und Wunibald vor dem sicheren Hungertod mit einem aus Asche gebackenen, den beiden durch einen Himmelsboten überbrachten Brot und einer ruhmreichen Predigt in Vicenza zieht er über die Alpen nach Deutschland. Bei Regensburg überquert er auf seinem Mantel die Donau, macht in der Stadt ein zerbrochenes Glas wieder ganz und entfacht im Herd eines ums Holz geizenden Wagners ein Feuer aus Eiszapfen. Immer ist diese Geschichte von der Verbrennung der gefrorenen Lebenssubstanz für mich von besonderer Bedeutung gewesen, und ich habe mich oft gefragt, ob nicht die inwendige Vereisung und Verödung am Ende die Voraussetzung ist dafür, daß man, vermittels einer Art schwindelhafter Schaustellerei, die Welt glauben machen kann, das arme Herz stünde noch in Flammen. Wie auch immer, mein Namenspatron soll später in seiner Einsiedelei im Reichswald zwischen Regnitz und Pegnitz noch viele Wunder getan und Kranke geheilt haben, ehe sein eigener Leichnam, wie er es vorherbestimmt hatte, von zwei braven Ochsen auf einem Karren an den Ort gezogen wurde, an dem noch heute sein Grab sich befindet. Jahrhunderte später, im Mai 1507, beschließt das Nürnberger Patriziat, durch den Rotschmied Peter Vischer für den *heiligen himelsfursten Sand Sebolten ein sarch von messing* machen zu lassen. Im Juni 1519, nach Vollendung der zwölfjährigen Ar-

beit, wird das tonnenschwere, beinah fünf Meter hohe, von zwölf Schnecken und vier geschwungenen Delphinen getragene, den gesamten heilsgeschichtlichen Kosmos repräsentierende Monument im Chor der dem Stadtheiligen geweihten Kirche aufgestellt. Am Sockel des Grabmals drängen sich Faune, Seejungfern, Fabelwesen und Getier jedweder nur denkbaren Art um die weiblichen Kardinaltugenden Klugheit, Mäßigkeit, Gerechtigkeit und Tapferkeit. Darüber sind zu sehen Figuren aus der Sagenwelt — Nimrod der Jäger, Herkules mit der Keule, Simson mit dem Eselskopf und der Gott Apollo zwischen zwei Schwänen — nebst Darstellungen des Eiswunders, der Speisung der Hungernden und der Bekehrung eines Ketzers. Dann kommen die Apostel mit ihren Marterwerkzeugen und Wahrzeichen und zuoberst die dreigipflige Himmelsstadt mit ihren ungezählten Wohnungen, Jerusalem, die sehnlich erwartete Braut, die Hütte Gottes unter den Menschen, das Bild eines anderen, neu gewordenen Lebens. Und im Innersten des von achtzig Engeln umschwebten, in einem Guß gemachten Gehäuses ruhen in einem mit Silberblech beschlagenen Schrein die Gebeine des exemplarischen Toten und Vorläufers einer Zeit, in welcher uns die Tränen abgewischt werden von den Augen und in der weder Leid sein wird noch Schmerz oder Geschrei.

In Amsterdam war es Nacht geworden. Ich saß im Dunkeln auf meinem Zimmer im Dachgeschoß des Hotels am Vondelpark und horchte auf die Sturmböen, die jetzt die Kronen der Bäume durchwogten. Von fernher rollte der Donner. Ein fahles Wetterleuchten ging um den Horizont. Gegen ein Uhr, als ich die ersten Tropfen auf das Blechdach vor meinem Mansardenfenster schlagen hörte, trat ich an die Brüstung und beugte mich hinaus in die warme, von Brausen erfüllte Luft. Bald rauschte der Regen in großen Güssen herab in die schattenhaften, zwischendurch bengalisch aufflackernden Tiefen des Parks. In den Dachrinnen gurgelte es wie in einem Bach im Gebirge. Einmal, als wieder ein Blitz über den Himmel fuhr, blickte ich hinab in den weit unter mir liegenden Garten des Hotels und sah dort, in dem breiten Graben, der den Garten vom Park trennt, im Schutz der niederhängenden Zweige einer Trauerweide ein Entenpaar, reglos auf der von grasgrüner Grütze ganz und gar überzogenen Fläche des Wassers. Mit solch vollkommener Klarheit ist dieses Bild auf einen Sekundenbruchteil aufgetaucht aus der Dunkelheit, daß ich jetzt noch jedes einzelne Weidenblatt, die feinsten Schattierungen im Gefieder der beiden Vögel, ja sogar die Punkte der Poren der über ihre Augen gesenkten Lidhaut zu sehen vermeine.

Das Flughafengebäude von Schiphol am nächsten Morgen war erfüllt von einer so wunderbar gedämpften Stimmung, daß man glauben konnte, man befinde sich schon ein Stück jenseits der irdischen Welt. Langsam, als stünden sie unter dem Einfluß von Beruhigungsmitteln oder als bewegten sie sich in einer zerdehnten Zeit, wandelten die Fluggäste durch die Hallen oder schwebten, still auf den Rolltreppen stehend, ihren verschiedenen Bestimmungsorten in den Höhen und Untergründen entgegen. Im Zug aus Amsterdam heraus war ich, in dem Buch über die *Traurigen Tropen* blätternd, auf eine Beschreibung der

Campos Elyseos gestoßen, einer Straße in São Paulo, in der die einst von den Reichen in einer Art von schweizerischem Phantasiestil erbauten, farbenprächtig bemalten hölzernen Villen und Bretterburgen, so Lévi-Strauss in Erinnerung an seine brasilianische Zeit, inmitten der von Eukalyptus- und Mangobäumen überwachsenen Gärten allmählich zerfielen. Vielleicht ist mir deshalb der von einem sanften Raunen durchzogene Flughafen an jenem Morgen erschienen wie der Vorhof des unbekannten Landes, von dem kein Reisender mehr wiederkehrt. Ab und zu wurde von den offenbar körperlosen, engelsgleich ihre Botschaften intonierenden Stimmen der Ansagerinnen jemand aufgerufen. *Passagiers Sandberg en Stromberg naar Copenhagen. Mr. Freeman to Lagos. La señora Rodrigo, por favor.* Über kurz oder lang würde die Reihe an jedem der hier Versammelten sein. Ich nahm auf einer der Sofabänke Platz, auf denen da und dort, besinnungslos ausgestreckt oder zusammengerollt, einige von denjenigen noch schliefen, die die Nacht in dieser Durchgangsstation zugebracht hatten. Unweit von mir saß eine Gruppe von Afrikanern, in weite schneeweiße Kleider gehüllt, und gerade mir gegenüber las ein auffallend soignierter Herr, der eine goldene Uhrkette an seiner Weste trug, eine Zeitung, deren Titelseite zum größten Teil eingenommen war von dem photographischen Abbild einer ungeheuerlich aus sich selber herausquellenden, einem Atompilz über einem Atoll gleichenden Rauchmasse. *De aswolk boven de Vulkaan Pinatubo* lautete die Überschrift. Draußen auf den Betonflächen flimmerte die Sommerhitze, unablässig fuhren irgendwelche Wägelchen hin und her, und von der Startbahn erhoben sich, unbegreiflicherweise, die schweren, mit Hunderten von Menschen besetzten Maschinen eine nach der anderen in die blaue Luft. Ich aber mußte über dem Betrachten dieses Schauspiels eine Zeitlang eingenickt sein, denn auf einmal drang mein Name von sehr weit her an mein Ohr und gleich darauf die Mahnung: *immediate boarding at Gate C 4 please.*

Das kleine Propellerflugzeug, das zwischen Amsterdam und Norwich verkehrt, stieg zuerst der Sonne entgegen, ehe es in westlicher Richtung abdrehte. Unter uns ausgebreitet lag eine der am dichtesten besiedelten Regionen Europas, endlose Reihenhauszeilen, mächtige Trabantenstädte, *business parks* und glänzende Glashäuser, die gleich großen vierkantigen Eisschollen zu treiben schienen auf dem bis in den letzten Winkel ausgenutzten Land. Eine über Jahrhunderte sich hinziehende Regulierungs-, Kultivierungs- und Bautätigkeit hatte die gesamte Fläche verwandelt in ein geometrisches Muster. In geraden Linien und leichten Bögen verliefen die Auto- und Wasserstraßen und die Trassen der Eisenbahn zwischen Weiden und Waldparzellen, Bassins und Reservoiren hindurch. Wie an einem zur Berechnung der Unendlichkeit erfundenen Abakus glitten die Fahrzeuge ihre enge Spur entlang, während die stromauf- und stromabgehenden Schiffe den Eindruck erweckten, sie stünden für immer still. Eingebettet in das ebenmäßige Gewebe, lag als Überrest aus früherer Zeit eine von Bauminseln umgebene Domäne. Ich sah den Schatten unseres Flugzeugs drunten eilends dahinlaufen über Hecken und Zäune, Pappelreihen und

Kanäle. Ein Traktor kroch, wie nach der Richtschnur, quer über einen bereits abgeernteten Acker und teilte ihn ein in eine hellere und eine dunklere Hälfte. Nirgends aber sah man auch nur einen einzigen Menschen. Gleich ob man über Neufundland fliegt oder bei Einbruch der Nacht über das von Boston bis Philadelphia reichende Lichtergewimmel, über die wie Perlmutt schimmernden Wüsten Arabiens, über das Ruhrgebiet oder den Frankfurter Raum, es ist immer, als gäbe es keine Menschen, als gäbe es nur das, was sie geschaffen haben und worin sie sich verbergen. Man sieht ihre Wohnstätten und die Wege, die sie verbinden, man sieht den Rauch, der aufsteigt aus ihren Behausungen und Produktionsstätten, man sieht die Fahrzeuge, in denen sie sitzen, aber die Menschen selber sieht man nicht. Und doch sind sie überall anwesend auf dem Antlitz der Erde, breiten sich stündlich weiter aus, bewegen sich durch die Waben hochaufragender Türme und sind in zunehmendem Maße eingespannt in Netzwerke von einer das Vorstellungs-

vermögen eines jeden einzelnen bei weitem übersteigenden Kompliziertheit, sei es so wie einst in den Diamantenminen Südafrikas zwischen Tausenden von Seilzügen und Winden, sei es wie heute in den Bürohallen der Börsen und Agenturen in den Strom der unablässig um den Erdball flutenden Information. Wenn wir uns aus solcher Höhe betrachten, ist es entsetzlich, wie wenig wir wissen über uns selbst, über unseren Zweck und unser Ende, dachte ich mir, als wir die Küste hinter uns ließen und hinausflogen über das gallertgrüne Meer.

So ungefähr werden sie wohl gewesen sein, meine Erinnerungen an den ein Jahr zurückliegenden Aufenthalt in Holland, als ich an jenem Abend allein auf dem Gunhill von Southwold saß. Es gibt in Southwold, das ist hier noch anzufügen, ein kleines Häuschen oberhalb der Promenade, in dem der sogenannte *Sailors' Reading Room* untergebracht ist, eine gemeinnützige Einrichtung, die, seit die Seeleute am Aussterben sind, in erster Linie als eine Art maritimes Museum dient, in dem alles mögliche mit der See und dem Seeleben in Verbindung Stehende zusammengetragen und aufgehoben wird. An den Wänden hängen Barometer und Navigationsinstrumente, Galionsfiguren und Schiffsmodelle in Glaskästen und Flaschen. Auf den Tischen liegen alte Register der Hafenmeisterei, Logbücher, Abhandlungen über die Segelschiffahrt, verschiedene nautische Zeitschriften und Bücher mit Farbtafeln, auf denen legendäre Hochseeklipper und Ozeandampfer wie der *Conte di Savoia* und die *Mauretania* abgebildet sind, aus Stahl und Eisen gebaute, über dreihundert Meter lange, mit den

Schloten oft in den niederen Wolken verschwindende Riesen, in die das ganze Capitol von Washington hineingepaßt hätte. Der Reading Room in Southwold wird jeden Tag (einzig Weihnachten ausgenommen) am Morgen um sieben Uhr aufgesperrt und bleibt durchgehend offen bis gegen Mitternacht. Besucher kommen allenfalls ein paar während der Ferienzeit, und die wenigen, die kommen, gehen, nachdem sie sich mit der für solche Ferienbesucher bezeichnenden Verständnislosigkeit kurz umgesehen haben, in der Regel gleich wieder hinaus. Der Reading Room ist daher fast immer leer, bis auf ein, zwei der noch überlebenden Fischer und Seefahrer, die wortlos in einem der Lehnstühle sitzen und die Zeit verstreichen lassen. Am Abend spielen sie bisweilen im Hinterzimmer eine Partie Pool miteinander. Man hört dann das Klicken der Kugeln zu dem von draußen leise hereindringenden Rauschen des Meers, und ab und zu, wenn es besonders still ist, wie einer der Spieler die Queuespitze mit Kreide einreibt und den Staub von ihr bläst. Wenn ich in Southwold bin, ist der Sailors' Reading Room bei weitem mein liebster Ort. Besser als sonst irgendwo kann man hier lesen, Briefe schreiben, seinen Gedanken nachhängen oder, während der langen Winterszeit, einfach hinausschauen auf die stürmische, über die Promenade hereinbrechende See. Ich bin darum auch diesmal, meiner Gewohnheit entsprechend, gleich am ersten Morgen nach meinem Eintreffen in Southwold in den Reading Room hineingegangen in der Absicht, ein paar Notizen zu dem am Vortag Erlebten zu machen. Beiläufig blätterte ich zunächst, wie manches Mal schon zuvor, in dem Logbuch des Wachschiffs *Southwold,* das ab Herbst 1914 vor dem Pier vor Anker lag. Auf den großen, querformatigen Seiten, von denen jede ein anderes Datum trägt, finden sich da vereinzelte, von viel Weiß umgebene Eintragungen wie *Maurice Farman Bi-Plane n'ward inland* oder *White steam-yacht flying white ensign cruising on horizon to S.* Jedesmal, wenn ich eine dieser Aufzeichnungen entziffere, wundere ich mich darüber, daß eine in der Luft oder im Wasser längst erloschene Spur hier auf dem Papier nach wie vor sichtbar sein kann. Als ich an jenem Morgen, nachdenkend über das rätselhafte Überdauern der Schrift, vorsichtig den marmorierten Deckel des Logbuchs schloß, fiel mir, etwas abseits auf dem Tisch, ein dicker, zerfledderter Foliant in die Augen, den ich bei meinen früheren Besuchen im Reading Room noch nie gesehen hatte. Es war, wie es sich erwies, eine photographische Geschichte des Ersten Weltkriegs, zusammengestellt und veröffentlicht im Jahr 1933 von der Redaktion des *Daily Express,* sei es zum Andenken an das zurückliegende Unheil, sei es zur Warnung vor dem, das jetzt heraufzog. Sämtliche Kriegsschauplätze sind in dem umfangreichen Konvolut dokumentiert, vom Vall' Inferno an der österreichisch-italienischen Alpenfront bis zu den flandrischen Feldern, und gezeigt ist jede nur erdenkliche Form des gewaltsamen Todes, vom Absturz eines einzelnen Luftpioniers über der Mündung der Somme bis zum Massensterben in den galizischen Sümpfen. Es sind zu sehen die in Schutt und Asche gelegten französischen Städte, die im Niemandsland zwischen den Schützengräben verfaulenden Leichen, vom Artilleriefeuer niedergemähte Wälder, unter schwarzen Petroleumwolken versinkende Schlachtschiffe, marschierende Heereskolonnen, endlose Flüchtlingsströme und zerborstene Zeppeline,

Bilder aus Prszemysl und St. Quentin, aus Montfaucon und Gallipoli, Bilder der Zerstörung, der Verstümmelung, der Schändung, des Hungers, des Feuers, der eisigen Kälte. Die Überschriften sind fast ausnahmslos geprägt von bitterer Ironie — *When Cities Deck Their Streets for War! This was a Forest! This was a Man! There is a Corner in a Foreign Field that is Forever England!* Ein besonderer Abschnitt des Bandes ist den chaotischen Verhältnissen auf dem Balkan gewidmet, einer Weltgegend, die von England damals weiter entfernt war als Lahore oder Omdurman. Seite um Seite reihen sich da Abbildungen aus Serbien, Bosnien und Albanien, Aufnahmen von versprengten Bevölkerungsteilen und von Einzelpersonen, die dem sogenannten Kriegsgeschehen auszuweichen versuchen mit Ochsenkarren in der Hitze des Sommers über staubige Landstraßen oder zu Fuß durch Schneeverwehungen, mit einem zu Tod schon erschöpften Pferdchen. Vorangestellt ist dieser Unglückschronik naturgemäß der weltberühmte Schnappschuß von Sarajevo. *Princip Lights the Fuse!* steht über dem Bild. Es ist der 28. Juni 1914, ein sonnenheller Tag, um zehn Uhr fünfundvierzig an der Lateinerbrücke. Man sieht ein paar

Bosniaken, einige österreichische Militärpersonen und den Attentäter, wie er gerade festgenommen wird. Die gegenüberliegende Seite zeigt den durchlöcherten, mit erzherzoglichem Blut getränkten Uniformrock Franz Ferdinands. Offenbar war dieses Kleidungsstück seinerzeit eigens für die Presse photographiert worden, nachdem man es dem toten Thronfolger abgezogen und in einem eigenen Behältnis, wie ich vermute, per Bahn befördert hatte in die Hauptstadt des

Imperiums, wo es zusammen mit Stulphut und Hose in einem schwarz gerahmten Reliquienschrein des heeresgeschichtlichen Museums heute noch zu besichtigen ist. Der zum Zeitpunkt des Attentats gerade erst neunzehnjährige Gavrilo Princip, ein Bauernsohn aus dem Grahovo-Tal, der bis vor kurzem das Gymnasium in Belgrad besucht hatte, wurde nach seiner Verurteilung in die Kasematten von Theresienstadt gesperrt, wo er im April 1918 der ihn seit seiner Jugend langsam zerfressenden Knochentuberkulose erlag. Die Serben feierten 1993 seinen fünfundsiebzigsten Todestag.

Am Nachmittag saß ich bis zur Teestunde allein in dem Barrestaurant des *Crown Hotels*. Das Tellergeklapper in der Küche hatte sich längst gelegt, in der mit einer auf- und niedergehenden Sonne und einem zur Abendzeit erscheinenden Mond eingerichteten Standuhr griffen die Zahnräder ineinander, der Perpendikel bewegte sich gleichmäßig hin und her, Ruck für Ruck ging der große Zeiger durch seine Runde, und ich fühlte mich eine Weile schon wie im ewigen Frieden, als ich, bei meiner eher achtlosen Durchsicht der Wochenendausgabe des *Independent* auf einen langen Artikel stieß, der in unmittelbarem Zusammenhang stand mit den Balkanbildern, die ich am Morgen im Reading Room angeschaut hatte. Der Artikel, der von den in Bosnien vor fünfzig Jahren von den Kroaten im Einvernehmen mit den Deutschen und Österreichern durchgeführten sogenannten Säuberungsaktionen handelte, begann mit einer Beschreibung einer von Milizmännern der kroatischen Ustascha offenbar zu Erinnerungszwecken aufgenommenen Photographie, auf der die in bester Stimmung sich befindenden, teilweise in heroischen Posen sich präsentierenden Kameraden einem Serben namens Branco Jungić mit einer Säge den Kopf abschneiden. Ein zweites, spaßeshalber gemachtes Photo zeigt dann den bereits vom Leib getrennten Kopf mit einer Zigarette zwischen den vom letzten Schmerzenslaut noch halb offenen Lippen. Ort dieser Handlung war das an der Sava gelegene Lager Jasenovac, in dem allein siebenhunderttausend Männer, Frauen und Kinder ums Leben gebracht wurden mit Methoden, die selbst den Fachleuten aus dem Großdeutschen Reich, wie sie gelegentlich im engeren Kreis geäußert haben sollen, die Haare zu Berg stehen ließ. Sägen und Säbel, Äxte und Hämmer und eigens in Solingen zum Halsabschneiden gefertigte, an den Unterarm zu schnallende Ledermanschetten mit feststehendem Messer waren, nebst einer Art von primitivem Quergalgen, an welchem die zusammengetriebenen volksfremden Serben,

Juden und Bosniaken reihenweise wie Krähen und Elstern aufgehängt wurden, die bevorzugten Hinrichtungsinstrumente. Unweit von Jasenovac, in einem Umkreis von nicht mehr als fünfzehn Kilometern, gab es noch die Lager von Prijedor, Stara Gradiška und Banja Luka, in denen die kroatische Miliz, im Rücken gestärkt von der Wehrmacht und in der Seele von der katholischen Kirche, auf ähnliche Weise ein Tagwerk vollbrachte ums andere. Dokumentiert ist die Geschichte dieses jahrelang währenden Massakers in fünfzigtausend von den Deutschen und den Kroaten 1945 zurückgelassenen Akten, die bis heute, so der Autor des 1992 verfaßten Artikels, aufbewahrt sind im Bosanske Krajine Archiv von Banja Luka, das untergebracht ist, oder war, in einer vormaligen k. & k. Kaserne, in der 1942 die Nachrichtenzentrale der Heeresgruppe E ihr Hauptquartier hatte. Ohne Zweifel ist man dort seinerzeit einigermaßen im Bilde gewesen über das, was in den Ustascha-Lagern vor sich ging, ebenso wie über die unerhörten Dinge, die sich ereigneten beispielsweise im Verlauf der gegen die Tito-Partisanen gerichteten Kozara-Kampagne, bei der allein zwischen sechzig- und neunzigtausend Menschen durch die sogenannten Kriegshandlungen, durch Hinrichtungen beziehungsweise infolge von Deportationen um ihr Leben gekommen sind. Die weibliche Bevölkerung von Kozara wurde nach Deutschland gebracht und dort größtenteils in dem über das gesamte Reichsgebiet sich ausdehnenden Zwangsarbeitssystem verschrottet. Von den zurückbleibenden Kindern, dreiundzwanzigtausend an der Zahl, hat die Miliz die eine Hälfte an Ort und Stelle ermordet, die andere zur Verschickung nach Kroatien an verschiedene Sammelpunkte getrieben, und von diesen wiederum waren nicht wenige, noch ehe die Viehwaggons die kroatische Hauptstadt erreichten, an Typhus, Erschöpfung und Angst zugrunde gegangen. Von denen, die sich noch am Leben befanden, hatten viele das Pappdeckeltäfelchen mit den Personalangaben, das sie am Hals trugen, vor Hunger zerkaut und somit in der äußersten Verzweiflung den eigenen Namen ausgelöscht. Später wurden sie dann in kroatischen Familien katholisch erzogen, zur Beichte geschickt und zur ersten heiligen Kommunion. Wie alle anderen auch haben sie in der Schule das sozialistische Einmaleins gelernt, haben einen Beruf ergriffen, sind Eisenbahnarbeiter, Verkäuferinnen, Werkzeugschlosser oder Buchhalter geworden. Was für Erinnerungsschatten aber in ihnen herumgeistern bis auf den heutigen Tag, das weiß niemand. Im übrigen ist an dieser Stelle noch anzumerken, daß in der damaligen Zeit unter den Nachrichtendienstoffizieren der Heeresgruppe E ein junger Wiener Jurist gewesen ist, der in erster Linie befaßt war mit dem Konzipieren von Memoranden, betreffend die aus humanitären Erwägungen heraus dringlichst in die Wege zu leitenden Umsiedlungen, für welche verdienstvollen Schreibarbeiten er von dem kroatischen Staatsoberhaupt Ante Pavelić die silberne Medaille der Krone König Zvonomirs mit Eichenlaub entgegennehmen durfte. In den Jahren nach dem Krieg soll der schon zu Beginn seiner Laufbahn so vielversprechende, verwaltungstechnisch überaus versierte Offizier aufgestiegen sein in verschiedene hohe Ämter, unter anderem sogar in das des Generalsekretärs der Vereinten Nationen. In dieser letzteren Eigenschaft ist es angeblich auch gewesen, daß er, für allfällige außerirdische Bewohner des Universums, eine Grußbotschaft auf Band gesprochen hat, die jetzt, zusammen mit anderen Memorabilien der Menschheit, an Bord der Raumsonde *Voyager II* die Außenbezirke unseres Sonnensystems ansteuert.

V

Am Abend des zweiten Tages nach meiner Ankunft in Southwold brachte die BBC im Anschluß an die Spätnachrichten eine Dokumentation über den mir bis dahin unbekannt gewesenen, im Jahr 1916 in einem Londoner Gefängnis wegen Hochverrats hingerichteten Roger Casement. Obschon die Bilder dieses teil-

weise aus seltenen historischen Aufnahmen bestehenden Films mich sogleich in ihren Bann schlugen, bin ich in dem grünen Samtfauteuil, den ich vor den Fernseher gerückt hatte, bald schon in einen tiefen Schlaf gesunken. Zwar hörte ich durch mein allmählich sich auflösendes Bewußtsein hindurch mit größter Klarheit jedes der von dem Erzähler der Geschichte Casements gesprochenen und, so war es mir vorgekommen, eigens für mich bestimmten Worte, aber verstehen konnte ich sie nicht. Klappere, Mühle, klappere, ging es mir zuletzt in einem fort durch den Kopf, du klapperst nur für mich. Und als ich Stunden später im ersten Morgengrauen aus einem schweren Traum erwachte und das Testbild in dem stummen Kasten vor mir zittern sah, da erinnerte ich mich bloß noch daran, daß eingangs des Programms die Rede davon gewesen war, wie der Schriftsteller Joseph Conrad Casement im Kongo kennengelernt und ihn, unter den teils von dem tropischen Klima, teils von ihrer eigenen Habsucht und Gier korrumpierten Europäern, denen er dort begegnete, für den einzigen geradsinnigen Menschen gehalten hat. Ich habe ihn einmal, so ein mir seltsamerweise wortwörtlich gegenwärtig gebliebenes Zitat aus dem Kongo-Tagebuch Conrads, nur mit einem Stecken bewaffnet und nur in Begleitung eines Loanda-Jungen und seiner englischen Bulldoggen Biddy und Paddy in die gewaltige Wildnis aufbrechen sehen, die im Kongo jede Niederlassung umgibt. Und einige Monate darauf sah ich ihn dann, seinen Stecken schwingend, mit dem Jungen, der das Bündel trug, und den Hunden aus der Wildnis wieder hervorkommen, etwas magerer vielleicht, aber sonst so unbeschadet, als kehrte er gerade von einem Nachmittagsspaziergang im Hyde Park zurück. Da mir, bis auf diese paar Zeilen und einige schattenhafte Bilder Conrads und Casements, alles entfallen war, was der Erzähler, wie ich annehmen mußte, in der Folge berichtet hatte über die Lebenswege der beiden Männer, habe ich seither versucht, die von mir damals in Southwold (unverantwortlicherweise, wie ich meine) verschlafene Geschichte aus den Quellen einigermaßen zu rekonstruieren.

Am Ende des Sommers 1862 reiste Mme. Evelina Korzeniowska mit ihrem damals noch nicht ganz fünfjährigen Knaben Teodor Josef Konrad von der kleinen podolischen Stadt Žitomir nach Warschau, um sich ihrem Gemahl Apollo Korzeniowski anzuschließen, der bereits im Frühjahr sein wenig ertragreiches Gutsverwalterdasein aufgegeben hatte in der Absicht, durch literarische und politisch-konspirative Arbeit die von so vielen ersehnte Erhebung gegen die russische Tyrannei vorbereiten zu helfen. Mitte September fanden die ersten Sitzungen des illegalen polnischen Nationalkomitees in der Warschauer Wohnung der Korzeniowskis statt, und im Verlauf der nachfolgenden Wochen hat der Knabe Konrad zweifellos zahlreiche geheimnisvolle Personen bei seinen Eltern ein und aus gehen sehen. Die ernsten Mienen der in dem weiß-roten Salon mit gedämpfter Stimme sich unterhaltenden Herrschaften werden ihn die Bedeutung der historischen Stunde zumindest haben erahnen lassen. Möglicherweise war er zu diesem Zeitpunkt sogar schon eingeweiht in den Zweck der verschwörerischen Vorgänge und wußte, daß die Mama — verbotenerweise — Schwarz trug zum Zeichen der Trauer für ihr unter fremder Gewalt schmachtendes Volk. Wenn nicht, so mußte man ihn spätestens ins Vertrauen ziehen, als Ende Oktober der Vater festgenommen und in die Zitadelle gesperrt wurde. Der Urteilsspruch, nach einem kursorischen

Verfahren vor dem Militärgericht, lautete auf Verbannung nach Vologda, einem gottverlassenen, irgendwo in der Landwüste hinter Nishnij Novgorod gelegenen Ort. Vologda, so schreibt Apollo Korzeniowski im Sommer 1863 an seinen Vetter, ist ein einziges Sumpfloch, dessen Straßen und Wege aus umgelegten Baumstämmen bestehen. Die Häuser, auch die aus Brettern zusammengezimmerten buntbemalten Paläste des Provinzadels, stehen auf Pfählen mitten im Morast. Alles ringsum versinkt, verfault und verrottet. Es gibt nur zwei Jahreszeiten, einen weißen und einen grünen Winter. Neun Monate lang fährt die Eisluft vom Nordmeer herunter. Das Thermometer sinkt auf unvorstellbare Tiefen. Man ist umgeben von einer endlosen Finsternis. Während des grünen Winters regnet es ohne Unterlaß. Der Schlamm dringt bei den Türen herein. Die Leichenstarre geht über in einen grauenhaften Marasmus. Im weißen Winter ist alles tot, im grünen Winter alles am Sterben.

Die Tuberkulose, an der Evelina Korzeniowska seit Jahren leidet, entfaltet sich unter diesen Umständen so gut wie ungehindert. Die ihr noch verbleibenden Tage sind fast schon gezählt. Der Gnadenerweis der zaristischen Behörden, der einen längeren Aufenthalt zur gesundheitlichen Wiederherstellung auf dem ukrainischen Landgut des Bruders ermöglicht, ist für sie am Ende nichts als eine zusätzliche Peinigung, denn nach Ablauf der ihr zugestandenen Frist muß sie, ungeachtet aller Eingaben und Gesuche, und obwohl sie dem Tod nun schon näher ist als dem Leben, mit Konrad zurück ins Exil. Am Tag der Abreise steht Evelina Korzeniowska, umgeben von der Schar der

Verwandten und Bediensteten und von den aus der Nachbarschaft herbeigekommenen Freunden, auf der Freitreppe des Herrenhauses von Novofastov. Sämtliche Versammelten, ausgenommen die Kinder und die Livrierten, tragen Kleider aus schwarzem Tuch oder schwarzer Seide. Gesprochen wird kein einziges Wort. Die halbblinde Großmama starrt über die traurige Szene hinaus in das leere Land. Auf der gebogenen Sandbahn, die um das Buchsbaumrondell herumführt, hält eine bizarre, eigentümlich verlängert wirkende Kutsche. Viel zu weit nach vorn ragt die Deichsel, viel zu weit scheint der Bock mit dem Kutscher entfernt vom rückwärtigen Ende des mit Reisetruhen und Gepäckstücken jeder Art überladenen Gefährts. Das Kutschengehäuse selbst hängt niedrig zwischen den Rädern wie zwischen zwei für immer auseinandergeratenen Welten. Der Wagenschlag steht offen, und drinnen, auf dem rissigen Lederpolster, sitzt seit einiger Zeit schon der Knabe Konrad und sieht, aus dem Dunkel heraus, das, was er später beschreiben wird. Untröstlich blickt die arme Mama noch einmal in die Runde, dann steigt sie vorsichtig am Arm des Onkels Tadeusz über die Stufen herab. Die Zurückbleibenden behalten die Fassung. Sogar die Lieblingscousine Konrads, die in ihrem Schottenrock unter der schwarzen Gesellschaft wie eine Prinzessin aussieht, legt zum Ausdruck des Entsetzens über die Abfahrt der beiden Verbannten nur die Fingerspitzen vor den Mund. Und das häßliche Schweizerfräulein Durand, das sich den ganzen Sommer über mit der größten Hingebung um die Erziehung Konrads gekümmert hat und das sonst bei jeder Gelegenheit in Tränen ausbricht, ruft, indem sie zum Abschied mit dem Schnupftuch winkt, ihrem Zögling tapfer noch zu: *N'oublie pas ton français, mon chéri!* Der Onkel Tadeusz macht den Wagenschlag zu und tritt einen Schritt zurück. Die Kutsche ruckt an. Schon verschwinden die Freunde und lieben Verwandten aus dem kleinen Ausschnitt des Fensters. Als Konrad auf der anderen Seite hinausblickt, sieht er, wie sich weit vorne, jenseits des Buchsbaumrondells, das nach russischer Art mit drei Pferden bespannte Wägelchen des Distriktspolizeikommandanten in Bewegung setzt und wie sich der Polizeikommandant gerade seine flache, von einem feuerroten Band umspannte Schirmmütze mit der behandschuhten Hand tief in die Augen drückt.

Anfang April 1865, achtzehn Monate nach der Abreise von Novofastov, stirbt die zweiunddreißigjährige Evelina Korzeniowska im Exil an den Schatten, die die Tuberkulose in ihrem Körper ausgebreitet hat, und an dem Heimweh, das ihre Seele zersetzte. Auch der Lebenswille Apollos ist nahezu völlig erloschen. Kaum daß er sich der Instruktion seines von so viel Unglück bedrückten Sohnes zu widmen vermag. Die eigene Arbeit nimmt er fast nie mehr vor. Höchstens, daß er hie und da eine Zeile umändert in seiner Übersetzung von Victor Hugos *Les travailleurs de la mer.* Dieses unendlich langweilige Buch kommt ihm vor wie der Spiegel des eigenen Lebens. *C'est un livre sur des déstinées dépaysées,* sagt er einmal zu Konrad, *sur des individus expulsés et perdus, sur les éliminés du sort, un livre sur ceux qui sont seuls et évités.* 1867, kurz vor Weihnachten, wird

Apollo Korzeniowski aus dem russischen Exil entlassen. Die Behörden sind zu dem Schluß gekommen, daß er jetzt keinen Schaden mehr anrichten kann und stellen ihm, zu Erholungszwecken, einen Paß aus, gut für eine einmalige Reise nach Madeira. Aber eine solche Reise zu unternehmen, das erlauben weder Apollos Finanzen, noch gestattet es sein inzwischen äußerst gebrechlicher Zustand. Nach einem kurzen Aufenthalt in Lemberg, wo es ihm zu österreichisch ist, bezieht er ein paar Zimmer in der Poselska-Straße in Krakau. Hier verbringt er die meiste Zeit reglos in seinem Lehnstuhl, trauernd um seine verlorene Frau, um das ganze mißlungene Leben und um den armen, einsamen Knaben, der gerade ein patriotisches Theaterstück geschrieben hat mit dem Titel *Die Augen des Johan Sobieski.* Er, Apollo, hat all seine eigenen Manuskripte im Kaminfeuer verbrannt. Manchmal hob dabei eine gewichtlose, einem Fetzchen schwarzer Seide gleichende Rußflocke sich ab und trieb, von der Luft getragen, eine Weile durch den Raum, ehe sie irgendwo zu Boden sank oder sich auflöste in der Dunkelheit. Wie für Evelina so kam der Tod für Apollo im Frühjahr, als es draußen zu tauen begann, doch es war ihm nicht vergönnt, an ihrem Jahrtag aus dem Leben zu scheiden. Bis weit in den Mai hinein mußte er, weniger und weniger werdend, noch liegenbleiben in seinem Bett. Konrad saß während dieser Sterbewochen spätnachmittags nach der Schule immer an einem von einer grünen Lampe beleuchteten Tischchen in einem fensterlosen Kabinett und machte seine Hausaufgaben. Die Tintenflecke im Heft und an den

Händen kamen von der Angst in seinem Herzen. Wenn die Tür zum Nebenzimmer aufging, hörte er den flachen Atem des Vaters. Zwei Nonnen mit schneeweißen Hauben versahen den Krankendienst. Lautlos glitten sie hin und her, verrichteten dieses und jenes und blickten bisweilen voller Besorgnis auf das jetzt bald elternlose Kind, wie es die Buchstaben aneinanderreihte, Zahlen zusammenzählte oder las, Stunden über Stunden, dicke polnische und französische Abenteuerbücher, Reisebeschreibungen und Romane.

Das Begräbnis des Patrioten Apollo Korzeniowski wurde zu einer großen, stillschweigenden Demonstration. Entlang der für den Verkehr gesperrten Straßen standen in feierlicher Ergriffenheit barhäuptige Arbeiter, Schulkinder, Universitätsstudenten und Bürger mit gezogenem Zylinder, und überall in den nach außen geöffneten Fenstern der oberen Stockwerke drängten sich Gruppen schwarzgekleideter Menschen. Der Leichenzug mit dem zwölfjährigen Konrad als dem Hauptleidtragenden an der Spitze bewegte sich aus der engen Gasse heraus, durch die Mitte der Stadt, vorbei an den ungleichen Türmen der Marienkirche in Richtung des Florianstors. Es war ein schöner Nachmittag. Der blaue Himmel wölbte sich über die Dächer der Häuser, und die Wolken fuhren hoch droben vor dem Wind dahin wie ein Geschwader von Seglern. Vielleicht hat Konrad im Verlauf der Beisetzung, während der Geistliche in dem schweren silberbestickten Ornat dem Toten in der Grube Zauberworte nachmurmelte, einmal den Blick gehoben und dieses Wolkensegelschauspiel gesehen wie niemals in seinem Leben zuvor, und vielleicht ist ihm dabei der für den Sohn eines polnischen Landedelmanns ganz und gar abwegige Gedanke gekommen, Kapitän werden zu wollen, den er drei Jahre später seinem Vormund gegenüber zum erstenmal äußert und von dem er sich in der Folge um nichts in der Welt mehr abbringen läßt, auch dann nicht, als ihn der Onkel Tadeusz mit seinem Privatlehrer Pulman auf eine mehrwöchige Sommerreise schickt in die Schweiz. Pulman sollte seinem Schützling bei jeder möglichen Gelegenheit vor Augen führen, wie viele verschiedene Laufbahnen es gebe außer dem Seemannsberuf, aber wovon er auch redete angesichts des Rheinfalls bei Schaffhausen, in Hospenthal, bei der Besichtigung der Baustelle des St.-Gotthard-Tunnels und droben auf dem Furka-Paß, Konrad bestand fest auf dem einmal gefaßten Plan. Ein Jahr später bereits, am 14. Oktober 1874 — er ist noch nicht siebzehn —, verabschiedet er sich von seiner Großmutter Theophila Bobrowska und dem treuen Onkel Tadeusz, die beide draußen vor dem Zugfenster stehen auf dem Bahnhof von Krakau. Das Billett nach Marseille in seiner Tasche hat 137 Gulden gekostet und 75 Groschen. Sonst führt er mit sich nur, was in sein Handköfferchen paßt, und sechzehn Jahre werden vergehen, ehe er, besuchsweise, wieder in sein immer noch nicht befreites Geburtsland zurückkehrt.

1875 überquert Konrad Korzeniowski auf dem Dreimaster *Mont Blanc* zum erstenmal den Atlantischen Ozean. Ende Juli ist er in Martinique, wo das Schiff zwei Monate vor Anker bleibt. Die Heimfahrt dauert beinahe ein Vierteljahr. Erst am Weihnachtstag läuft die *Mont Blanc,* schwer angeschlagen von den Winterstürmen, in Le Havre ein. Unbeirrt von dieser strapaziösen Initiierung in das Seeleben, macht Konrad Korzeniowski weitere Reisen zu den Westindischen Inseln, nach Cap-Haitien, nach Port-au-Prince, nach St. Thomas und dem wenig später von einem Ausbruch des Mont Pelée zerstörten St. Pierre. Hinüber

werden Waffen gebracht, Dampfmaschinen, Pulver und Munition. Herüber kommt tonnenweise Zucker und das in den Regenwäldern geschlagene Holz. Die Zeit, in der er nicht zur See ist, verbringt Korzeniowski in Marseille sowohl mit seinen Berufsgenossen als auch mit vornehmeren Leuten. Im *Café Boudol* in der Rue Saint-Ferréol und im Salon der majestätischen Gattin des Bankiers und Reeders Delestang gerät er in eine aus Adeligen, Bohemiens, Geldgebern, Abenteurern und spanischen Legitimisten seltsam gemischte Gesellschaft. Die letzten Zuckungen der Ritterlichkeit vereinigen sich mit den skrupellosesten Machenschaften, komplizierte Intrigen werden gesponnen, Schmugglersyndikate gegründet und undurchsichtige Geschäfte abgeschlossen. Korzeniowski ist vielfach verstrickt, verbraucht weit mehr als er hat und erliegt den Verführungen einer geheimnisvollen, mit ihm etwa gleichaltrigen, aber nichtsdestoweniger bereits im Witwenstand sich befindenden Dame. Diese Dame, deren wahre Identität nie mit Sicherheit festgestellt werden konnte, war in den Kreisen der Legitimisten, in denen sie eine prominente Rolle spielte, unter dem Namen Rita bekannt, und es wurde behauptet, daß sie die Geliebte des Bourbonenprinzen Don Carlos gewesen sei, den man, auf die eine oder andere Weise, auf den spanischen Thron bringen wollte. Später ist von verschiedener Seite das Gerücht ausgestreut worden, daß es sich bei der in einer Villa in der Rue Sylvabelle residierenden Doña Rita und bei einer gewissen Paula de Somoggy um ein und dieselbe Person gehandelt habe. Dieser Geschichte zufolge hat Don Carlos, als er im November 1877 von einer Besichtigung der Frontstellungen des russisch-türkischen Krieges nach Wien zurückkam, eine Mme. Hannover gebeten, ihm eine junge Choristin namens Paula Horváth aus Pest zuzuführen, die ihm, wie man annehmen muß, ihrer Schönheit wegen in die Augen gestochen war. Von Wien aus fuhr Don Carlos mit seiner neu aquirierten Begleiterin zuerst zu seinem Bruder nach Graz und von dort aus nach Venedig, Modena und Mailand, wo er sie als Baronin de Somoggy in der Gesellschaft vorstellte. Das Gerücht von der Identität der beiden Geliebten hatte seinen Ursprung wahrscheinlich darin, daß Rita genau zu dem Zeitpunkt aus Marseille verschwand, zu dem die Baronin von Don Carlos, angeblich aufgrund einer von der bevorstehenden ersten heiligen Kommunion seines Sohnes Jaime ausgelösten Gewissenskrise, fallengelassen beziehungsweise weiterverheiratet wurde an den Tenor Angel de Trabadelo, mit dem sie anscheinend bis zu ihrem Tod im Jahr 1917 glücklich und zufrieden in London zusammenlebte. Es muß zwar dahingestellt bleiben, ob Rita und Paula wirklich miteinander identisch waren, aber daß der junge Korzeniowski die Gunst einer dieser, sei es als Ziegenmädchen im katalonischen Hochland, sei es als Gänsehirtin am Plattensee aufgewachsenen Damen zu erlangen suchte, das steht ebenso außer Frage wie die Tatsache, daß die in manchem ans Phantastische grenzende Liebesgeschichte ihren Höhepunkt Ende Februar 1877 erreichte, als Korzeniowski sich entweder selber durch die Brust schoß oder von einem Rivalen durch die Brust geschossen wurde. Es gilt nämlich bis heute als ungeklärt, ob die glücklicherweise nicht lebensgefährliche Verletzung die Folge eines Duells gewesen ist, wie Korzeniowski später behauptete, oder, wie der Onkel Tadeusz vermutete, die eines Selbstmordversuchs. Inspiriert war die dramatische Geste, vermittels welcher der als Stendhalien sich empfindende junge Mensch offenbar klare Verhältnisse schaffen wollte, jedenfalls von der Oper, die damals in Marseille ebenso wie in allen anderen europäischen Städten die Gesellschaftssitten und insbesondere die

Ausprägungen der Liebessehnsucht bestimmte. Korzeniowski hatte im Théâtre de Marseille die musikalischen Kreationen von Rossini und Meyerbeer kennengelernt und war hingerissen vor allem von den damals nach wie vor im größten Schwang sich befindenden Operetten Jacques Offenbachs, zu denen ein Libretto mit dem Titel *Konrad Korzeniowski und die Verschwörung der Carlisten in Marseille* gut eine weitere Vorlage hätte abgeben können. In Wirklichkeit freilich wurde ein anderer Schlußstrich unter die französischen Lehrjahre Korzeniowskis gezogen, als er am 24. April 1878 mit dem Steamer *Mavis* Marseille in Richtung Konstantinopel verließ. Der russisch-türkische Krieg war zu Ende gegangen, aber Korzeniowski konnte vom Schiff aus, wie er später berichtete, noch die einer Fata Morgana gleichende Zeltstadt von San Stefano vorbeigleiten sehen, in der man den Friedensvertrag unterzeichnet hatte. Von Konstantinopel aus ging der Dampfer nach Yeisk am äußersten Meer von Asow, wo eine Ladung Leinöl an Bord genommen wurde, mit der die *SS. Mavis,* wie in den Büchern der Hafenmeisterei von Lowestoft vermerkt ist, am Dienstag, dem 18. Juni 1878 an der englischen Ostküste anlangte.

Zwischen Juli und Anfang September, dem Zeitpunkt seiner Abreise nach London, macht Korzeniowski als Matrose auf dem zwischen Lowestoft und Newcastle hin- und herfahrenden Frachter *Skimmer of the Seas* ein halbes Dutzend Touren. Wie er die zweite Junihälfte in dem zu Marseille im denkbar größten Gegensatz stehenden Seehafen und Badeplatz Lowestoft zugebracht hat, darüber ist wenig bekannt. Er wird sich ein Mietzimmer genommen und die für seine weiteren Pläne nötigen Erkundigungen eingeholt haben. Am Abend, wenn die Dunkelheit über dem Meer heraufzog, spazierte er wohl auf der Esplanade, ein einundzwanzig Jahre alter Fremder, einsam unter lauter Engländern und Engländerinnen. Ich sehe ihn beispielsweise draußen auf dem Pier stehen, wo von einer Blechkapelle gerade die *Tannhäuser*-Ouvertüre gespielt wird als Nachtmusik. Und als er zwischen den anderen Zuhörern durch die über dem Wasser wehende sanfte Brise langsam nach Hause geht, da wundert er sich, mit welcher Leichtigkeit ihm auf einmal die ihm bisher vollkommen unvertraute englische Sprache, in der er später seine Weltruhm erlangenden Romane schreiben wird, zufliegt und wie sie ihn zu erfüllen beginnt mit einer ganz neuen Zuversicht und Zielstrebigkeit. Korzeniowskis erste englische Lektüren waren nach seiner eigenen Auskunft der *Lowestoft Standard* und das *Lowestoft Journal,* in denen in der Woche seiner Ankunft die folgenden, für diese beiden Organe durchaus bezeichnenden gemischten Nachrichten dem Publikum zur Kenntnis gebracht wurden: Eine furchtbare Bergwerksexplosion in Wigan forderte zweihundert Menschenleben; in Rumelien kommt es zu einem Aufstand der Mohammedaner; in Südafrika müssen die Kaffernunruhen niedergeschlagen werden; Lord Grenville verbreitet sich über die Erziehung des weiblichen Geschlechts; ein Despatch Boat geht nach Marseille ab, um den Herzog von Cambridge nach Malta zu bringen, wo er die indischen Truppen inspizieren wird; ein Dienstmädchen in

Whitby verbrennt bei lebendigem Leib, weil ihr Kleid, über das sie versehentlich Paraffinöl ausgegossen hat, am offenen Kamin Feuer fängt; der Dampfer *Largo Bay* verläßt den Clyde mit 352 schottischen Auswanderern an Bord; eine Mrs. Dixon aus Silsden wird vor Freude vom Schlag gerührt, als ihr Sohn Thomas, der beinahe zehn Jahre in Amerika gewesen ist, plötzlich unter ihrer Türe steht; die junge Königin von Spanien wird Tag für Tag schwächer; die Arbeiten an den Befestigungswerken von Honkong, bei denen über zweitausend Kulis beschäftigt sind, *rapidly approach completion and in Bosnia all highways are infested with bands of robbers, some of them mounted. Even the forests around Sarajevo are swarming with marauders, deserters and franc-tireurs of all kinds. Travelling is, therefore, at a standstill.*

Im Februar 1890, also zwölf Jahre nach der Ankunft in Lowestoft und über fünfzehn Jahre nach dem Abschied auf dem Krakauer Bahnhof, kehrt Korzeniowski, der inzwischen die britische Staatsbürgerschaft und das Kapitänspatent erworben hat und in den fernsten Teilen der Welt gewesen ist, erstmals nach Kazimierowska in das Haus seines Onkels Tadeusz zurück. In einer sehr viel später gemachten Aufzeichnung beschreibt er, wie er, nach kurzen Aufenthalten in Berlin, Warschau und Lublin schließlich an der ukrainischen Station anlangt, an welcher der Kutscher und der Majordomo seines Onkels ihn erwarten in einem mit vier Falben bespannten, sonst aber sehr kleinen, beinahe einem Spielzeug gleichenden Schlitten. Acht Fahrstunden sind es noch bis nach Kazimierowska. Fürsorglich, schreibt

Korzeniowski, verpackte mich der Majordomo, ehe er an meiner Seite Platz nahm, in einen mir bis an die Fußspitzen reichenden Mantel aus Bärenfell und stülpte mir eine enorme, mit Ohrenklappen versehene Pelzmütze auf. Als der Schlitten anruckte, begann für mich, begleitet von dem leisen gleichmäßigen Schellengeräusch, eine Winterreise zurück in die Kindheit. Mit sicherem Instinkt fand der junge, vielleicht sechzehnjährige Kutscher den Weg durch die endlosen, schneebedeckten Felder. Auf eine Bemerkung meinerseits, so Korzeniowski weiter, über den staunenswerten Orientierungssinn unseres Kutschers, der nirgends zögerte und nicht ein einziges Mal in die Irre fuhr, sagte der Majordomo, daß er, der junge Kutscher, ein Sohn des alten Kutschers Josef sei, der meine Großmutter Bobrowska seligen Angedenkens immer gefahren und später mit nicht minderer Treue dem Pane Tadeusz gedient habe, bis die Cholera ihn dahinraffte. Auch seine Frau, sagte der Majordomo, ist an der mit dem Eisbruch gekommenen Krankheit gestorben, und ein ganzes Haus voller Kinder, und nur dieser taubstumme Junge, der da vor uns auf dem Bock sitzt, ist als einziger übriggeblieben. Man hat ihn nie auf die Schule geschickt und nicht damit gerechnet, ihn je zu irgend etwas gebrauchen zu können, bis es sich zeigte, daß die Pferde ihm folgten wie keinem anderen Knecht. Und als er ungefähr elf war, da erwies es sich bei irgendeiner Gelegenheit, daß er die Karte des gesamten Distrikts mit jeder Wegbiegung so akkurat in seinem Kopf hatte, als sei er geboren worden mit ihr. Nie, schreibt Korzeniowski im Anschluß an die von ihm übermittelte Erzählung seines Begleiters, bin ich besser gefahren als damals in die um uns her sich ausbreitende Dämmerung hinein. Wie früher, vor langer Zeit, sah ich die Sonne über die Ebene sich senken. Eine große, rote Scheibe, senkte sie sich in den Schnee, als ginge sie unter über dem Meer. Geschwind fuhren wir in die nun einbrechende Dunkelheit hinein, in die unermeßliche, an den Sternenhimmel angrenzende weiße Wüste, in der wie Schatteninseln die von Bäumen umstandenen Dörfer trieben.

Bereits vor seiner Reise nach Polen und in die Ukraine hatte sich Korzeniowski um eine Anstellung bei der Societé Anonyme pour le Commerce du Haut-Congo bemüht. Unmittelbar nach der Rückkehr von Kazimierowska sprach er nochmals persönlich vor in der Zentralverwaltung der Gesellschaft in der Brüsseler Rue de Brederode bei dem Geschäftsführer Albert Thys. Thys, dessen gallertartiger Leib in einen ihm viel zu knappen Gehrock gezwängt war, saß in einem dusteren Bureau unter einer die ganze Wandfläche bedeckenden Karte von Afrika und offerierte Korzeniowski, kaum daß dieser sein Anliegen vorgebracht hatte, ohne weiteres das Kommando eines am Oberlauf des Kongo verkehrenden Dampfboots, wahrscheinlich weil dessen Kapitän, ein Deutscher oder Däne namens Freiesleben, gerade von den Eingeborenen umgebracht worden war. Nach zwei Wochen überstürzter Vorbereitungen und einer kursorischen Untersuchung auf Tropentauglichkeit bei dem einem gespenstischen Knochenmann gleichenden Vertrauensarzt der Societé fährt Korzeniowski mit der Bahn nach Bordeaux und schifft sich auf der Mitte Mai nach Boma auslaufenden *Ville de Maceio* ein. Schon in Teneriffa überfallen ihn böse Vorahnungen. Das Leben, schreibt er an seine schöne, soeben verwitwete Tante Marguerite Poradowska nach Brüssel, sei eine Tragikomödie — *beaucoup des rêves, un rare éclair de bonheur, un peu de colère, puis le désillusionnement, des années de souffrance et la fin* —, in der man wohl oder übel seinen Part spielen müsse. Aus dieser unguten Stimmung heraus erkennt Korzeniowski im Verlauf der langen Seereise allmählich den Wahnwitz des ganzen kolonialen Unternehmens. Tag für Tag ist das Meeresufer unverändert, als bewege man sich nicht von der Stelle. Und doch, so schreibt Korzeniowski, sind wir an verschiedenen Landungsplätzen und Faktoreien vorbeigekommen mit Namen wie Gran' Bassam oder Little Popo, die allesamt irgendeiner grotesken Farce zu entstammen scheinen. Einmal passierten wir ein Kriegsschiff, das vor einem trostlosen Küstenstrich lag, auf dem nicht das geringste Anzeichen einer Ansiedlung zu sehen war. So weit das Auge reichte, nur der Ozean und der Himmel und der hauchdünne grüne Streifen der Buschvegetation. Schlapp hing die Fahne vom Mast herunter, träge hob und senkte sich der schwere eiserne Kahn auf der schmierigen Dünung, und in regelmäßigen Abständen feuerten die langen Sechs-Zoll-Kanonen offenbar ziel- und zwecklos hinein in den fremden afrikanischen Kontinent.

Bordeaux, Teneriffa, Dakar, Conakry, Sierra Leone, Kotonou, Libreville, Loango, Banane, Boma — nach vier Wochen zur See erreichte Korzeniowski endlich den Kongo, eines der fernsten Traumziele seiner Kindheit. Damals war der Kongo nur ein weißer Fleck auf der Afrikakarte gewesen, über die er, die farbigen Namen leise vor sich hin murmelnd, gebeugt saß oft stundenlang. Fast nichts war im Inneren dieses Weltteils eingezeichnet, keine Bahnlinie, keine Straße, keine Stadt, und weil die Kartographen in solche Leerräume gern irgendein exotisches Tier, einen brüllenden Löwen oder ein Krokodil mit aufgesperrtem Rachen, hineinmalten, machten sie aus dem Kongo-Fluß, von dem man nur wußte, daß sein Ursprung Tausende von Meilen von der Küste entfernt war, eine quer durch das immense Land sich ringelnde Schlange. Inzwischen freilich war die Karte ausgefüllt worden. *The white patch had become a place of darkness.* Tatsächlich gibt es in der ganzen, größtenteils noch ungeschriebenen Geschichte des Kolonialismus kaum ein finstereres Kapitel als das der sogenannten Erschließung des Kongo. Im September 1876 wird unter Verkündigung der denkbar besten Absichten und unter angeblicher Hintanstellung aller nationalen und privaten Interessen die Association Internationale pour l'Exploration et la Civilisation en Afrique ins Leben gerufen. Hochgestellte Persönlichkeiten aus allen Bereichen der Gesellschaft, Vertreter des Hochadels, der Kirchen, der Wissenschaft und des Wirtschafts- und Finanzwesens nehmen an der Gründungsversammlung teil, bei der König Leopold, der Schirmherr des vorbildlichen Unternehmens, erklärt, daß die Freunde der Menschheit keinen edleren Zweck verfolgen könnten als den, der sie heute vereine, nämlich die Öffnung des letzten Teils unserer Erde, der bislang von den Segnungen der Zivilisation unberührt geblieben sei. Es ginge darum, sagte König Leopold, die Finsternis zu durchbrechen, in der heute noch ganze Völkerschaften befangen seien, ja es ginge um einen Kreuzzug, der wie kein anderes Vorhaben angetan sei, das Jahrhundert des Fortschritts seiner Vollendung entgegenzuführen. Naturgemäß verflüchtigte sich in der Folge der hohe, in dieser Deklaration zum Ausdruck gebrachte Sinn. Bereits 1885 ist Leopold, der jetzt den Titel Souverain de l'Etat Indépendent du Congo trägt, der alleinige, niemandem zur Rechenschaft verpflichtete Herrscher über das am zweitlängsten Fluß der Erde liegende, eine Million Quadratmeilen und somit hundertmal die Fläche des Mutterlandes umfassende Territorium, dessen unerschöpfliche Reichtümer er nun ohne jede Rücksichtnahme auszubeuten beginnt. Die Instrumente der Ausbeutung sind Handelskompanien wie die Societé Anonyme pour le Commerce du Haut Congo, deren bald legendäre Bilanzen beruhen auf einem von sämtlichen Aktionären und sämtlichen im Kongo tätigen Europäern sanktionierten Zwangsarbeits- und Sklavensystem. In manchen Regionen des Kongo wird die eingeborene Bevölkerung durch die erpreßte Arbeitsleistung bis auf geringe Reste dezimiert, und auch die aus anderen Teilen Afrikas oder aus Übersee Verschleppten gehen scharenweise an der Ruhr, am Sumpffieber, an den Blattern, an Beriberi, Gelbsucht, Hunger, körperlicher Erschöpfung und Auszehrung zugrunde. Zwischen 1890 und 1900 lassen jedes Jahr schätzungsweise fünfhunderttausend dieser namenlosen, in keinem Jahresbericht verzeichneten Opfer ihr Leben. Im selben Zeitraum steigen die Aktien der Compagnie du Chemin de Fer du Congo von 320 auf 2850 belgische Franken.

Nach seiner Ankunft in Boma wechselt Korzeniowski von der *Ville de Maceio* auf einen kleinen Flußdampfer, mit dem er am 13. Juni Matadi erreicht. Von hier aus muß er über Land, denn zwischen Matadi und Stanley Pool ist der Kongo wegen zahlreicher Wasserfälle und Stromschnellen nicht befahrbar. Matadi ist eine desolate, von seinen Bewohnern die Stadt der Steine genannte Ansiedlung, die wie ein Geschwür den Schutt überzieht, der seit Jahrtausenden ausgeworfen wird von dem unablässig rumorenden Mahlwerk des Höllenkessels am Ausgang dieser vierhundert Kilometer langen, bis heute nicht bezwungenen Strecke. Zwischen Geröllhalden und den mit rostigem Wellblech gedeckten, willkürlich in die Gegend gesetzten Baracken, unterhalb der hohen Felsenklippen, aus denen der Strom sich hervordrängt, sowie an den steilen Abhängen der Ufer, überall sieht man schwarze Figuren in Trupps bei der Arbeit und Trägerkolonnen, die in langer Linie sich fortbewegen durch das unwegsame Terrain. Nur hie und da steht zwischen ihnen ein Aufseher in einem hellen Anzug und mit einem weißen Helm auf dem Kopf. Ein paar Tage schon ist Korzeniowski in der von einem ununterbrochenen Tosen erfüllten, an einen riesigen Steinbruch ihn erinnernden Arena, als er, wie er später seinen Stellvertreter Marlow in *Heart of Darkness* erzählen läßt, ein Stück weit außerhalb des besiedelten Areals auf einen Platz stößt, an dem die von

Krankheit Zerstörten und von Hunger und Arbeit Ausgehöhlten zum Sterben sich niederlegen. Wie nach einem Massaker liegen sie da in dem gräulichen Dämmer auf dem Grunde der Schlucht. Offenbar hält man diese Schattenwesen nicht auf, wenn sie sich davonschleichen in den Busch. Sie sind jetzt frei, frei wie die Luft, die sie umgibt und in die sie sich nach und nach auflösen werden. Allmählich, berichtet Marlow, dringt aus dem Dunkel der Glanz einiger aus dem Jenseits auf mich gerichteten Augen. Ich beuge mich hinab und sehe ein Gesicht neben meiner Hand. Langsam heben sich die Lider. Irgendwo weit hinter dem leeren Blick rührt sich nach einer Weile ein blindes Flackern, das gleich wieder erlischt. Und während so ein kaum dem Knabenalter entwachsener Mensch seinen letzten Atem verströmt, tragen diejenigen, die noch nicht am Ende sind, zentnerschwere Säcke mit Nahrungsmitteln, Werkzeugkisten, Sprengsätze, Ausrüstungsgegenstände jeder Art, Maschinenteile und auseinandermontierte Schiffsleiber durch Sümpfe und Wälder und über das von der Sonne ausgedörrte Hochland, oder sie arbeiten am Berg Palaballa und am M'pozo-Fluß an der Trasse der Bahn, die Matadi mit dem Oberlauf des Kongo verbinden wird. Korzeniowski legt diese Strecke, an der bald die Niederlassungen Songolo, Thumba und Thysville entstehen, unter großen Strapazen zurück. Einunddreißig Träger hat er dabei und als unwillkommenen Reisebegleiter einen übergewichtigen Franzosen namens Harou, der immer dann ohnmächtig wird, wenn man gerade meilenweit vom nächsten schattigen Platz entfernt ist, so daß er über lange Wegstücke in einer Hängematte transportiert werden muß. Nahezu vierzig Tage dauert der Marsch, und während dieser Zeit beginnt Korzeniowski zu begreifen, daß die Mühen, unter denen er zu leiden hat, ihn nicht von der Schuld befreien, die er durch seine bloße Anwesenheit im Kongo auf sich lädt. Von Léopoldville aus fährt er zwar noch auf einem Dampfboot, dem *Roi des Belges,* den Oberlauf des Stromes bis Stanley Falls hinauf, aber der ursprünglich von ihm verfolgte Plan, hier für die Societé Anonyme ein Kommando zu übernehmen, erfüllt ihn inzwischen nur mehr mit Ekel. Die alles zersetzende Feuchtigkeit der Luft, das mit dem Herzschlag pulsierende Sonnenlicht, die immergleiche dunstig verhangene Ferne über der Wasserstraße voraus, die ihm von Tag zu Tag irrsinniger erscheinende Gesellschaft auf dem *Roi des Belges* — er weiß, er wird umkehren müssen. *Tout m'est antipathique içi,* schreibt er an Marguerite Poradowska, *les hommes et les choses, mais surtout les hommes. Tous ces boutiquiers africains et marchands d'ivoire aux instincts sordides. Je regrette d'être venu ici. Je le regrette même amèrement.* Zurück in Léopoldville, ist Korzeniowski so krank am Leib und an der Seele, daß er sich selber den Tod wünscht. Aber es wird noch ein Vierteljahr dauern, bis er, der von jetzt ab immer wieder lang anhaltende, mit seiner schriftstellerischen Arbeit abwechselnde Verzweiflungsanfälle hat, in Boma die Heimreise antreten kann. Mitte Januar 1891 kommt er in Ostende an, in demselben Hafen, den in wenigen Tagen ein gewisser Joseph Loewy an Bord des nach Boma gehenden Dampfschiffs *Belgian Prince* verläßt. Loewy, ein Onkel des damals siebenjährigen

Franz Kafka, weiß als ehemaliger Panamist genau, was ihn erwartet. Insgesamt zwölf Jahre, fünf jeweils mehrmonatige Kur- und Erholungsaufenthalte in Europa eingerechnet, wird er in verschiedenen wichtigen Stellungen in Matadi verbringen, wo die Lebensbedingungen für seinesgleichen nach und nach etwas erträglicher werden. So sollen beispielsweise im Juli 1896, anläßlich der Fertigstellung der Halbwegstation Thumba, den geladenen Gästen nebst einheimischen Delikatessen auch europäische Speisen und Weine vorgesetzt worden sein. Zwei Jahre nach diesem denkwürdigen Ereignis bekommt Loewy

(ganz links im Bild), der inzwischen zum Chef des gesamten Handelsdienstes aufgestiegen ist, bei den Feierlichkeiten zur Eröffnung des letzten Teilstücks der Kongo-Bahn von König Leopold persönlich die Goldmedaille des Ordre du Lion Royal verliehen.

Korzeniowski, der nach der Ankunft in Ostende sogleich zu Marguerite Poradowska nach Brüssel fährt, empfindet jetzt die Hauptstadt des Königreichs

Belgien mit ihren immer bombastischer werdenden Gebäuden wie ein über einer Hekatombe von schwarzen Leibern sich erhebendes Grabmal, und die Passanten auf den Straßen kommen ihm vor, als trügen sie allesamt das dunkle kongolesische Geheimnis in sich. Tatsächlich gibt es in Belgien bis auf den heutigen Tag eine besondere, von der Zeit der ungehemmten Ausbeutung der Kongokolonie geprägte, in der makabren Atmosphäre gewisser Salons und einer auffallenden Verkrüppelung der Bevölkerung sich manifestierende Häßlichkeit, wie man sie anderwärts nur selten antrifft. Jedenfalls entsinne ich mich genau, daß mir bei meinem ersten Besuch in Brüssel im Dezember 1964 mehr Bucklige und Irre über den Weg gelaufen sind als sonst in einem ganzen Jahr. Ja, eines Abends habe ich in einer Bar in Rhode St. Genèse sogar einem verwachsenen, von spastischen Zuckungen geschüttelten Billardspieler zugesehen, der sich, wenn die Reihe an ihm war, für ein paar Augenblicke in einen Zustand vollkommener Ruhe versetzen und dann mit unfehlbarer Sicherheit die schwierigsten Karambolagen bewältigen konnte. Das Hotel am Bois de la Cambre, in dem ich damals einige Tage wohnte, war mit schweren Mahagonimöbeln, allerhand afrikanischen Trophäen und mit zahlreichen, teilweise ganz enormen Topfpflanzen, Aspidistren, Monsterae und bis unter die vier Meter hohe Decke hinaufgewachsenen Gummibäumen derart angeräumt, daß man selbst mitten am Tag den Eindruck einer schokoladenfarbenen Verfinsterung hatte. Deutlich sehe ich noch vor mir eine mit viel Schnitzwerk verzierte massive Kredenz, auf der auf der einen Seite unter einem Glassturz ein Arrangement aus künstlichem Gezweig, bunten Seidenmaschen und winzigen ausgestopften Kolibris stand und auf der andern ein kegelförmiges Gebilde aus porzellanenen Früchten. Der Inbegriff aber der belgischen Häßlichkeit ist für mich seit meinem ersten Besuch in Brüssel das Löwenmonument und die ganze sogenannte histo-

rische Gedenkstätte auf dem Schlachtfeld von Waterloo. Warum ich damals nach Waterloo hinausgefahren bin, weiß ich nicht mehr. Aber ich weiß noch, wie ich von der Bushaltestelle aus an einem kahlen Acker entlang und vorbei an einer Ansammlung budenartiger und doch zugleich hoch aufragender Häuser auf den ausschließlich aus Souvenirläden und billigen Restaurationen bestehenden Ort zugegangen bin. Von irgendwelchen Besuchern zeigte sich an diesem bleigrauen Vorweihnachtstag begreiflicherweise keine Spur. Nicht einmal eine Schulklasse war zu sehen. Jedoch der völligen Verlassenheit wie zum Trotz marschierte ein in napoleonische Kostüme gestecktes Trüppchen unter Trommel- und Pfeifenlärm durch die paar wenigen Gassen, zuhinterst eine schlampige, wüst geschminkte Marketenderin, die ein kurioses Leiterwägelchen mit einem kleinen Käfig zog, in den eine Gans eingesperrt war. Eine Zeitlang schaute ich diesen, wie es mir schien, vom ewigen Umgang getriebenen Gestalten nach, die bald zwischen den Häusern verschwanden, bald an einer anderen Stelle wieder hervorkamen. Schließlich kaufte ich mir noch ein Eintrittsbillett für das in einer mächtigen Kuppelrotunde untergebrachte Panorama, in dem man von einer im Zentrum sich erhebenden Aussichtsplattform die Schlacht — bekanntlich ein Lieblingssujet der Panoramamaler — in alle Himmelsrichtungen übersehen kann. Man befindet sich sozusagen am imaginären Mittelpunkt der Ereignisse. In einer Art Bühnenlandschaft unmittelbar unterhalb der hölzernen Balustrade liegen zwischen Baumstümpfen und Strauchwerk lebensgroße Rösser in dem von Blutspuren durchzogenen Sand, außerdem niedergemachte Infanteristen, Husaren und Chevaulegers mit vor Schmerzen verdrehten oder schon gebrochenen Augen, die Gesichter aus Wachs, die Versatzstücke, das Lederzeug, die Waffen, die Kürasse und die farbenprächtigen, wahrscheinlich mit Seegras, Putzwolle und dergleichen ausgestopften Uniformen jedoch allem Anschein nach authentisch. Über die dreidimensionale, vom kalten Staub der verflossenen Zeit bedeckte Horrorszene schweift der Blick an den Horizont zu dem Riesenrundgemälde, das der französische Marinemaler Louis Dumontin im Jahre 1912 auf der einhundertzehn mal zwölf Meter messenden Innenwand der einem Zirkusbau gleichenden Rotunde ausgeführt hat. Das also, denkt man, indem man langsam im Kreis geht, ist die

Kunst der Repräsentation der Geschichte. Sie beruht auf einer Fälschung der Perspektive. Wir, die Überlebenden, sehen alles von oben herunter, sehen alles zugleich und wissen dennoch nicht, wie es war. Ringsum dehnt sich das öde Feld, auf dem einmal fünfzigtausend Soldaten und zehntausend Pferde im Verlauf von wenigen Stunden zugrunde gegangen sind. In der Nacht nach der Schlacht muß hier ein vielstimmiges Röcheln und Stöhnen zu hören gewesen sein. Jetzt ist da nichts mehr als braune Erde. Was haben sie seinerzeit nur mit all den Leichen und mit den Gebeinen getan? Sind sie unter dem Kegel des Denkmals begraben? Stehen wir auf einem Totenberg? Ist das am Ende unsere Warte? Hat man von solchem Platz aus den vielberufenen historischen Überblick? In der Nähe von Brighton, so habe ich mir einmal sagen lassen, gibt es unweit der Küste zwei kleine Wäldchen, die nach der Schlacht von Waterloo angepflanzt worden sind, zur Erinnerung an den denkwürdigen Sieg. Das eine Wäldchen hat die Form eines napoleonischen Dreispitz, das andere diejenige des Stiefels von Wellington. Die Umrisse sind natürlich vom Boden aus nicht zu erkennen. Die Sinnbilder, heißt es, waren für spätere Ballonreisende gedacht. Ich habe an jenem Nachmittag im Panorama noch ein paar Blechmünzen in einen Kasten gesteckt und mir die Beschreibung der Schlacht auf Flämisch angehört. Verstanden habe ich von den verschiedenen Vorgängen höchstens die Hälfte. *De holle weg van Ohain, de Hertog van Wellington, de rook van de pruisische batterijen, tegenaanval van de nederlandse cavalerie* — die Kämpfe wogten wahrscheinlich, wie das meistens der Fall ist, lang hin und her. Ein deutliches Bild ergab sich nicht. Weder

damals noch heute. Erst als ich die Augen schloß, sah ich, daran erinnere ich mich genau, eine Kanonenkugel, die auf schräger Bahn eine Reihe von Pappeln durchquerte, daß die grünen Zweige zerfetzt durch die Luft flogen. Und dann sah ich noch Fabrizio, den jungen Helden Stendhals, blaß und mit glühenden Augen in der Schlacht herumirren und einen vom Pferd gestürzten Obristen, wie er sich gerade wieder aufrafft und zu seinem Sergeanten sagt: Ich spüre nichts als nur die alte Wunde in meiner rechten Hand. — Vor der Rückfahrt nach Brüssel wärmte ich mich in einer der Gaststätten ein wenig auf. Am anderen Ende der Stube saß eine bucklige Rentnerin in dem trüben, durch die belgischen Butzenscheiben einfallenden Licht. Sie trug eine wollene

Haube, einen Wintermantel aus dickem Noppenstoff und fingerlose Handschuhe. Die Bedienerin brachte ihr einen Teller mit einem großen Stück Fleisch. Die Alte schaute es eine Weile an, dann holte sie aus ihrer Handtasche ein scharfes Messerchen mit einem Holzgriff und begann, es aufzuschneiden. Ihr Geburtsdatum, so denke ich mir jetzt, mochte in etwa übereinstimmen mit dem Zeitpunkt der Fertigstellung der Kongo-Bahn.

Die ersten Nachrichten über die Art und das Ausmaß der im Zuge der Erschließung des Kongo an der eingeborenen Bevölkerung verübten Verbrechen gelangten 1903 an die Öffentlichkeit durch Roger Casement, der damals das Amt eines britischen Konsuls in Boma bekleidete. Casement, von dem Korzeniowski einem Londoner Bekannten gegenüber äußerte, daß er Dinge berichten könnte, die er, Korzeniowski seit langem zu vergessen versuche, machte in einer dem Foreign Secretary Lord Lansdowne vorgelegten Denkschrift genaue Angaben über die durch keinerlei Rücksichtnahme gemilderte Ausbeutung der Schwarzen, die auf sämtlichen Baustellen der Kolonie ohne Löhnung, nur auf das notdürftigste ernährt und häufig aneinandergekettet und nach festgesetztem Rhythmus von Sonnenaufgang bis Sonnenuntergang und letzten Endes bis zum sprichwörtlichen Umfallen zu arbeiten gezwungen waren. Wer den Oberlauf des Kongo hinauffährt und wer nicht geblendet ist von der Gier nach dem Geld, so schrieb Casement, vor dessen Augen entfaltet sich die Agonie eines ganzen Volkes in all ihren herzzerreißenden, die biblischen Leidensgeschichten weit in den Schatten stellenden Einzelheiten. Casement ließ keinen Zweifel daran, daß alljährlich Hunderttausende von Arbeitssklaven von ihren weißen Aufsehern in den Tod getrieben wurden und daß Verstümmelungen, das Abhacken von Händen und Füßen und Exekutionen mit dem Revolver zu den im Kongo zur Aufrechterhaltung der Disziplin tagtäglich durchgeführten Strafmaßnahmen gehörten. Ein persönliches Gespräch, zu dem König Leopold Casement nach Brüssel bat, sollte der Entschärfung der durch Casements Intervention geschaffenen Lage dienen beziehungsweise einer Einschätzung der von Casements Umtrieben für die belgischen Kolonialunternehmungen ausgehenden Gefahr. Die von den Schwarzen erbrachte Arbeitsleistung betrachte er, sagte Leopold, als durchaus legitimen Steuerersatz, und wenn es gelegentlich, wie er gar nicht in Abrede stellen wolle, zu besorgniserregenden Übergriffen des weißen Aufsichtspersonals käme, so sei dies der bedauerlichen, aber kaum zu ändernden Tatsache zuzuschreiben, daß das Kongoklima in den Köpfen mancher Weißer eine Art von Demenz auslöse, der man leider nicht immer rechtzeitig vorbeugen könne. Da Casement mit dergleichen Argumenten nicht umzustimmen war, bediente sich Leopold des Privilegs königlicher Einflußnahme in London, was zur Folge hatte, daß man, mit diplomatischer Duplizität, Casements Bericht einerseits als beispielhaft pries und daß man seinem Verfasser den Titel Commander of the Order of St. Michael and St. George verlieh, andererseits aber nichts unternahm, was die Wahrnehmung der belgischen Interessen hätte beeinträchtigen können. Als Casement einige Jahre später — wahrscheinlich mit dem Hintergedanken einer zeitweiligen Beseitigung seiner unbequemen Person — nach Südamerika entsandt wurde, deckte er dort in den Dschungelgebieten von Peru, Kolumbien und Brasilien Verhältnisse auf, die in vieler Hinsicht denen im Kongo glichen, nur daß hier keine belgischen Handelsgesellschaften operierten, sondern die Amazon Company, deren Zentralverwaltung in der Londoner City ihren Sitz hatte. Auch in Südamerika wurden zu jener Zeit ganze Stämme ausgerottet und ganze Landstriche niedergebrannt. Casements Bericht und sein bedingungsloser Einsatz für die Rechtlosen und Verfolgten löste im Foreign Office zwar durchaus eine gewisse Hochachtung aus, zugleich aber schüttelten viele der maßgeblichen höheren Beamten den Kopf über das, was ihnen erschien als quixotischer, dem beruflichen Fortkommen des an sich vielversprechenden Envoyés gewiß nicht zuträglicher Eifer. Man suchte die Sache dadurch zu regeln, daß man Casement unter ausdrücklicher Bezugnahme auf die Verdienste, die er sich erworben hatte um die geknechteten Völkerschaften dieser Erde, in den Adelsstand erhob. Casement jedoch war nicht bereit, auf die Seite der Macht überzuwechseln; ganz im Gegenteil beschäftigten ihn in zunehmendem Maße die Natur und der Ursprung dieser Macht und der aus ihr geborenen imperialistischen Mentalität. Es lag in der Linie der Konsequenz, daß er dabei schließlich auf die irische, das heißt auf seine eigene Frage stieß. Casement war aufgewachsen in County Antrim als Sohn eines protestantischen Vaters und einer katholischen Mutter und gehörte seiner ganzen Erziehung nach zu denjenigen, deren Lebensaufgabe darin bestand, die englische Vorherrschaft über Irland aufrechtzuerhalten. Als sich die irische Frage in den Jahren vor dem Ersten Weltkrieg zuspitzte, begann Casement die Sache »der weißen Indianer von Irland« zu der seinen zu machen. Das den Iren über Jahrhunderte hinweg angetane Unrecht erfüllte immer mehr sein von Mitleidenschaft tiefer als von jeder anderen Regung geprägtes Bewußtsein. Daß nahezu die Hälfte der irischen Bevölkerung von den Soldaten Cromwells ermordet wurde, daß man später Tausende von Männern und Frauen als weiße Sklaven nach den Westindischen Inseln verschickte, daß in jüngerer Zeit über eine Million Iren am Hungertod starben und daß nach wie vor ein Großteil jeder nachwachsenden Generation zur Auswanderung aus dem Heimatland gezwungen war, all das ging ihm nicht aus dem Kopf. Die endgültige Entscheidung für Casement kam im Jahr 1914, als das von der liberalen Regierung zur Lösung der irischen Frage vorgeschlagene Home-Rule-Programm scheiterte an dem von verschiedenen englischen Interessengruppen, sei es offen, sei es insgeheim, gestützten fanatischen Widerstand der nordirischen Protestanten. *We will not shrink from Ulster's resistance to home rule for Ireland, even if the British Commonwealth is convulsed,* verkündete Frederick Smith, einer der prominentesten Vertreter der protestantischen Minderheit, deren sogenannter Loyalismus in der Bereitschaft bestand, ihre Privilegien wenn nötig auch gegen die Truppen der Regierung mit Waffengewalt zu verteidigen. Die hunderttausend Mann starken Ulster Volunteers wurden gegründet, und auch im Süden formierte sich ein Heer von

Freiwilligen. Casement beteiligte sich an der Rekrutierung und Ausrüstung der Kontingente. Seine Ordensinsignien schickte er nach London zurück. Die Pension, die man ihm ausgestellt hatte, nahm er nicht mehr in Anspruch. Anfang 1915 ging er in geheimer Mission nach Berlin, um die Reichsregierung zur Lieferung von Waffen an die irische Befreiungsarmee zu bewegen und um die irischen Kriegsgefangenen in Deutschland zu überreden, sich zu einer irischen Brigade zusammenzuschließen. Beide Vorhaben schlugen fehl, und Casement wurde in einem deutschen U-Boot nach Irland zurückgebracht. Auf den Tod erschöpft und vom eisigen Wasser durchfroren, watete er in der Bucht von Banna Strand, in der Nähe von Tralee, an Land. Einundfünfzig Jahre war er nun alt. Seine Verhaftung stand unmittelbar bevor. Ge-

rade daß es ihm über einen Priester noch gelang, mit der Nachricht *No German help available* den für ganz Irland geplanten, jetzt zum Scheitern verurteilten Osteraufstand zu verhindern. Daß die Idealisten, die Dichter, Gewerkschafter und Lehrer, die in Dublin die Verantwortung trugen, sich selbst und diejenigen, die auf sie hörten, dennoch in einem siebentägigen Straßenkampf aufopferten, war eine andere Sache. Casement saß, als der Aufstand niedergeschlagen wurde, bereits in einer Zelle im Londoner Tower. Einen Rechtsbeistand hatte er nicht. Zum Vertreter der Anklage wurde der inzwischen zum Generalstaatsanwalt aufgestiegene Frederick Smith bestellt, wodurch der Ausgang des Prozesses von vornherein so gut wie festgelegt war. Um allfällige Gnadengesuche von einflußreicher Seite zu unterbinden, wurden Auszüge aus dem bei der Durchsuchung der Wohnung Casements aufgefundenen, sogenannten schwarzen Tagebuch, das eine Art Chronik der homosexuellen Beziehungen des Angeklagten enthält, an den englischen König, an den Präsidenten der Vereinigten Staaten und an den Papst weitergeleitet. Die Authentizität des bis vor kurzem im Public Record Office in Kew, im Südwesten von London, unter Verschluß liegenden schwarzen Tagebuchs Casements galt lange als überaus fragwürdig, nicht zuletzt aufgrund der Tatsache, daß bis in die jüngste Vergangenheit hinein die bei Verfahren gegen angebliche irische Terroristen mit der Beistellung des Beweismaterials und der Ausarbeitung der Anklageschrift befaßten staatlichen Exekutiv- und Gerichtsorgane wiederholt nicht nur fahrlässiger Mutmaßungen und Unterstellungen, son-

7.51 Lauro of Santa Cruz | Manuel Violetta gone to Las Palmas

March 29 Sunday—5 in Lent [88–277] 3rd Mo 1903

● 1h 26m A.M. (Greenwich)

Pepe & Juan again – Stayed in cabin. Feel
very seedy. Bleeding badly aft again
Cruz. Ran 372 miles from
Score 393. Will not get in
about 7 pm tomorrow – so
will probably be kept all
night there. I rather hope
so & it will give more time
enquiry for basket. H
to find it or hear of it.
Feeling very seedy indeed.
Turned in 10.30 after talk in

30 MONDAY [89–276]
Mohammedan Year 1321 begins

Much hotter today. Busy writing
Cabin in morning. Wrote many
letters. Borrowed £20 from Sk
for G.B. Ran 327 miles
S. Score 66 off. arr. there ab
6.15. "Teneriffe" in – no sign
basket. Wrote G.B. with £15
to go by "Jebba" tomorrow & other
letters about basket.
On shore to agents with Capt
Left at 8.35 pm.

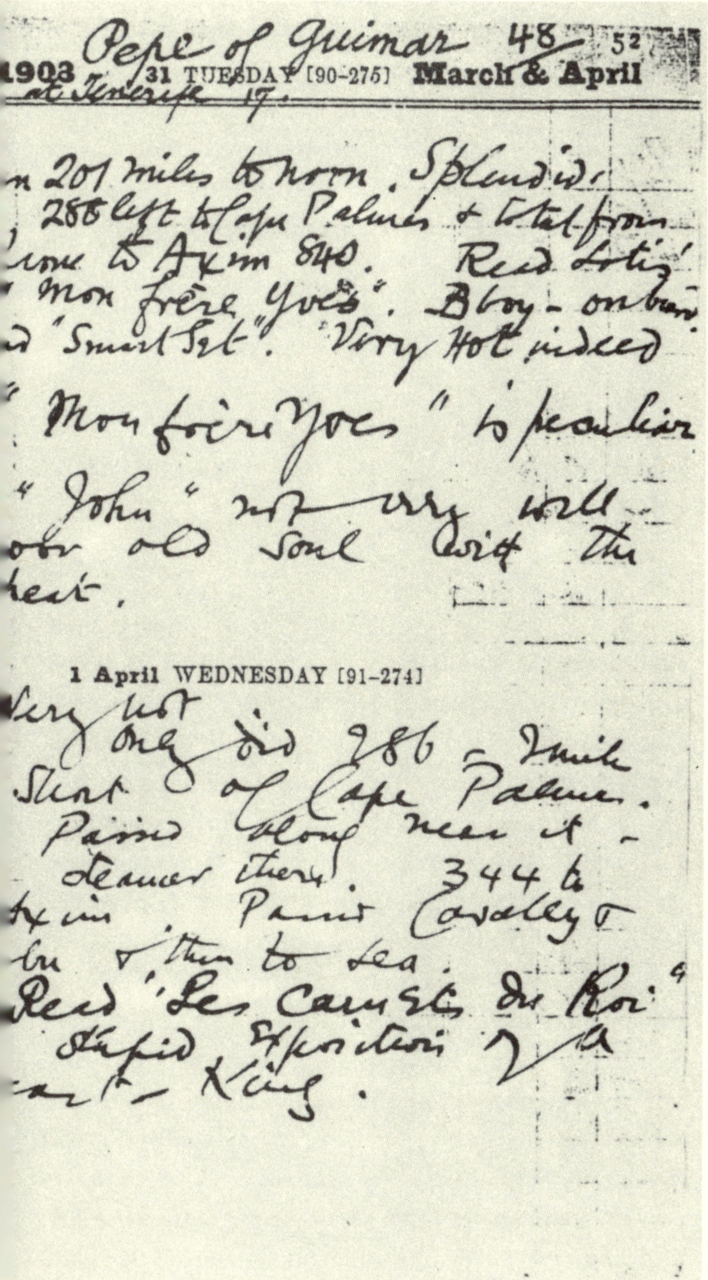
Pepe of Guimar 48 52

1903 31 TUESDAY [90-275] March & April

at Teneriffe 17.

n 201 miles to noon. Splendid.
288 left to Cape Palmas & total from
one to Axim 840. Read Loti's
"Mon frère Yves". Bboy - on board
d "Smart Set". Very hot indeed

"Mon frère Yves" is peculiar

"John" not very well -
poor old soul with the
heat.

1 April WEDNESDAY [91-274]

Very hot
Only did 286 - 9 mile
short of Cape Palmas.
Passed close near it -
steamer there. 344 to
Axim. Passed Cavally &
ba & then to sea.
Read "Les Carnets du Roi"
stupid exposition of a
art - King.

sondern vorsätzlicher Fälschung der Tatbestände sich schuldig gemacht haben. Für die Veteranen der irischen Freiheitsbewegung war es ohnehin undenkbar, daß einer ihrer Märtyrer mit dem englischen Laster behaftet gewesen sein soll. Nichtsdestoweniger besteht seit der im Frühjahr 1994 erfolgten Freigabe der Tagebücher keinerlei Zweifel mehr daran, daß sie geschrieben sind in Casements eigener Hand. Der

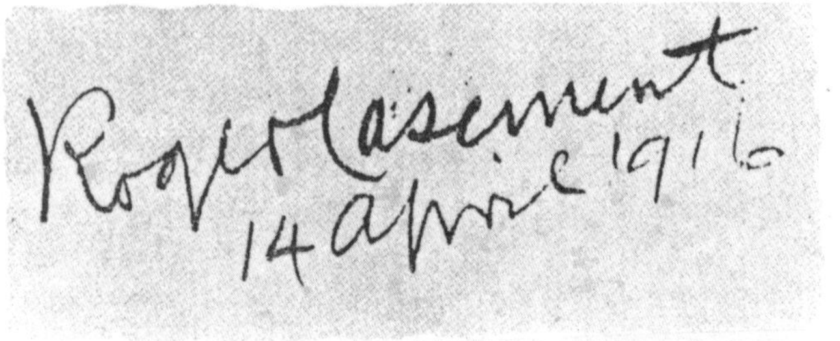

einzige Schluß, der daraus gezogen werden kann, ist der, daß es möglicherweise gerade die Homosexualität Casements war, die ihn befähigte, über die Grenzen der gesellschaftlichen Klassen und der Rassen hinweg die andauernde Unterdrückung, Ausbeutung, Versklavung und Verschrottung derjenigen zu erkennen, die am weitesten entfernt waren von den Zentren der Macht. Wie nicht anders zu erwarten, wurde Casement am Ende der Verhandlungen im Old Bailey des Hochverrats für schuldig befunden. Der den Vorsitz führende Richter, Lord Reading, vormals Rufus Isaacs, gab Casement seinen letzten Bescheid. *You will be taken hence,* so sagte er zu ihm, *to a lawful prison and thence to a place of execution and will be there hanged by the neck until you be dead.* Erst 1965 erlaubte die britische Regierung die Exhumierung der wahrscheinlich kaum mehr zu identifizierenden Überreste Roger Casements aus der Kalkgrube im Hof des Gefängnisses von Pentonville, in die man den Leichnam geworfen hatte.

VI

Unweit der Küste zwischen Southwold und der Ortschaft Walberswick führt eine schmale eiserne Brücke

über den Blyth, auf dem vor Zeiten einmal schwere Wollschiffe seewärts gegangen sind. Heute gibt es so gut wie keinen Verkehr mehr auf dem weitgehend versandeten Fluß. Allenfalls daß man am unteren Ufer zwischen einer Vielzahl von verfallenden Kähnen das eine oder andere Segelboot vertäut sieht. Gegen die Landseite zu ist nichts als graues Wasser, Marschland und Leere.

Die Brücke über den Blyth ist 1875 gebaut worden für eine zwischen Halesworth und Southwold verkehrende Schmalspurbahn, deren Waggons, wie von verschiedenen Lokalhistorikern behauptet wird, ursprünglich bestimmt waren für den Kaiser von China. Um genau welchen Kaiser von China es bei dem mutmaßlichen Auftraggeber sich gehandelt hat, das herauszufinden ist mir trotz längerer Nachforschungen nicht gelungen, noch konnte ich in Erfahrung bringen, weshalb es nicht zur Erfüllung des Lieferkontrakts kam und aufgrund welcher Umstände der kleine kaiserliche Hofzug, der vielleicht das damals noch von Pinien umwaldete Peking mit einer der Sommerresidenzen hätte verbinden sollen, schließlich auf einer Seitenlinie der Great Eastern Railway in Dienst genommen wurde. Einigkeit besteht in den unsicheren Quellen lediglich darüber, daß die Umrisse des geschweiften, von seinem eigenen Atem umwölkten kaiserlichen Wappentiers deutlich zu erkennen gewesen sind unter der schwarzen Lackierung der hauptsächlich von Bade- und Feriengästen beanspruchten, auf eine Höchstgeschwindigkeit von sechzehn Meilen pro Stunde begrenzten Bahn. Was das Wappentier selber betrifft, so enthält das eingangs dieses Berichts schon zitierte *Libro de los seres imaginarios* eine ziemlich komplette Taxonomie und Beschreibung der östlichen Drachen, derjenigen des Himmels ebenso wie derjenigen der Erde und des Meeres. Sie tragen, heißt es von den einen, auf ihrem Rücken die Paläste der Götter, während die anderen angeblich den Lauf der Bäche und Flüsse bestimmen und die unterirdischen Schätze behüten. Sie sind umhüllt von einem Rüstpanzer aus gelben Schuppen. Unter der Schnauze tragen sie Bärte, die Stirn ist vorgewölbt über die flammenden Augen, die Ohren sind kurz und dick, das Maul steht immer offen, und sie ernähren sich von Opalen und Perlen. Manche sind drei bis vier Meilen lang. Wenn sie ihre Lage verändern, stürzen die Berge um. Fliegen sie durch die Luft, so verursachen sie furchtbare Unwetter, die die Häuser abdecken in den Städten und die Ernten verwüsten. Steigen sie aus der Tiefe des Meeres auf, entstehen Mahlströme und Taifune. Die Befriedung dieser Elementargewalten war in China von jeher aufs engste verbunden mit dem die Herrscher auf dem Drachenthron umgebenden, die winzigsten Verrichtungen nicht anders als die größten Staatsaktionen regierenden Zeremoniell, das zugleich diente zur Legitimierung und Verewigung der ungeheuren, in der Person des Kaisers versammelten profanen Macht. Die mehr als sechstausend Mitglieder des ausschließlich aus Eunuchen und Frauen bestehenden kaiserlichen Haushalts umkreisten zu jeder Minute des Tages und der Nacht auf genau abgezirkelten Bahnen den einzigen männlichen Einwohner der hinter purpurfarbenen Mauern verborgenen verbotenen Stadt. In der zweiten Hälfte des 19. Jahrhunderts war sowohl der höchste Grad der Ritualisierung der kaiserlichen Macht erreicht als auch der höchste Grad ihrer Aushöhlung. Während jedes der strengstens hierarchisierten Hofämter weiter nach den bis in das letzte Detail vervollkommneten Vorschriften versehen wurde, geriet das Reich unter dem steigenden Druck seiner inneren und äußeren Feinde an den Rand des Zusammenbruchs. In den fünfziger und sechziger Jahren erfaßte die Rebellion der Taiping, die einer christlich-konfuzianisch inspirierten Welterlösungsbewegung anhingen, mit der Geschwindigkeit eines Flächenbrands nahezu das gesamte südliche China. In ungeahnter Zahl strömte das mit Not und Armut geschlagene Volk, die hungernden Bauern, die nach dem Opiumkrieg entlassenen Soldaten, die Lastträger, Schiffsleute, Schauspieler und Prostituierten, dem selbsternannten Himmelskönig Hung Hsiu-ch'üan zu, der in einem Fieberdelirium eine glorreiche und gerechte Zukunft geschaut hatte. Bald wälzte sich ein ständig wachsendes Heer von heiligen Kämpfern von Kwangsi aus nordwärts, überschwemmte die Provinzen Hunan, Hupeh und Anhwei und stand zu Frühjahrsbeginn 1853 vor den Toren der mächtigen Stadt Nanking, die nach zweitägiger Belagerung gestürmt und zur himmlischen Hauptstadt der Bewegung ausgerufen wurde.

In immer neuen Wellen ging von nun an, beflügelt von der Erwartung des Glücks, die Rebellion durch das riesige Land. Über sechstausend Zitadellen wurden von den Aufständischen erobert und zeitweise besetzt gehalten, fünf Provinzen durch die fortwährenden Schlachten bis auf den Erdboden zerstört, mehr als zwanzig Millionen Menschen im Laufe von knapp fünfzehn Jahren ums Leben gebracht. Ohne Zweifel übersteigt das damals im Reich der Mitte herrschende blutige Grauen jedes Vorstellungsvermögen. Im Hochsommer 1864, nach siebenjähriger Belagerung durch die kaiserlichen Truppen, ist Nanking gefallen. Die Verteidiger hatten längst ihre letzten Mittel erschöpft, längst die Hoffnung aufgegeben auf die Verwirklichung des diesseitigen Paradieses, das ihnen zu Anbeginn der Bewegung zum Greifen nahe vor Augen schwebte. Mit vor Hunger und Rauschgift restlos zerrütteten Sinnen neigten sie sich dem Ende entgegen. Am 30. Juni nahm sich der Himmelskönig das Leben. Seinem Beispiel folgten Hunderttausende seiner Anhänger, sei es aus Treue zu ihm, sei es aus Angst vor der Rache der Eroberer. Auf jede nur denkbare Weise rotteten sie sich selber aus mit dem Schwert und dem Messer, mit dem Feuer und mit dem Strick und indem sie sich hinabstürzten von den Zinnen und von den Dächern der Häuser. Viele sollen sich sogar begraben haben bei lebendigem Leib. Die Selbstzerstörung der Taiping ist in der Geschichte fast ohnegleichen. Als ihre Gegner am Morgen des 19. Juli eindrangen in die Stadt, da fanden sie nirgends mehr eine lebendige Seele, überall aber ein großes Gebrause von Fliegen. Der König des himmlischen Reichs des unendlichen Friedens lag, so stand in einer nach Peking geschickten Depesche, mit dem Gesicht nach unten in einer Gosse, sein aufgequollener Leib zusammengehalten nur noch von dem blasphemischerweise von ihm immer getragenen kaisergelben, mit dem Bildnis des Drachen gezierten Seidengewand.

Die Niederschlagung der Taipingrebellion wäre wahrscheinlich unmöglich gewesen, hätten nicht die in China sich befindenden britischen Armeekontingente nach der Beilegung ihrer eigenen Kämpfe mit den kaiserlichen Heeren sich diesen zur Seite gestellt. Die bewaffnete Präsenz der britischen Staatsmacht in China geht zurück auf das Jahr 1840, in dem der sogenannte Opiumkrieg erklärt wurde. Aufgrund der seit 1837 von der chinesischen Regierung getroffenen Maßnahmen zur Unterbindung des Opiumhandels sah die East India Company, die den Anbau von Mohn auf den Feldern von Bengalen betrieb und das aus den Samen gewonnene Rauschgift in erster Linie nach Kanton, Amoy und Shanghai verschiffte, eine ihrer einträglichsten Unternehmungen bedroht. Die Kriegserklärung, zu der es infolgedessen kam, war der Beginn der zwangsweisen Öffnung des seit zweihundert Jahren vor den fremden Barbaren sich verschlossen haltenden chinesischen Reichs. Im Namen der Ausbreitung des christlichen Glaubens und des als Grundvoraussetzung für jeden zivilisatorischen Fortschritt geltenden freien Handels demonstrierte man die Überlegenheit der westlichen Geschütze, stürmte eine Reihe von Städten und erpreßte sodann einen Frieden, zu dessen Bedingungen bestimmte Garantien für die britischen Faktoreien an der Küste, die Abtretung von

Hongkong sowie, nicht zuletzt, wahrhaft schwindelerregende Reparationszahlungen gehörten. Insofern dieses aus britischer Sicht von vornherein nur vorläufige Arrangement einen Zugang zu den Handelsplätzen im Landesinnern nicht vorsah, war auch die Notwendigkeit weiterer militärischer Aktionen auf die Dauer nicht von der Hand zu weisen, insbesondere in Anbetracht der vierhundert Millionen Chinesen, denen man das in den Spinnereien von Lancashire verfertigte Baumwollzeug hätte verkaufen können. Ein hinlänglicher Vorwand für eine neue Strafexpedition fand sich allerdings erst 1856, als chinesische Offiziere im Hafen von Kanton einen Frachter enterten, um einige der Piraterie verdächtige Mitglieder der ausschließlich aus chinesischen Seeleuten bestehenden Mannschaft in Gewahrsam zu nehmen. Im Zuge dieser Operation holte das Enterkommando den am Hauptmast flatternden Union Jack ein, wahrscheinlich weil das britische Hoheitszeichen damals im illegalen Verkehr nicht selten zu Tarnungszwecken gehißt wurde. Da aber das geenterte Schiff in Hongkong registriert war und also durchaus rechtmäßig unter der britischen Flagge fuhr, konnte der an sich lachhafte Zwischenfall von den britischen Interessenvertretern in Kanton zum Anlaß für eine vorsätzlich bald so weit getriebene Auseinandersetzung mit den chinesischen Behörden genommen werden, daß man zuletzt keine andere Wahl zu haben glaubte, als die Hafenforts zu besetzen und den Amtssitz des Verwaltungspräfekten zu bombardieren. Günstigerweise fügte es sich, daß beinahe zum selben Zeitpunkt in der französischen Presse berichtet wurde von der von

Beamten der Provinz Kwangsi angeordneten Exekution eines Missionspriesters namens Chapdelaine. Die Beschreibung der peinlichen Prozedur gipfelte in der Behauptung, die Henker hätten dem schon zu Tode gebrachten Abbé das Herz aus der Brust geschnitten und es anschließend gekocht und verspeist. Die daraufhin in Frankreich laut werdenden Rufe nach Sühne und Vergeltung verbanden sich auf das beste mit den Bestrebungen der Kriegspartei in Westminster, so daß nach entsprechenden Vorbereitungen das im Zeitalter imperialistischer Rivalität seltene Schauspiel einer gemeinsamen anglo-französischen Kampagne sich entfalten konnte. Der Höhepunkt des mit den größten logistischen Schwierigkeiten verbundenen Unternehmens wurde im August 1860 erreicht, als achtzehntausend britische und französische Streitkräfte in der Bucht von Pechili, kaum hundertfünfzig Meilen von Peking, an Land gingen und, unterstützt von einem in Kanton rekrutierten Heer von chinesischen Hilfstruppen, die von Salzsümpfen, tiefen Gräben, enormen Erdwällen und Bambuspalisaden umgebenen Forts von Taku an der Mündung des Peihoflusses einnahmen. Bei den im Anschluß an die bedingungslose Kapitulation der Festungsbesatzung angestrengten Versuchen, den vom militärischen Standpunkt aus bereits erfolgreich abgeschlossenen Feldzug auf dem Verhandlungsweg ordnungsgemäß zu beenden, gerieten die Delegierten der Alliierten, ungeachtet der Tatsache, daß sie eindeutig die Oberhand hatten, tiefer und tiefer in das alptraumhafte Labyrinth der von den komplexen Erfordernissen der Drachenreichs-Etikette ebenso wie von der Angst und Ratlosigkeit des Kaisers bestimmten chinesischen Hinhaltungsdiplomatie. Letzten Endes scheiterten die Verhandlungen wahrscheinlich an dem völligen, durch keinen Dolmetscher zu überbrückenden Unverständnis, mit dem die in grundverschiedenen Vorstellungswelten lebenden Emissäre einander begegneten. Sah man auf britischer und französischer Seite den zu erzwingenden Frieden als die erste Etappe in der Kolonisierung eines maroden, von den geistigen und materiellen Errungenschaften der Zivilisation weitgehend unberührten Reichs, so waren die Abgesandten des Kaisers ihrerseits bemüht, den mit den chinesischen Gepflogenheiten anscheinend in keiner Weise vertrauten Fremden die Schuldigkeit vor Augen zu führen, in der sich die Botschafter tributpflichtiger Trabantenmächte gegenüber dem Sohn des Himmels von jeher befanden. Zuletzt blieb nichts anderes übrig, als mit Kanonenbooten den Peiho hinaufzufahren und zugleich über Land gegen Peking vorzurücken. Der trotz seiner jungen Jahre gesundheitlich äußerst geschwächte, an der Wassersucht leidende Kaiser Hsien-feng entzog sich der drohenden Konfrontation, indem er am 22. September inmitten eines ungeordneten Haufens von Hofeunuchen, Mauleseln, Gepäckskarren, Tragsesseln und Sänften aufbrach an seinen Zufluchtsort Jehol jenseits der großen Mauer. Die den Kommandierenden der Feindesmacht übermittelte Nachricht besagte, seine Majestät der Kaiser sei von Gesetzes wegen gehalten, sich im Herbst auf die Jagd zu begeben. Ihrerseits nun in einem Zustand der Unschlüssigkeit über das weitere Vorgehen, stießen die Truppen der Alliierten zu Anfang des Monats Oktober anscheinend zufällig auf den nahe bei Peking gelegenen, mit einer Unzahl von Palästen, Pavillons, Wandelgängen, phantastischen Lauben, Tempeln und Turmbauten bestückten Zaubergarten Yuan Ming Yuan, wo an den Abhängen künstlicher Berge zwischen Böschungen und lichten Gehölzen Hirsche mit fabelhaften Geweihen weideten und die ganze unbegreifliche Pracht der Natur und der von Menschenhand in sie eingebetteten Wunder sich spiegelte in den dunklen, von keinem Lufthauch bewegten Gewässern. Das der militärischen Disziplin und überhaupt jeder Vernunft spottende furchtbare Zerstörungswerk, das im Verlauf der folgenden Tage in der legendären Gartenlandschaft vollbracht wurde, ist nur teilweise begreifbar als eine Folge der Wut über die immer weiter sich verschleppende Entscheidung. Der wahre Grund für die Brandschatzung des Yuan Ming Yuan lag, wie man annehmen muß, in der unerhörten Provokation, welche die aus der irdischen Wirklichkeit geschaffene, jede Idee von der Unzivilisiertheit der Chinesen sogleich vernichtende Paradieswelt darstellte für die selber unendlich weit von zu Hause abgekommenen, an nichts als Zwang, Entbehrung und die Abtötung ihrer Sehnsucht gewohnten Krieger. Die Berichte von dem, was an jenen Oktobertagen sich zugetragen hat, sind zwar wenig verläßlich, doch spricht allein die Tatsache der späteren Versteigerung des Raubguts im britischen Lager dafür, daß ein Großteil des von dem fliehenden Hof zurückgelassenen beweglichen Zierats und Schmuck, alles, was aus Jade und Gold gearbeitet war und aus Silber und Seide, in die Hände der Plünderer gefallen ist. Das anschließende Niederbrennen der über zweihundert in dem ausgedehnten Gartengelände und den angrenzenden Palastbezirken stehenden Lusthäuser, Jagdschlösser und Heiligtümer wurde von den Kommandierenden, wie es heißt, angeordnet als Vergeltungsmaßnahme für die Mißhandlung der britischen Emissäre Loch und Parkes, war jedoch in Wahrheit in erster Linie gedacht zur Unkenntlichmachung der zuvor bereits geschehenen Verheerung. Mit unglaublicher Geschwindigkeit, so schrieb der Pionierhauptmann Charles George Gordon, gingen die zumeist aus Zedernholz gebauten Tempel, Solitüden und Eremitagen nacheinander in Flammen auf und verbreitete sich krachend und springend das Feuer durch das grüne Gebüsch und die Wälder. Bis auf ein paar steinerne Brücken und Marmorpagoden war bald alles zerstört. Lange noch hingen Rauchfahnen über der ganzen Umgegend, und eine große Aschenwolke, die die Sonne verdeckte, wurde vom Westwind nach Peking getragen, wo sie nach einiger Zeit sich niedersenkte auf die Häupter und Behausungen der, wie sie wähnten, von einer Strafe des Himmels heimgesuchten Bewohner. Ende des Monats, nach dem in Yuan Ming Yuan statuierten Exempel, sahen sich die Amtswalter des Kaisers gezwungen, ohne weiteren Verzug den immer wieder vertagten Frieden von Tientsin zu unterzeichnen, dessen Hauptklauseln sich, abgesehen von den neuerlichen, kaum zu bewältigenden Reparationsforderungen, auf das Recht des freien Verkehrs und der ungehinderten Missionstätigkeit im Inneren des Landes sowie auf die Aushandlung eines Zolltarifs zum Zweck der Legalisierung des Opiumhandels bezogen. Als Gegenleistung erwiesen sich die westlichen Mächte bereit, ihren Beistand zu leisten zur Erhaltung der Dynastie, das heißt bei der Ausrottung der Taiping und bei der Niederschlagung der Sezessionsbestrebungen der muslimischen Bevölkerung in den Tälern von Shensi, Yunnan und Kansu, in deren Verlauf verschiedenen Schätzungen zufolge zwischen sechs und zehn Millionen von ihren Wohnplätzen vertrieben beziehungsweise ums Leben gebracht wurden. Der bereits erwähnte, zu jener Zeit knapp dreißigjährige Hauptmann der Royal Engineers, Charles George Gordon, ein an sich scheuer, vom christlichen Geist erfüllter, zugleich aber jähzorniger und schwer melancholischer Mensch, der später im belagerten Khartoum eines ruhmreichen Todes sterben sollte, übernahm das Oberkommando der demoralisierten kaiserlichen Armee und bildete sie binnen kurzem zu dermaßen schlagkräftigen Truppen aus, daß ihm, in Anerkennung seiner Verdienste, bei seinem Abschied die Gelbe Reiterjacke, die höchste Auszeichnung des Reichs der Mitte, verliehen wurde.

Im August 1861, nach Monaten der Unentschlossenheit, dämmerte der Kaiser Hsien-feng im Exil von Jehol dem Ende seines kurzen, von Ausschweifungen zerstörten Lebens entgegen. Das Wasser war ihm aus dem Unterleib bereits bis ans Herz gestiegen, und die Zellen seines allmählich sich auflösenden Körpers trieben in der aus den Blutbahnen in sämtliche Zwischenräume des Gewebes einsickernden salzigen Flüssigkeit wie die Fische im Meer. Mit flackerndem Bewußtsein erlebte Hsien-feng die Invasion der Provinzen seines Reiches durch fremde Mächte auf exemplarische Weise an den eigenen absterbenden Gliedern und in den von giftigen Stoffen überfluteten Organen. Er selber war nun die Walstatt, auf der sich der Niedergang Chinas vollzog, bis daß am 22. des Monats die Schatten der Nacht sich über ihn legten und er vollends versank im Delirium des Todes. Aufgrund des mit komplizierten astrologischen Kalkulationen verbundenen Traktaments, dem der Leichnam des kaiserlichen Herrschers vor der Einsargung zu unterziehen war, konnte die Überführung nach Peking nicht vor dem 5. Oktober anberaumt werden. Drei Wochen bewegte sich dann der über eine Meile lange Trauerzug mit dem auf eine riesige goldene Bahre aufgesetzten, auf den Schultern von einhundertvierundzwanzig ausgesuchten Trägern immer wieder bedrohlich schwankenden Katafalk durch den gleichmäßig herabrauschenden Herbstregen, bergan und bergab, durch schwarze Täler und Schluchten und über wüste, im eisgrauen Gestöber des Schnees verschwindende Paßhöhen. Als am Morgen des 1. November der Leichenzug endlich sein Ziel erreicht hatte, waren zu beiden Seiten der auf die Tore der verbotenen Stadt zuführenden, mit gelbem Sand bestreuten Straße Sichtblenden aus blauer Nankingseide aufgestellt, damit nicht das gewöhnliche Volk seine Blicke werfen konnte auf das Antlitz des fünfjährigen Kinderkaisers T'ung-chih, den Hsien-feng in seinen letzten Tagen noch zum Anwärter des Drachenthrons ernannt hatte und der jetzt, hinter den sterblichen Resten seines Vaters, zusammen mit seiner aus dem Konkubinat aufgestiegenen, bereits den erlauchten Titel Kaiserinwitwe führenden Mutter Tz'u-hsi auf einem gepolsterten Palankin heimgebracht wurde in sein Haus. Die Kämpfe um die einstweilige Übernahme der Verfügungsgewalt aus den Händen des unmündigen Herrschers, die naturgemäß nach der Rückkehr des Hofes nach Peking entbrannten, entschieden sich binnen kurzem zugunsten der von einem unbeugbaren Machtwillen erfüllten Kaiserinwitwe. Die Prinzen, die während der Abwesenheit Hsien-fengs als seine Stellvertreter fungiert hatten, wurden des unentschuldbaren Verbrechens der Verschwörung gegen die rechtmäßige Herrschaft bezichtigt und zum Tod burch Zergliederung und scheibenweise Zerschneidung verurteilt. Die Abwandlung dieses Urteils in die den Hochverrätern in Form eines seidenen Stricks üdermittelte Erlaubnis, sich selber erhängen zu dürfen, galt als ein Zeichen gnädiger Nachsicht des neuen Regimes. Nachdem die Prinzen Cheng, Su-shun und Yi, anscheinend ohne zu zögern, von dem ihnen eingeräumten Vorrecht Gebrauch gemacht hatten, war die Kaiserinwitwe die unangefochtene Verweserin des chinesischen Reichs, bis zu dem Zeitpunkt jedenfalls, da ihr eigener Sohn eintrat in das regierungsfähige Alter und sich anschickte, Maßnahmen zu treffen, die den von ihr gehegten und großteils schon verwirklichten Plänen zu einer immer weiteren Ausdehnung ihrer Machtvollkommenheit zuwiderliefen. In Anbetracht dieser Wendung der Dinge kam es, vom Standpunkt Tz'u-hsis aus, beinahe einem Wink der Vorsehung gleich, daß T'ung-chih kaum ein Jahr nach der Besteigung des Throns, sei es infolge einer Pockeninfektion, sei es mit einer anderen Krankheit, die er sich, wie gemunkelt wurde, bei den Tänzern und

Transvestiten in den Blumenstraßen Pekings geholt hatte, derart geschwächt darniederlag, daß man sein vorzeitiges Ende im Alter von kaum neunzehn Jahren schon heraufkommen sah, als im Herbst 1874 der Planet Venus — ein düsteres Omen — die Sonne durchquerte. Tatsächlich verstarb T'ung-chih wenige Wochen später am 12. Januar 1875. Man kehrte sein Gesicht nach Süden und kleidete ihn für die Reise ins Jenseits in die Roben des immerwährenden Lebens. Kaum daß die Trauerzeremonien ordnungsgemäß abgeschlossen waren, vergiftete sich mit einer schweren Dosis Opium die siebzehnjährige, zu jener Zeit, wie es in verschiedenen Quellen heißt, hochschwangere Gemahlin des unter die Ahnen gegangenen Kaisers. Die offiziellen Verlautbarungen schrieben ihren unter mysteriösen Umständen erfolgten Tod dem unstillbaren Kummer zu, der sie überwältigt hatte, vermochten jedoch nicht gänzlich den Verdacht zu zerstreuen, daß die junge Kaiserin beseitigt worden war zum Zweck der Verlängerung der Regentschaft der Kaiserinwitwe Tz'u-hsi, die ihre Stellung nunmehr dadurch befestigte, daß sie ihren zweijährigen Neffen Kuang-hsu zum Thronfolger ausrufen ließ in einem gegen jedes Herkommen verstoßenden Manöver, denn Kuang-hsu gehörte in der Linie der Abstammung derselben Generation an wie T'ung-chih und war daher nach der unumstößlichen Vorschrift des konfuzianischen Kults nicht befugt, diesem die zur Befriedung der Toten notwendigen Andachts- und Ehrendienste zu erweisen. Die Art, in welcher sich die ansonsten äußerst konservativ eingestellte Kaiserinwitwe nötigenfalls hinwegzusetzen vermochte über die ehrwürdigsten Traditionen, war eines der Anzeichen ihres von Jahr zu Jahr rücksichtsloser werdenden Anspruchs auf unumschränkte Ausübung der Macht. Und wie alle absoluten Machthaber zeigte auch sie sich bestrebt, die Exaltiertheit ihrer Position der Welt und sich selber vor Augen zu führen durch einen jedes Vorstellungsvermögen übersteigenden Aufwand. Allein ihr Privathaushalt, dirigiert von dem hier zu ihrer

Rechten stehenden Obereunuchen Li Lien-ying, verschlang alljährlich die damals wahrhaft horrende Summe von sechs Millionen Pfund Sterling. Je ostentativer aber die Mittel wurden zur Demonstration ihrer Autorität, desto mehr wucherte in ihr die Angst vor dem Verlust der Allgewalt, die sie mit so viel Umsicht an sich gebracht hatte. Schlaflos wanderte sie in der Nacht in der bizarren Schattenlandschaft des Palastgartens herum zwischen künstlichen Felsengebirgen, Farngründen und dunklen Thujen und Zypressen. Am Morgen früh nahm sie als erstes eine zu Pulver zerstoßene Perle zu sich als Elixier zur Bewahrung der Unverletzlichkeit, und untertags stand sie, die an leblosen Dingen das größte Genügen fand, manchmal stundenlang an den Fenstern ihrer Gemächer und starrte hinaus auf den stillen, einem Gemälde gleichenden nördlichen See. Die winzigen Figuren der Gärtner in den Lilienfeldern in der Ferne oder die der Höflinge, die im Winter auf der blauen Eisfläche Schlittschuh liefen, dienten ihr nicht zur Erinnerung an die Naturbewegtheit des Menschen, sondern waren vielmehr, wie Fliegen in einem Glas, überwältigt bereits von der Willkür des Todes. Tatsächlich berichten Reisende, die zwischen 1876 und 1879 in China unterwegs waren, daß in der damaligen jahrelang anhaltenden Dürre ganze Provinzen den Eindruck glasumwandeter Gefängnisse erweckt hätten. Zwischen sieben und zwanzig Millionen — genaue Berechnungen sind nie angestellt worden — sollen größtenteils in Shansi, Shensi und Shantung an Hunger und Erschöpfung zugrunde gegangen sein. Der Baptistenprediger Timothy Richard beispielsweise beschreibt, wie die Katastrophe sich auswirkte in einer von Woche zu Woche deutlicher werdenden Verlangsamung aller Bewegung. Einzeln, gruppenweise und in zerdehnten Zügen schwankten die Menschen durchs Land und wurden nicht selten von einem schwachen Lufthauch nur umgeweht, um am Wegrand liegenzubleiben für immer. Über dem bloßen Anheben einer Hand, dem Senken eines Augenlids, dem Verströmen des letzten Atems verging, so schien es bisweilen, ein halbes Jahrhundert. Und mit der Auflösung der Zeit lösten auch alle anderen Verhältnisse sich auf. Eltern tauschten untereinander ihre Kinder aus, weil sie die Sterbensqualen ihrer eigenen nicht mitansehen konnten. Dörfer und Städte waren von Staubwüsten umgeben, über denen wiederholt zitternde Trugbilder von Stromtälern und umwaldeten Seen erschienen. Im Morgengrauen, wenn das Rascheln der an den Zweigen ausgetrockneten Blätter in den schwachen Schlaf hineindrang, glaubte man manchmal, für einen Sekundenbruchteil, in dem das Wünschen noch stärker war als das Wissen, es hätte begonnen zu regnen. Die Hauptstadt und ihre Umgebung blieben zwar von den schlimmsten Auswirkungen der Dürre verschont, doch ließ die Kaiserinwitwe, als die Unglücksbotschaften aus dem Süden eintrafen, jeweils zu der Stunde, da der Abendstern aufgeht, den Seidengöttern ein Blutopfer darbringen in ihrem Tempel, damit es den Raupen nicht mangeln möge an frischem Grün. Unter allen Lebewesen waren es ausschließlich diese wundersamen Insekten, zu denen sie eine tiefe Zuneigung verspürte. Die Seidenhäuser, worin sie aufgezogen wurden, gehörten zu den schönsten Gebäuden des Sommerpalasts. Tagtäglich wandelte Tz'u-hsi mit den in weiße Schürzen gekleideten Damen ihres Gefolges durch die luftigen Hallen, um den Fortgang der Arbeiten in Augenschein zu nehmen, und mit besonderer Vorliebe saß sie, wenn es Nacht wurde, ganz für sich nur zwischen den

Stellagen und lauschte hingebungsvoll auf das leise, gleichmäßige, ungemein beruhigende Vertilgungsgeräusch, das von den ungezählten, das frische Maulbeerlaub zernagenden Seidenwürmern kam. Diese blassen, beinahe transparenten Wesen, die bald ihr Leben lassen würden für den feinen Faden, den sie spannen, betrachtete sie als ihre wahren Getreuen. Sie erschienen ihr als das ideale Volk, dienstfertig, todesbereit, in kurzer Frist beliebig vermehrbar, ausgerichtet nur auf den einzigen ihnen vorbestimmten Zweck, völlig das Gegenteil der Menschen, auf die grundsätzlich kein Verlaß war, auf die namenlosen Massen draußen im Reich so wenig wie auf diejenigen, die den innersten Kreis bildeten um sie und die, wie sie ahnte, jederzeit imstande waren, überzulaufen zu dem zweiten von ihr eingesetzten Kinderkaiser, der zu ihrer Sorge jetzt immer häufiger seinen Eigenwillen bekundete. Noch verbrachte Kuang-hsu, der zutiefst fasziniert war von dem Geheimnis der neuen Maschinen, den größten Teil seiner Zeit mit dem Zerlegen mechanischer Spielzeuge und Uhrwerke, die ein dänischer Unternehmer in einem Ladengeschäft in Peking verkaufte, noch vermochte man seinen erwachenden Ehrgeiz abzulenken, indem man ihm einen echten Eisenbahnzug versprach, auf dem er durch sein Land würde fahren können, aber der Tag war nicht mehr fern, da ihm die Macht zufallen mußte, die sie, die Kaiserinwitwe, je länger, desto weniger aufgeben konnte. Ich stelle mir vor, daß der kleine Hofzug mit dem Bild des chinesischen Drachen, der später zwischen Halesworth und Southwold verkehrte, ursprünglich für Kuang-hsu in Auftrag gegeben und daß dieser Auftrag rückgängig gemacht wurde, als der junge Kaiser um die Mitte der neunziger Jahre begann, Tz'u-hsi gegenüber in zunehmendem Maße die ihren Absichten völlig zuwiderlaufenden Ziele der Reformbewegung zu vertreten, unter deren Einfluß er geraten war. Verbürgt ist jedenfalls, daß die Versuche Kuang-hsus, die Macht an sich zu bringen, zuletzt dazu führten, daß er in einem der vor der verbotenen Stadt liegenden Wasserpaläste in Festungshaft gehalten und gezwungen wurde, eine Verzichtserklärung zu unterzeichnen, die die Regierungsgewalt ohne Einschränkung der Kaiserinwitwe überantwortete. Zehn Jahre lang siechte Kuang-hsu in seinem Exil auf der Paradiesinsel dahin, bis ihn im Ausgang des Sommers 1908 die verschiedenen Leiden — chronische Kopf- und Rückenschmerzen, Nierenkrämpfe, extreme Licht- und Lärmempfindlichkeit, Lungenschwäche und schwere Depression —, die ihn seit dem Tag seiner Entmachtung mehr und mehr geplagt hatten, endgültig überwältigten. Ein gewisser, der westlichen Medizin kundiger Dr. Chu, den man zuletzt zu Rat gezogen hatte, diagnostizierte die sogenannte Brightsche Krankheit, vermerkte jedoch einige unstimmige Erscheinungen — flatterndes Herz, purpurfarben angelaufenes Gesicht, gelbe Zunge —, die, wie seither verschiedentlich vermutet wurde, hindeuteten auf eine langsame Vergiftung. Außerdem fiel Dr. Chu bei seinem Krankenbesuch in der kaiserlichen Wohnung auf, daß die Fußböden und sämtliche Einrichtungsgegenstände von einer dichten Staubschicht bedeckt waren wie in einem von seinen Bewohnern längst verlassenen Haus, ein Zeichen, daß man vor Jahren schon aufgehört hatte, sich um das Wohlergehen des Kaisers zu kümmern. Am 14. November 1908, in der Abenddämmerung oder, wie es hieß, zur Stunde des Hahns, ließ Kuang-hsu unter Qualen sein Leben. Er war siebenunddreißig Jahre alt zum Zeitpunkt seines Todes. Die dreiundsiebzigjährige Kaiserinwitwe, die so planvoll die Zerstörung seines Körpers und seines Geistes betrieben hatte, überlebte ihn, seltsamerweise, nicht einmal um einen einzigen Tag. Am Morgen des 15. November saß sie, einigermaßen noch bei Kräften, dem großen Rat vor, der die neu eingetretene Lage überdachte, aber nach dem Mittagsmahl, zu dessen Beschluß sie, den Warnungen ihrer Leibärzte zum Trotz, eine Doppelportion ihres Lieblingsgerichts — Holzäpfelchen mit gedicktem Rahm — zu sich genommen hatte, erlitt sie einen ruhrartigen Anfall, dem sie nicht mehr entkam. Gegen drei Uhr ging es zu Ende. Eingekleidet bereits in das Sterbegewand, diktierte sie ihren Abschied von dem Reich, das unter ihrer beinahe ein halbes Jahrhundert währenden Regentschaft an den Rand der Auflösung gelangt war. Sie sehe jetzt, sagte sie, indem sie zurückblicke, wie die Geschichte aus nichts bestehe als aus dem Unglück und den Anfechtungen, die über uns hereinbrechen, Welle um Welle wie über das Ufer des Meers, so daß wir, sagte sie, im Verlauf all unserer Erdentage auch nicht einen Augenblick erleben, der wirklich frei ist von Angst.

Die Leugnung der Zeit, heißt es in der Schrift über den Orbis Tertius, sei der wichtigste Grundsatz der philosophischen Schulen von Tlön. Diesem Grundsatz zufolge hat die Zukunft Wirklichkeit nur in der

Form unserer gegenwärtigen Furcht und Hoffnung, die Vergangenheit bloß als Erinnerung. Nach einer anderen Ansicht ist die Welt und alles, was jetzt auf ihr lebt, vor einigen Minuten erst geschaffen worden zugleich mit ihrer ebenso kompletten wie illusorischen Vorgeschichte. Eine dritte Lehrmeinung beschreibt unsere Erde verschiedentlich als ein Sackgäßchen in der großen Stadt Gottes, als dunkle Kammer voller unbegreiflicher Bilder oder als einen Dunsthof um eine bessere Sonne. Die Vertreter einer vierten Philosophenschule wiederum behaupten, daß alle Zeit bereits abgelaufen und unser Leben nur der nachdämmernde Widerschein eines unwiederbringlichen Vorgangs sei. Tatsächlich wissen wir nicht, wie viele ihrer möglichen Mutationen die Welt schon hinter sich hat und wieviel Zeit, vorausgesetzt, daß es sie gibt, noch übrig ist. Sicher ist nur, daß die Nacht weitaus länger währt als der Tag, wenn man das einzelne Leben, das Leben insgesamt oder die Zeit selber vergleicht mit dem jeweils übergeordneten System. *The night of time,* schreibt Thomas Browne in seinem 1658 verfaßten Traktat *The Garden of Cyrus, far surpasseth the day and who knows when was the Aequinox?* — Derlei Gedanken hatte auch ich im Kopf, als ich von der Brücke über den Blyth ein Stück weit entlang der aufgelassenen Bahnstrecke ging und dann von dem höher gelegenen Gelände hinab in die Marschebene, die sich von Walberswick südwärts erstreckt bis nach Dunwich, einer nur mehr aus wenigen Häusern bestehenden Ortschaft. Derart leer und verlassen ist diese Gegend, daß einer, der ausgesetzt würde in ihr, kaum zu sagen vermöchte, ob er an der Küste der Nordsee sich befindet oder nicht vielleicht am Ufer des Kaspischen Meers oder am Golf von Lian-tung. Zu meiner Rechten das wogende Schilffeld, zur Linken den grauen Strand, hielt ich auf Dunwich zu, das so weit in der Ferne gelegen schien, als wäre es nie zu erreichen. Stunden, kam es mir vor, war ich gegangen, ehe sich in blassen Farben allmählich ein paar Schiefer- und Ziegeldächer und eine bewaldete Hügelkuppe abzu-

zeichnen begannen. Das heutige Dunwich ist der letzte Überrest einer im Mittelalter zu den bedeutendsten Hafenplätzen Europas zählenden Stadt. Mehr als fünfzig Kirchen, Klöster und Spitäler hat es hier einmal gegeben, Werften und Befestigungsanlagen, eine Fischerei- und Handelsflotte mit achtzig Fahrzeugen und Dutzende von Windmühlen. All das ist untergegangen und liegt, über zwei, drei Quadratmeilen verstreut, unter Schwemmsand und Schotter draußen auf dem Boden des Meers. Die Pfarrkirchen zu den Heiligen James, Leonard, Martin, Bartholomew, Michael, Patrick, Mary, John, Peter, Nicholas und Felix sind, eine um die andere, über die stets weiter zurückweichende Klippe hinuntergestürzt und nach und nach in der Tiefe versunken mitsamt dem Erdreich und dem Gestein, auf dem die Stadt einst erbaut worden war. Übriggeblieben sind seltsamerweise nur die gemauerten Brunnenschächte, die, von allem, was sie einst umgeben hatte, befreit, jahrhundertelang, wie verschiedene Chronisten berichten, in den leeren Luftraum emporragten wie die Schlote einer unterirdischen Schmiede, bis auch diese Wahrzeichen der verschwundenen Stadt schließlich in sich zusammenbrachen. Bis ungefähr 1890 aber war am Strand von Dunwich der sogenannte Eccles Church Tower noch

zu sehen, von dem niemand zu sagen wußte, wie er, ohne aus dem Lot zu kippen, aus der beträchtlichen Höhe, auf der er zuvor gestanden sein mußte, herabgelangt war bis auf das Meeresspiegelniveau. Das Rätsel ist bis heute nicht gelöst, doch eine vor kurzem durchgeführte Modelluntersuchung macht es wahrscheinlich, daß der geheimnisvolle Eccles Tower auf Sand gebaut war und deshalb unter seinem eigenen Gewicht so langsam sich absenkte, daß das Gemäuer kaum einen Schaden nahm. Um 1900, nachdem auch der Eccles Tower eingefallen war, stand droben am Rand des Abbruchs von den Kirchen von Dunwich allein noch die Ruine von All Saints. Bereits

1919 ist sie zusammen mit den Gebeinen der in dem umliegenden Gottesacker Begrabenen über den Abhang hinuntergerutscht, und nur der westliche Viereckturm erhob sich eine Zeitlang noch über der gespenstischen Gegend. Der Höhepunkt der Entwicklung von Dunwich fiel in das 13. Jahrhundert. Tagtäglich kamen und gingen damals die Schiffe von und nach London, Stavoren, Stralsund, Danzig, Brügge Bayonne und Bordeaux. Ein Viertel der großen Flotte, die im Mai 1230 von Portsmouth aus segelte und Hunderte von Rittern mit ihren Rössern, ein vieltausendköpfiges Fußvolk und die gesamte Entourage des Königs nach Poitou beförderte, wurde von Dunwich gestellt. Der Schiffsbau, der Handel mit Holz, Korn Salz, Heringen, Wolle und Häuten warf so viel Gewinn ab, daß man bald imstand war, alle nur denkbaren Vorkehrungen zu treffen gegen Angriffe von der Landseite und gegen die Gewalt des unablässig die

Küste zerfressenden Meers. Es läßt sich heute nicht mehr sagen, mit welchem Grad von Zuversicht diese Befestigungsarbeiten zu jener Zeit die Bewohner von Dunwich erfüllten. Fest steht nur, daß sie sich letzten Endes als unzureichend erwiesen, als in der Neujahrsnacht von 1285 auf 1286 eine Sturmflut die untere Stadt und die Hafengegend so grauenhaft verwüstete, daß monatelang kein Mensch mehr wußte, wo die Grenze war zwischen dem Meer und dem Land. Eingestürzte Mauern, Bauschutt, Trümmer, zerbrochenes Gebälk, zerborstene Schiffsleiber, aufgeweichte Massen von Lehm, Kies, Sand und Wasser überall. Und dann, nach wenigen Jahrzehnten des Wiederaufbaus, am 14. Januar 1328, nach einer ungewöhnlich stillen Herbst- und Weihnachtszeit, eine womöglich noch furchtbarere Heimsuchung. Wiederum trifft ein orkanartiger Nordoststurm zusammen mit der höchsten Flut des Monats. Bei Einbruch der Dunkelheit fliehen die Bewohner des Hafenviertels mit ihrer beweglichen Habe hinauf in die obere Stadt. Die ganze Nacht hindurch reißen die Wogen eine Häuserreihe ein um die andere. Wie schwere Rammböcke fahren die im Wasser treibenden Dach- und Stützbalken in die noch nicht niedergelegten Mauern und Wände. Im Morgengrauen steht die Schar der Überlebenden, eine vielleicht gegen zwei- oder dreitausend zählende Menge, vornehme Leute wie die FitzRicharts, die FitzMaurices, die Valeins und die de la Falaises ebenso wie das gemeine Volk, gegen den Sturm gelehnt droben am Rande des Abgrunds und starrt voller Entsetzen durch die Schwaden der salzigen Gischt hinab in die Tiefe, wo wie in einem Mahlwerk der Zerstörung

Warenballen und Fässer, zerschmetterte Krane, zerfetzte Windmühlensegel, Truhen und Tische, Kästen, Federbetten, Feuerholz, Stroh und ertrunkenes Vieh in den weißbraunen Wassern sich drehen. Stets von neuem kam es in den nachfolgenden Jahrhunderten zu solch katastrophalen Einbrüchen der See in das Land, und naturgemäß schritt auch in den ruhigen Zwischenzeiten die Erosion der Küste immer weiter voran. Allmählich schickte sich die Bevölkerung von Dunwich in die Unabänderlichkeit dieser Entwicklung. Der aussichtslose Kampf wurde aufgegeben, man kehrte dem Meer den Rücken und baute, wann immer es die schwindenden Mittel erlaubten, nach Westen zu, ein zerdehntes, über Generationen sich hinziehendes Fluchtunternehmen, mit dem die langsam sterbende Stadt — reflexartig, könnte man sagen — eine der Grundbewegungen des menschlichen Lebens auf der Erde beschrieb. Auffällig viele unserer Ansiedlungen sind ausgerichtet und verschieben sich, wo die Verhältnisse es erlauben, nach Westen. Der Osten ist gleichbedeutend mit Aussichtslosigkeit. Insbesondere zur Zeit der Kolonialisierung des amerikanischen Kontinents war zu beobachten, wie die Städte nach Westen sich entfalteten, während sie in den östlichen Bezirken schon wieder zerfielen. In Brasilien erlöschen bis heute halbe Provinzen wie Feuersbrünste, wenn das Land durch Raubbau erschöpft ist und weiter im Westen neuer Raum aufgetan wird. Auch in Nordamerika wandern zahllose diffuse Ansiedlungen mit ihren Tankstellen, Motels und Einkaufszentren westwärts die Turnpikes entlang, und unfehlbar polarisieren sich auf dieser Achse Wohlstand und Elend.

Daran erinnerte mich die Fluchtbewegung von Dunwich. Nach der ersten schweren Verheerung wurde auf dem westlichen Vorfeld der Stadt gebaut, doch selbst von dem dort entstandenen Franziskanerkloster sind heute nur ein paar Bruchstücke noch übrig. Dunwich mit seinen Türmen und vielen tausend Seelen ist aufgelöst in Wasser, Sand und Kies und dünne Luft. Wenn man von dem Grasplatz über dem Meer hinausblickt in die Richtung, wo die Stadt einst gewesen sein muß, dann spürt man den gewaltigen Sog der Leere. Wahrscheinlich ist Dunwich deshalb, schon in der viktorianischen Zeit, eine Art Wallfahrtsort für schwermütige Schriftsteller geworden. Algernon Swinburne beispielsweise kam in den siebziger Jahren mit seinem Fürsorger Theodore Watts Dunton mehrmals hierher, wenn die mit dem Londoner literarischen Leben verbundenen Aufregungen seine von frühester Kindheit an überspannten Nerven zu zerreißen drohten. Wiederholt war er, der in jungen Jahren eine legendäre Berühmtheit erlangt hatte, von den phantastischen Kunstgesprächen in den Salons der Präraffaeliten und der Geistesanstrengung bei der Komposition seiner mit wundervollem poetischen Bombast ausstaffierten Tragödien und Dichtungen in solche Paroxysmen der Passioniertheit versetzt worden, daß er die Herrschaft über seine Stimme und Glieder verlor. Wochenlang oft lag er nach dergleichen quasi-epileptischen Anfällen darnieder, und bald war es soweit, daß er, *unfitted for general society*, nur mit einzelnen vertrauten Personen noch umgehen konnte. Die Zeiten der Besserung verbrachte er anfänglich auf dem Landsitz seiner Familie, später immer öfter mit dem getreuen Watts Dunton an der Küste des Meers. Die Ausflüge durch die vom Wind gebeugten Riedfelder von Southwold nach Dunwich, der Ausblick auf die Wüste des Wassers hatten auf ihn die Wirkung eines Beruhigungsmittels. Ein langes, *By the North Sea* überschriebenes Gedicht ist sein Tribut an die allmähliche Selbstauflösung des Lebens. *Like ashes the low cliffs crumble and the banks drop down into dust.* Ich entsinne mich, in einer Studie über Swinburne gelesen zu haben, wie er an einem Sommerabend, als er mit Watts Dunton den Kirchhof von All Saints besuchte, weit draußen auf der Oberfläche des Meeres ein grünliches Leuchten zu sehen glaubte. Dieses Leuchten, soll er gesagt haben, erinnere ihn an den Palast des Kublai Khan, der auf dem Platz des späteren Peking gebaut worden war in derselben Zeit, in der Dunwich eines der größten Gemeinwesen im englischen Königreich gewesen ist. Wenn ich nicht irre, war in der fraglichen Studie davon die Rede, wie Swinburne den sagenhaften Palast Watts Dunton an jenem Abend in allen Einzelheiten beschrieben hat: die über vier Meilen lange schneeweiße Mauer, die mit Zaum-, Sattel- und Rüstzeug jeder Art gefüllten Festungsarsenale, die Lager- und Schatzhäuser, die Stallungen, in denen in unübersehbaren Reihen die schönsten Pferde standen, die Festsäle, die Platz hatten für mehr als sechstausend Gäste, die Wohngemächer, den Tierpark mit dem Einhorngehege und den dreihundert Fuß hohen Aussichtsberg, den der Khan an der Nordseite hatte aufschütten lassen. Die steilen Abhänge dieses ganz mit grünem Lapislazuligestein bedeckten Kegels, so erzählte Swinburne angeblich, sei innerhalb eines

Jahres bestückt worden mit den prächtigsten und seltensten Exemplaren voll ausgewachsener immergrüner Bäume, die, nachdem man sie an ihren Standorten samt Wurzelwerk und Erdreich ausgegraben hatte, oft über weite Strecken herbeitransportiert werden mußten von eigens für diesen Zweck abgerichteten Elephanten. Nie zuvor und nie seither, soll Swinburne an jenem Abend in Dunwich behauptet haben, sei auf der Welt etwas Schöneres geschaffen worden als der selbst mitten im Winter grüne, von einem gleichfalls grünfarbenen Ruheschloß gekrönte künstliche Berg. — Algernon Charles Swinburne, dessen Lebensspanne bis aufs Jahr beinahe zusammenfiel mit derjenigen der Kaiserwitwe Tz'u-hsi, wurde geboren am 5. April 1837 als das älteste der sechs Kinder des Admirals Charles Henry Swinburne und seiner Gemahlin Lady Jane Henrietta, der Tochter des dritten Earls von Ashburnham. Beide Familien schrieben sich her aus der fernen Zeit, in der Kublai Khan seinen Palast erbaute und in der Dunwich mit allen damals auf dem Seeweg zu erreichenden Ländern im Handelsverkehr stand. So weit man zurückdenken konnte, waren die Swinburnes und die Ashburnhams Gefolgsleute des Königs, bedeutende Krieger und Militärpersonen, Herren ausgedehnter Ländereien und Entdeckungsreisende gewesen. Ein Großonkel Algernon Swinburnes, der General Robert Swinburne, wurde kurioserweise und, wie man annehmen muß, aufgrund ausgeprägter ultramontaner Neigungen, Untertan seiner k. & k. Apostolischen Majestät und stieg auf in den Stand der Barone des Heiligen Römischen Reichs. Er verstarb als amtierender Gouverneur von Mailand, und sein

Sohn bekleidete bis zu seinem 1907 in hohem Alter erfolgten Tod die Stellung eines Kammerherrn des Kaisers Franz Josef. Möglicherweise war diese extreme Form des politischen Katholizismus in einer Seitenlinie der Familie ein erstes Anzeichen der Dekadenz. Abgesehen davon jedoch blieb die Frage, wie aus solch lebenstüchtigen Geschlechtern ein beständig in der Gefahr des Nervenzusammenbruchs schwebendes Wesen hervorgehen konnte, ein Paradoxon, an dem die angelegentlich mit Herkunft und Vererbung beschäftigten Biographen Swinburnes lange herumrätselten, ehe sie übereinkamen, den Dichter der *Atalanta* als ein jenseits aller natürlichen Möglichkeit, gleichsam aus dem Nichts entstandenes epigenetisches Phänomen zu bezeichnen. Tatsächlich mußte Swinburne, allein schon aufgrund seiner äußeren Gestalt,

als vollkommen aus der Art geschlagen erscheinen. Von sehr kleinem, in jedem Stadium der Entwicklung weit hinter dem Normalmaß zurückbleibendem Wuchs und geradezu erschreckend feingliedrigem Körperbau, trug dennoch bereits der Knabe einen ungeheuer großen, ja überdimensionalen Kopf auf seinen schwachen, vom Halsansatz steil abfallenden Schultern. Dieses wahrhaft außerordentliche, durch einen seitwärts abstehenden feuerroten Haarschopf und wassergrün strahlende Augen noch akzentuierte Haupt war, wie einer von Swinburnes Altersgenossen berichtet, *an object of amazement at Eton.* Am Tag seines Schuleintritts schon — Swinburne war damals, im Sommer 1849, gerade zwölf Jahre alt — war sein Hut unter allen Hüten von Eton der größte. Und ein gewisser Lindo Myers, mit dem Swinburne später, im Herbst 1868, von Le Havre aus über den Ärmelkanal fuhr, beschreibt, wie sie, nachdem Swinburnes Hut ihm von einem Windstoß vom Kopf gerissen und über Bord geweht worden war, bei der Ankunft in Southampton erst im dritten Hutgeschäft eine passende Kopfbedekkung für ihn hätten auftreiben können, und selbst dann, fügt Myers hinzu, habe man noch das Lederband und das Futter heraustrennen müssen. Ungeachtet seiner extremen körperlichen Disproportioniertheit aber träumte Swinburne von früh an und insbesondere seit er in den Zeitungen Schilderungen des Angriffs bei Balaclava gelesen hatte, unablässig davon, in ein Kavallerieregiment eintreten und als *beau sabreur* in einer ähnlich wahnwitzigen Schlacht sein Leben lassen zu können. Noch während seiner Studienzeit in Oxford überstrahlte diese Vision alle anderen Vorstellungen, die er von seiner eigenen Zukunft haben mochte, und erst als die Hoffnung auf einen Heldentod endgültig an seinem unterentwickelten Körper gescheitert war, warf er sich rückhaltlos in die Literatur und damit in eine vielleicht nicht minder radikale Form der Selbstzerstörung. Wahrscheinlich hätte Swinburne seine in der Folge immer schwerer werdenden Nervenkrisen kaum überdauert, wenn er sich nicht mehr und mehr dem Regime seines Lebenskompagnons Watts Dunton unterworfen hätte. Watts Dunton besorgte bald die gesamte Korrespondenz, kümmerte sich um all die kleinen Dinge, die Swinburne fortwährend in die äußerste Panik versetzten, und rettete damit den Dichter in ein beinahe drei Jahrzehnte noch dauerndes blasseres Nachleben hinüber. 1879 war Swinburne nach einem Nervenanfall mehr tot als lebendig in einem sogenannten *four-wheeler* nach Putney Hill im Südwesten von London gebracht worden und dort, in der bescheidenen Vorstadtvilla mit der Anschrift *Nr. 2 The Pines* wohnten

fortan die beiden Junggesellen unter vorsätzlicher Vermeidung der geringsten Aufregung. Der Tagesablauf folgte stets einem von Watts Dunton genau festgelegten Plan. Swinburne, so soll Watts Dunton mit einem gewissen Stolz auf die Probatheit des von ihm ersonnenen Systems gesagt haben, Swinburne *always walks in the morning, writes in the afternoon and reads in the evening. And, what is more, at meal times he eats like a caterpillar and at night he sleeps like a dormouse.* Ab und zu wurde zu Mittag jemand zu Gast geladen, der den in der Vorstadt exilierten Wunderpoeten in Augenschein nehmen wollte. Zu dritt saß man dann in dem dusteren Eßzimmer zu Tisch. Der schwerhörige Watts Dunton bestritt dröhnend die Konversation, während Swinburne wie ein wohlerzogenes Kind seinen Kopf über den Teller gesenkt hielt und stillschweigend eine gewaltige Portion Rindfleisch verzehrte. Einer der Gäste, die um die Jahrhundertwende in Putney zu Besuch gewesen sind, schreibt, die beiden alten Herren seien ihm vorgekommen wie zwei absonderliche Insekten in einer Leidener Flasche. Wiederholt, so fährt er fort, habe er beim Anblick Swinburnes an die aschgraue Seidenraupe, *Bombyx mori,* denken müssen, sei es aufgrund der Art, wie er, Stückchen für Stückchen, die ihm vorgesetzten Speisen vertilgte, sei es, weil er aus dem Halbschlummer, der ihn nach Beendigung des Mittagsmahls überkam, unvermittelt zu neuem, von elektrischer Energie durchzucktem Leben erwachte und mit flatternden Händen gleich einem aufgescheuchten Falter in seiner Bibliothek herumhuschte und die Staffeleien und Leitern auf und ab kletterte, um die eine oder andere Kostbarkeit aus den Regalen zu holen. Die Begeisterung, in die er darüber geriet, äußerte sich in rhapsodischen Bemerkungen zu seinen Lieblingsdichtern Marlowe, Landor und Hugo, nicht selten aber auch in Reminiszenzen aus seiner auf der Isle of Wight und in Northumberland verbrachten Kindheit. Bei einer solchen Gelegenheit soll er sich beispielsweise in einem Zustand völliger Entrückung erinnert haben, wie er als Knabe zu Füßen seiner hochbetagten Tante Ashburnham gesessen war und wie diese Tante ihm erzählte von dem ersten großen Ball, den sie als junges Mädchen besucht hatte in Begleitung ihrer Mutter. Viele Meilen weit fuhr man nach diesem Ball heimwärts durch eine schneehelle, vor Kälte klirrende Winternacht, bis auf einmal die Kutsche einhielt bei einer Gruppe dunkler Gestalten, die, wie es sich zeigte, dabei waren, einen Selbstmörder zu begraben an einem Kreuzweg. Indem er diese, eineinhalb Jahrhunderte in die Vergangenheit zurückreichende Erinnerung aufzeichne, so schreibt der selber lange schon dahingegangene Gast, sehe er die schaurige Hogarthsche Nachtszene, wie sie Swinburne seinerzeit ausgemalt habe, mit vollkommener Deutlichkeit wieder vor sich und sehe zugleich den kleinen Knaben mit dem großen Kopf und feurig ihm zu Berg stehenden Haar, wie er flehentlich die Hände ringt und bittet: *Tell me more, Aunt Ashburnham, please tell me more.*

VII

Es war ungewöhnlich dunkel geworden und schwül, als ich am Mittag nach einer Rast am Strand zu der einsam über dem Meer gelegenen Heide von Dunwich hinaufstieg. Die Entstehungsgeschichte dieser traurigen Gegend ist eng verbunden nicht nur mit der Bodenbeschaffenheit und den Einflüssen des ozeanischen Klimas, sondern, in weit entscheidenderem Maße, mit der über viele Jahrhunderte, ja über Millennien fortschreitenden Zurückdrängung und Zerstörung der dichten Wälder, die nach der letzten Eiszeit sich ausgebreitet haben über das gesamte Gebiet der britischen Inseln. In Norfolk und Suffolk sind es hauptsächlich Eichen und Ulmen gewesen, die über die Ebenen und in ununterbrochenen Wellen über die leichten Anhöhen und durch die Senken gingen bis hin an das Ufer Meers. Die rückläufige Entwicklung setzte ein mit dem Auftauchen der ersten Siedler, die an den regenarmen östlichen Küstenstrichen, wo sie sich niederlassen wollten, Feuerbrände legten. Wie zuvor die Wälder in unregelmäßigen Mustern den Erdboden kolonisiert hatten und allmählich zusammenwuchsen, so fraßen sich jetzt in ähnlich unregelmäßiger Weise immer weiter sich ausdehnende Aschenfelder in die grüne Laubwelt hinein. Wenn man heute mit dem Flugzeug über Amazonien oder Borneo fliegt und die riesigen, scheinbar unbeweglichen Rauchgebirge sieht über dem von oben einem sanften Moosgrund gleichenden Dach des Dschungels, dann bekommt man am ehesten eine Vorstellung von den möglichen Auswirkungen solcher manchmal monatelang anhaltenden Brände. Was in Europa in der Vorzeit vom Feuer verschont blieb, wurde später geschlagen für den Haus- und Schiffsbau sowie für die Gewinnung der für die Eisenschmelzen in ungeheuren Mengen benötigten Holzkohle. Bereits im siebzehnten Jahrhundert gibt es im ganzen Inselreich nur mehr unbedeutende, meist dem Verfall überlassene Restbestände der einstmaligen Wälder. Die großen Feuer werden jetzt auf der anderen Seite des Ozeans entfacht. Nicht umsonst verdankt das kaum zu ermessende Land Brasilien seinen Namen dem französischen Wort für Holzkohle. Die Verkohlung der höheren Pflanzenarten, die unaufhörliche Verbrennung aller brennbaren Substanz ist der Antrieb für unsere Verbreitung über die Erde. Vom ersten Windlicht bis zu den Reverberen des achtzehnten Jahrhunderts und vom Schein der Reverberen bis zum fahlen Glanz der Bogenlampen über den belgischen Autobahnen ist alles Verbrennung, und Verbrennung ist das innerste Prinzip eines jeden von uns hergestellten Gegenstandes. Die Anfertigung eines Angelhakens, die Manufaktur einer Porzellantasse und die Produktion eines Fernsehprogramms beruhen letzten Endes auf dem gleichen Vorgang der Verbrennung. Die von uns ersonnenen Maschinen haben wie unsere Körper und wie unsere Sehnsucht ein langsam zerglühendes Herz. Die ganze Menschheitszivilisation war von Anfang an nichts als ein von Stunde zu Stunde intensiver werdendes Glosen, von dem niemand weiß, bis auf welchen Grad es zunehmen und wann es allmählich ersterben wird. Vorderhand leuchten noch unsere Städte, greifen noch die Feuer um sich. In Italien, Frankreich und Spanien, in Ungarn, Polen und Litauen, in Kanada und Kalifornien brennen im Sommer die Wälder, ganz zu schweigen von den immensen, nie zum Erlöschen kommenden Feuern in den Tropen. In Griechenland, auf einer Insel, die um 1900 noch ringsum bewaldet gewesen ist, habe ich vor ein paar Jahren gesehen, mit welcher Geschwindigkeit die ausgedörrte Vegetation von einem Brand durcheilt wird. Ich bin damals etwas außerhalb der Hafenstadt, in der ich mich aufhielt, inmitten einer Gruppe aufgeregter Männer am Straßenrand gestanden, hinter uns die finstere Nacht und vor uns, weit drunten auf dem Grund einer Schlucht, das laufende, springende, vom Wind schon die steilen Abhänge hinaufgetriebene Feuer. Und ich werde niemals vergessen, wie die Wacholderbäume, die dunkel im Widerschein standen, einer um den anderen, kaum daß die ersten Flammenzungen sie berührten, mit einem dumpfen, explosionsartigen Schlag emporlohten, als seien sie aus Zunder, und wie sie gleich darauf in stillem Funkenstieben in sich zusammensanken.

Mein Weg von Dunwich aus führte zunächst an den Ruinen des Franziskanerklosters vorbei, an etlichen

Feldern entlang und durch ein offenbar erst in jüngster Zeit aufgeschossenes, verwahrlostes Gehölz, in dem Krüppelkiefern, Birken und Ginsterstauden so dicht durcheinanderwuchsen, daß ich nur mit viel Mühe vorankam. Ich dachte schon beinah daran umzukehren, da tat sich auf einmal vor mir die Heide auf. Blaßlila bis tief purpurfarben erstreckte sie sich westwärts, und eine weiße Fahrspur ging in leichten Windungen mitten durch sie hindurch. In die unablässig in meinem Kopf sich drehenden Gedanken verloren und wie betäubt von dem wahnsinnigen Blühen, wanderte ich auf der hellen Sandbahn dahin, bis ich zu meinem Erstaunen, um nicht zu sagen zu meinem Entsetzen, mich wiederfand vor demselben verwilderten Wäldchen, aus dem ich vor etwa einer Stunde oder, wie es mir jetzt schien, in irgendeiner fernen Vergangenheit hervorgetreten war. Der einzige Orientierungspunkt auf dieser baumlosen Heide, eine sehr seltsame Villa mit einem rundum verglasten Aussichtsturm, die mich absurderweise an Ostende erinnerte, hatte sich, wie mir nun erst bewußt wurde, während meines achtlosen Dahingehens immer wieder unter einer völlig unerwarteten Perspektive bald in der Nähe, bald weiter entrückt, bald links, bald zu meiner Rechten gezeigt, ja einmal war der Aussichtsturm sogar innerhalb kürzester Frist gleichsam wie durch eine Rochade von der einen Seite des Gebäudes auf die andere geraten, ganz als hätte ich unversehens statt der wirklichen Villa ihr Spiegelbild vor mir. Gesteigert wurde meine Verwirrung im übrigen dadurch, daß die Wegweiser an den Gabelungen und Kreuzungen, wie ich beim Weitergehen mit zunehmender Irritation feststellte, ausnahmslos unbeschriftet waren und daß statt einer Orts- oder Entfernungsangabe immer nur ein stummer Pfeil in diese oder jene Richtung deutete. Folgte man seinem Instinkt, dann stellte es sich über kurz oder lang unweigerlich heraus, daß der Weg von dem Ziel, auf das man zuhalten wollte, immer weiter abwich. Einfach geradeaus querfeldein zu gehen war wegen des verholzten, gut kniehohen Erikagestrüpps ausgeschlossen, und also hatte ich keine andere Wahl, als auf den krummen Sandwegen zu bleiben und mir jedes kleinste Merkmal, jede noch so geringfügige Verschiebung des Prospekts möglichst genau einzuprägen. Mehrmals bin ich auch in dem vielleicht nur von der Glaskanzel der belgischen Villa ganz zu überblickenden Gelände längere Strecken zurückgegangen, und über all dem kam ich zuletzt in einen Zustand wachsender Panik. Der tief herabhängende bleierne Himmel, das krankhafte, die Augen trübende Violett der Heide, die in den Ohren wie das Meer in einer Muschel rauschende Lautlosigkeit, die Fliegen, die mich dauernd umschwärmten, beängstigend und grauenvoll kam mir das alles vor. Ich kann nicht sagen, wie lang ich in dieser Verfassung herumgeirrt bin und auf welche Weise ich zuletzt einen Ausweg gefunden habe. Bloß daß ich plötzlich draußen auf der Landstraße unter einem großen Eichenbaum gestanden bin, daran erinnere ich mich noch, und daß ringsum der Horizont sich drehte, als sei ich gerade abgesprungen von einem Karussell. Monate nach diesem mir bis heute unbegreiflich gebliebenen Erlebnis bin ich in einem Traum abermals auf der Heide von Dunwich gewesen, bin wieder über die unendlich verschlungenen Wege gegangen und habe wieder nicht aus dem, wie ich glaubte, eigens für mich angelegten Irrgarten herausgefunden. Todmüde und schon bereit, mich irgendwo niederzulegen, gelangte ich bei Einbruch der Dämmerung an einen etwas erhöhten Platz, auf dem genau wie in der Mitte des Eibenlabyrinths von Somerleyton ein kleiner chinesischer Pavillon errichtet war. Und als ich von diesem Aussichtsposten hinabblickte, sah ich auch das Labyrinth selber, den hellen Sandboden, die scharf abgezirkelten Linien der mehr als mannshohen, fast schon nachtschwarzen Hecken, ein im Vergleich mit den Irrwegen, die ich zurückgelegt hatte, einfaches Muster, von dem ich im Traum mit absoluter Sicherheit wußte, daß es einen Querschnitt darstellte durch mein Gehirn.

Jenseits des Labyrinths zogen die Schatten über den Rauch der Heide, und dann traten nacheinander die Sterne hervor aus der Tiefe des Luftraums. *Night, the astonishing, the stranger to all that is human, over the mountain-tops mournful and gleaming draws on.* Es war, als befände ich mich am obersten Punkt der Erde, dort, wo der Winterhimmel immer nur stillsteht und funkelt; als wäre die Heide im Frost erstarrt, und als schlummerten in den Sandkuhlen Kreuzottern, Vipern und Eidechsen aus durchsichtigem Eis. Überall sah ich von dem Ruhebänklein des Pavillons aus hin, weit über die Heide hinaus in die Nacht. Und ich sah, daß von der Küste nach Süden hinunter ganze Landesteile abgebrochen und in den Wellen versunken waren. Die belgische Villa schwankte bereits über dem Abgrund, während in der Glaskanzel des Aussichtsturms ein dickleibiger Mensch in einer Kapitänsuniform noch mit hastigen Bewegungen an einer Scheinwerferapparatur hantierte, deren stark zentrierte, durch die Dunkelheit tastende Lichtkegel mich erinnerten an den Krieg. Obzwar ich in meinem Heidetraum reglos vor Staunen in dem chinesischen Pavillon saß, stand ich zu gleicher Zeit auch draußen, einen Fuß nur vom äußersten Rand, und war mir bewußt, wie schlimm es ist, so tief hinabzuschauen. Die Dohlen und die Krähen, die in halber Höhe kreisten, sahen kaum so groß wie Käfer aus; die Fischer auf dem Strand erschienen Mäusen gleich, die dumpfe Brandung, die die ungezählten Kiesel mahlt, drang nicht zu mir herauf. Gleich unterhalb der Klippen aber, auf einem schwarzen Haufen Erde, lagen die Trümmer eines zerborstenen Hauses. Zwischen Mauerbruchstücken, aufgesprungenen Kleiderkästen, Stiegengeländern, umgekippten Badewannen und verbogenen Heizungsrohren waren eingeklemmt die seltsam verrenkten Leiber der Bewohner, die gerade noch in ihren Betten geschlafen, vor dem Fernseher gesessen oder eine Flunder mit dem Fischmesser zerteilt hatten. Ein wenig abseits von dieser Szene der Zerstörung kniete die Figur eines einzelnen greisen Mannes mit wirrem Haupthaar neben seiner toten Tochter, beide winzig wie auf einer meilenweit entfernten Bühne. Kein letzter Seufzer, kein letztes Wort zu hören und nicht die letzte hoffnungslose Bitte: *Lend me a looking glass; if that her breath will mist or stain the stone, why, then she lives.* Nein, nichts. Alles still und stumm. Dann leise, gerade noch zu ahnen, die Klänge eines Trauermarschs. Die Nacht geht ihrem Ende zu, das Morgengrauen kommt. Auf einer Insel draußen auf dem fahlen Meer zeichnen die Umrisse des einem Mausoleum gleichenden Magnox-Blocks des Kraftwerks von Sizewell sich ab, dort, wo man die Doggerbank vermutet, wo einst die Heringsschwärme laichten, wo früher noch, vor langer Zeit, das Rheinstromdelta war und wo im Schwemmsand grüne Auen wuchsen.

Zwei Stunden zirka nach meiner wunderbaren Befreiung aus dem Heidelabyrinth erreichte ich endlich die Ortschaft Middleton, in der ich den seit nahezu zwanzig Jahren dort lebenden Schriftsteller Michael Hamburger aufsuchen wollte. Es war gegen vier Uhr. Weder auf der Dorfstraße noch in den Gärten war jemand zu sehen, die Häuser machten einen abweisenden Eindruck, und ich kam mir vor, mit dem Hut in der Hand und dem Rucksack über der Schulter, wie ein fahrender Geselle aus einem vergangenen Jahrhundert, so fehl am Platz, daß es mich gar nicht gewundert hätte, wenn auf einmal eine Schar Gassenbuben hinter mir hergesprungen oder einer der Hausbesitzer von Middleton über seine Schwelle getreten wäre, um mir ein »Schau, daß du weiterkommst!« zuzurufen. Schließlich zieht jeder Fußreisende, auch heute noch, ja gerade heute und vor allem, wenn er nicht dem gängigen Bild des Freizeitwanderers entspricht, sogleich den Verdacht der Ortsansässigen auf sich. Wahrscheinlich sah mich deshalb das Mädchen in dem Dorfladen mit ihren blauen Augen so entgeistert an. Die Türschelle war längst verklungen, und ich hatte schon eine Zeitlang in der kleinen, bis an die Decke mit Konservendosen und sonstiger unverderblicher Ware angeräumten Greißlerei gestanden, da trat sie aus dem vom Licht eines Fernsehers durchzitterten Nebenraum hervor und staunte mich mit halboffenem Mund einfach nur an wie ein Wesen von einem anderen Stern. Nachdem sie ein wenig sich gefangen hatte, maß sie mich mit einem mißbilligenden Blick, der zuletzt an meinem staubigen Schuhwerk hängenblieb, und als ich ihr einen guten Nachmittag wünschte, starrte sie mir wieder völlig fassungslos ins Gesicht. Es ist mir mehrfach schon aufgefallen, daß den Leuten auf dem Land beim Anblick eines Ausländers der Schreck in die Glieder fährt und daß sie ihn, selbst wenn er ihre Sprache gut beherrscht, zumeist nur schwer und manchmal überhaupt nicht verstehen. Auch das Mädchen in dem Dorfladen von Middleton hat auf meine Bitte um ein Mineralwasser nur mit verständnislosem Kopfschütteln reagiert. Verkauft hat sie mir schließlich eine Dose eiskaltes Cherry-Coke, die ich, ehe ich die letzten paar hundert Meter bis zum Haus Michaels zurücklegte, an die Kirchhofsmauer gelehnt, wie einen Schierlingsbecher mit einem langen Zug leerte.

Michael war neuneinhalb Jahre alt, als er im November 1933 zusammen mit den Geschwistern, mit der Mutter und mit deren Eltern nach England kam. Der Vater hatte Berlin bereits mehrere Monate zuvor verlassen, saß schon in Wolldecken gehüllt in einem dieser praktisch unheizbaren Steinhäuser in Edinburgh und wälzte bis weit in die Nacht hinein Lexika und Lehrbücher, denn obzwar er an der Charité Professor für Kinderheilkunde gewesen war, mußte er sich jetzt, in der ihm unvertrauten englischen Sprache und im Alter von über fünfzig Jahren, nochmals den medizinischen Zulassungsprüfungen unterziehen, wenn er weiterhin seinen Arztberuf ausüben wollte. In den späteren autobiographischen Aufzeichnungen Michaels wird beschrieben, wie die Befürchtungen und Ängste der ohne den Vater dem Unbekannten entgegenreisenden Familie ihren Höhepunkt in der Zollabfertigungshalle von Dover erreichten, als sie sprachlos zusehen mußte, wie die beiden Wellensittiche des Großpapas, die den Transport bislang unbeschadet überstanden hatten, beschlagnahmt wurden. Der Verlust dieser zahmen Vögel, das ohnmächtige Dabeistehen und Zusehenmüssen, wie sie für immer verschwanden hinter einer Art Paravent, führte uns, so schreibt Michael, deutlicher als alles andere vor Augen, mit welchen Ungeheuerlichkeiten das Überwechseln in ein neues Land unter den gegebenen Umständen verbunden war. Das Verschwinden der Wellensittiche in der Zollhalle von Dover ist der Anfang gewesen des Verschwindens der Berliner Kindheit hinter der im Verlauf des nächsten Jahrzehnts Stück für Stück neu erworbenen Identität. *How little there has remained in me of my native country,* konstatiert der Chronist bei der Durchsicht der wenigen ihm verbliebenen Erinnerungen, kaum daß es ausreicht für einen Nachruf auf einen verschollenen Knaben. Die Mähne eines preußischen Löwen, ein preußisches Kinderfräulein, Karyatiden, die den Erdball auf ihren Schultern trugen, die mysteriösen, von der Lietzenburgerstraße in die Wohnung heraufdringenden Verkehrsgeräusche und Autohupen, das Knistern des Zentralheizungsrohrs hinter der Tapete in der dunklen Ecke, in die man zur Strafe gestellt wurde mit dem Gesicht gegen die Wand, der ekelhafte Seifenlaugengeruch in der Wäscherei, ein Murmelspiel in einer Grünanlage in Charlottenburg, Malzkaffee, Rübenkraut, Lebertran und die verbotenen Himbeerbonbons aus der Silberdose der Großmama Antonina — sind das nicht nur Phantasmen gewesen, Trugbilder, die sich aufgelöst haben in leere Luft? Die Ledersitze im Buick des Großpapas, die Haltestelle Hasensprung im Grunewald, die Ostseeküste, Heringsdorf, eine von purem Nichts umgebene Sanddüne, *the sunlight and how it fell . . .* Immer wenn aufgrund irgendeiner im Seelenleben vor sich gegangenen Verschiebung ein solches Bruchstück in einem auftaucht, dann glaubt man, man könne sich erinnern. Aber in Wirklichkeit erinnert man sich natürlich nicht. Zu viele Bauwerke sind eingestürzt, zuviel Schutt ist aufgehäuft, unüberwindlich sind die Ablagerungen und Moränen. Schaue ich heute, schreibt Michael, zurück auf Berlin, dann sehe ich bloß einen schwarzblauen Hintergrund und darauf einen grauen Fleck, eine Griffelzeichnung, undeutliche Ziffern und Buchstaben, ein scharfes Eß, ein Zet, ein Vogelvau, mit dem Tafellappen verschmiert und ausgelöscht. Möglicherweise ist diese blinde Stelle auch ein Nachbild der Ruinenlandschaft, in der ich 1947 herumgegangen bin, als ich erstmals in meine Heimatstadt zurückkehrte, um nach Spuren zu suchen aus der mir abhanden gekommenen Zeit. Ein paar Tage wanderte ich damals in einem ans Somnambule grenzenden Zustand an freistehenden Fassaden, Brandmauern und Trümmerfeldern vorbei durch die kein Ende nehmenden Straßenzüge von Charlottenburg, bis ich mich unversehens eines Nachmittags wiederfand vor dem — unsinnigerweise, wie es mir schien — der Zerstörung entgangenen Mietshaus in der Lietzenburgerstraße, in dem wir unsere Wohnung gehabt hatten. Ich spüre noch den kalten Anhauch, der mir über die Stirn strich beim Betreten des Foyers, und ich entsinne mich, daß das gußeiserne Treppengeländer, die Gipsgirlanden an den Wänden, der Platz, an dem immer der Kinderwagen gestanden hatte, und die größtenteils unveränderten Namen der Hausbewohner an den blechernen Briefkästen mir vorgekommen sind wie Elemente eines Rebus, das ich nur richtig auflösen müßte, um die unerhörten, seit unserer Auswanderung geschehenen Ereignisse ungeschehen zu machen. Es war, als läge es jetzt nur an mir, als könne durch eine geringfügige Geistesanstrengung die ganze Geschichte rückgängig gemacht werden, als lebte, wenn ich es nur wollte, die Großmama Antonina, die sich geweigert hatte, mit uns nach England zu gehen, genau wie früher in der Kantstraße, als sei sie nicht, wie es auf der kurz nach dem sogenannten Ausbruch des Krieges uns zugestellten Rotkreuzpostkarte hieß, verreist, sondern nach wie vor besorgt um das Wohlergehen ihrer Goldfische, die sie täglich unter dem Wasserhahn in der Küche wusch und bei gutem Wetter auf dem Fenstersims ein wenig an die frische Luft stellte. Es bedürfte bloß eines Augenblicks höchster Konzentration, der silbenweisen Zusammensetzung des in dem Rätsel verborgenen Schlüsselworts, und alles wäre wieder, wie es vordem gewesen war. Ich aber kam weder auf dieses Wort, noch brachte ich es über mich, die Treppe hinaufzusteigen und an unserer Wohnungstüre zu läuten. Statt dessen verließ ich mit einem Gefühl der Übelkeit in der Magengrube das Haus und ging, ohne Ziel und ohne den einfachsten Gedanken fassen zu können, geradeaus immer fort, bis über das Westkreuz oder das Hallesche Tor oder den Tiergarten hinaus, ich weiß es nicht mehr; nur daß ich zuletzt auf einem leeren Gelände anlangte, das weiß ich noch, und daß dort in langen, genau ausgerichteten Reihen die aus den Trümmern geborgenen Ziegel aufgeschichtet waren, immer zehn mal zehn mal zehn, tausend in jedem Kubus beziehungsweise neunhundertneunundneunzig, denn der tausendste Ziegel stand jeweils senkrecht obenauf, sei es als eine Art Sühnezeichen, sei es zum leichteren Zählen. Denke ich heute an diesen Lagerplatz zurück, so sehe ich keinen einzigen Menschen, nur Ziegel sehe ich, Millionen von Ziegeln, eine gewissermaßen vollendete Backsteinordnung, bis hin an den Horizont, und darüber den Berliner Novemberhimmel, aus dem gleich der Schnee herabkreiseln wird — ein totenstilles Vorwinterbild, von dem ich mich manchmal frage, ob es seinen Ursprung nicht hat in einer Halluzination, insbesondere wenn ich aus der über jedes Vorstellungsvermögen gehenden Leere heraus die letzten Takte der *Freischütz*-Ouvertüre zu vernehmen glaube und danach, unaufhörlich, tage- und wochenlang das Kratzen der Nadel eines Grammophons. Meine Halluzinationen und Träume, schreibt Michael an anderer Stelle, spielen häufig in einer Umgebung, deren Merkmale teilweise auf die Weltstadt Berlin, teilweise auf das ländliche Suffolk verweisen. Ich stehe beispielsweise an einem Fenster im oberen Stock unseres Hauses, aber der Blick geht nicht auf die vertrauten Marschwiesen und die ständig bewegten Weiden hinaus, sondern aus einer Höhe von mehreren hundert Metern hinunter auf eine Schrebergartenkolonie, die so groß ist wie ein ganzes Land und durch die eine schnurgerade Autoverkehrsstraße hindurchführt, auf der schwarze Droschken stadtauswärts sausen in Richtung Wannsee. Oder ich kehre in der Abenddämmerung von einer langen Reise zurück. Den Rucksack über der Schulter, gehe ich das letzte Stück Weg auf unser Haus zu, vor dem, unbegreiflicherweise, die verschiedensten Fahrzeuge abgestellt sind, mächtige Limousinen, motorisierte Rollstühle mit enormen Handbremsen und Ballonhupen an der Seite und ein ominöser, elfenbeinfarbener Krankenwagen, in dem zwei Diakonissinnen sitzen. Unter ihren Blicken trete ich zögernd über die Schwelle, und schon weiß ich nicht mehr, wo ich bin. Die Zimmer sind in ein trübes Licht getaucht, die Wände sind kahl, das Mobiliar ist verschwunden. Tafelsilber liegt auf dem Parkett, lauter schwere Messer, Löffel und

Gabeln und ein Fischbesteck für ungezählte Personen zum Verspeisen des Leviathans. Zwei Männer in grauen Übermänteln sind dabei, einen Gobelin abzunehmen. Aus den Porzellankisten quillt Holzwolle heraus. Es braucht in der Traumzeit wohl eine Stunde und mehr, bis ich begreife, daß ich mich nicht in dem Haus in Middleton, sondern in der weitläufigen Wohnung der Eltern der Mutter in der Bleibtreustraße befinde, deren museale Räumlichkeiten mich bei meinen Kindheitsbesuchen kaum weniger beeindruckten als die Zimmerfluchten von Sanssouci. Und jetzt ist hier alles versammelt, die Berliner Verwandten, die deutschen und die englischen Freunde, meine Schwiegerleute, meine Kinder, die Lebendigen und die Toten. Unerkannt schreite ich durch sie hindurch, von einem Salon zum anderen, *through galleries, halls and passages thronged with guests until, at the far end of an imperceptibly sloping corridor, I come to the unheated drawing room that used to be known, in our house in Edinburgh, as the Cold Glory.* Auf einem viel zu niedrigen Schemelchen sitzt dort der Vater und übt auf dem Cello, während auf einem hohen Tisch festtäglich gekleidet die Großmama liegt. Die glänzenden Spitzen ihrer Lackschuhe zeigen gegen die Decke, ein grauseidenes Tuch hat sie gebreitet über ihr Gesicht, und wie immer in den Zeiten ihrer regelmäßig wiederkehrenden Schwermütigkeit spricht sie seit Tagen schon kein einziges Wort. Vom Fenster aus erblicke ich in der Ferne eine schlesische Gegend. Ein goldenes Kuppeldach schimmert herauf aus einem von blau bewaldeten Bergen umrahmten Tal. *This is Myslowitz, a place somewhere in Poland,* höre ich meinen

Vater sagen, und wie ich mich umwende, sehe ich den weißen Atem, der seine Worte getragen hat, noch in der eiskalten Luft.

Der Nachmittag begann sich zu neigen, als ich das in den Marschwiesen am Ortsrand von Middleton gelegene Haus Michaels erreichte. Ich war dankbar, mich in dem stillen Garten ausruhen zu können von den Irrgängen auf der Heide, die mir jetzt, da ich von ihnen erzählte, unwillkürlich den Charakter des bloß Erfundenen anzunehmen schienen. Michael hatte einen Topf Tee herausgebracht, aus dem ab und zu ein Wölkchen aufstieg wie aus einer Spielzeugdampfmaschine. Sonst rührte sich nichts, nicht einmal die grauen Blätter der in dem Wiesengrund jenseits des Gartens stehenden Weiden. Wir unterhielten uns über den leeren und lautlosen Monat August. *For weeks,* sagte Michael, *there is not a bird to be seen. It is as if everything was somehow hollowed out.* Alles ist kurz vor dem Niedersinken, nur das Unkraut wächst weiter, die Ackerwinden erwürgen die Sträucher, die gelben Wurzeln der Brennesseln kriechen unter der Erde fort, die Klettenstauden überragen einen um Hauptеslänge, die Braunfäule und die Milben breiten sich aus, und sogar das Papier, auf dem man mühselig Wörter und Sätze aneinanderreiht, fühlt sich an, als sei es vom Meltau überzogen. Tage- und wochenlang zermartert man sich vergebens den Kopf, wüßte, wenn man danach befragt würde, nicht, ob man weiterschreibt aus Gewohnheit oder aus Geltungssucht, oder weil man nichts anderes gelernt hat, oder aus Verwunderung über das Leben, aus Wahrheitsliebe, aus Verzweiflung oder Empörung, ebensowenig wie man zu sagen vermöchte, ob man durch das Schreiben klüger oder verrückter wird. Vielleicht verliert ein jeder von uns den Überblick genau in dem Maß, in dem er fortbaut am eigenen Werk, und vielleicht neigen wir aus diesem Grund dazu, die zunehmende Komplexität unserer Geisteskonstruktionen zu verwechseln mit einem Fortschritt an Erkenntnis, während wir zugleich schon ahnen, daß wir die Unwägbarkeiten, die in Wahrheit unsere Laufbahn bestimmen, nie werden begreifen können. Begleitet einen der Schatten Hölderlins ein Leben lang, weil man zwei Tage nach ihm Geburtstag hat? Ist man deshalb immer wieder versucht, die Vernunft abzulegen wie einen alten Mantel, Briefe und Gedichte unterthänigst zu zeichnen als Scardanelli und die unliebsamen Gäste, die einen anschauen kommen, sich mit Anreden wie Euer Hoheit und Majestät vom Leib zu halten? Beginnt man mit fünfzehn oder sechzehn Elegien zu übersetzen, weil man vertrieben worden ist aus seinem Heimatland? Ist es möglich, daß man sich später in diesem Haus in Suffolk hat niederlassen müssen, nur weil in seinem Garten die Zahl 1770, das Geburtsjahr Hölderlins, auf einer eisernen Wasserpumpe steht? *For when I heard that one of the near islands was Patmos, I greatly desired there to be lodged, and there to approach the dark grotto.* Und hat Hölderlin nicht die Patmoshymne gewidmet dem Landgrafen von Homburg, und war Homburg nicht der Mädchenname der Mutter? Über was für Zeiträume hinweg verlaufen die Wahlverwandtschaften und Korrespondenzen? Wie kommt es, daß man in einem anderen Menschen sich selber und wenn nicht sich selber, so doch seinen

Vorgänger sieht? Daß ich dreiunddreißig Jahre nach Michael zum erstenmal durch den englischen Zoll gegangen bin, daß ich jetzt daran denke, meinen Lehrberuf aufzugeben, wie er es getan hat, daß er sich in Suffolk und ich mich in Norfolk mit dem Schreiben plage, daß wir beide den Sinn unserer Arbeit bezweifeln und daß wir beide an einer Alkoholallergie leiden, das ist nicht weiter verwunderlich. Aber warum ich gleich bei meinem ersten Besuch bei Michael den Eindruck gewann, als lebte ich oder als hätte ich einmal gelebt in seinem Haus, und zwar in allem geradeso wie er, das kann ich mir nicht erklären. Ich weiß nur noch, daß ich in dem hohen Atelierzimmer, dessen Fenster nach Norden gehen, gebannt gestanden bin vor dem schweren, noch aus der Berliner Wohnung stammenden Mahagonisekretär, den Michael, wie er mir sagte, als Arbeitsplatz aufgegeben hatte, wegen der in dem Atelier sogar mitten im Sommer

herrschenden Kälte, und daß es mir, indem wir über die Schwierigkeiten des Heizens alter Häuser redeten, mehr und mehr war, als hätte nicht er diesen kalten Arbeitsplatz verlassen, sondern ich, als wären die in dem sanften Nordlicht offenbar seit langen Monaten unberührt daliegenden Brillenfutterale, die Briefschaften und das Schreibzeug einmal meine Brillenfutterale, meine Briefschaften und mein Schreibzeug gewesen. Auch in dem Vorhaus zum Garten schien es mir, als hätte ich oder einer wie ich dort gewirtschaftet seit Jahr und Tag. Die Weidenkörbe mit dem aus kleinsten Zweigen zusammengeschnittenen Feuerreisig, die abgeschliffenen weißen und hellgrauen Steine, Muscheln und sonstigen Fundstücke vom Ufer des Meers in ihrer lautlosen Versammlung auf der Kommode vor der blaßblauen Wand, die in einer Ecke bei der Tür zur Speisekammer aufgestapelten und ihrer Wiederverwendung entgegenharrenden Versandcouverts und Kartonagen wirkten auf mich,

als wären es Stilleben, entstanden unter meiner eigenen, am liebsten das Wertlose bewahrenden Hand. Und beim Hineinblicken in die eine besondere Anziehungskraft auf mich ausübende Speisekammer, wo auf den größtenteils leeren Stellagen ein paar Gläser mit Eingewecktem verdämmerten und ein paar Dutzend sehr kleine rotgoldene Äpfel auf dem Brett vor dem von einem Eibenbaum verdunkelten Fenster leuchteten, ja strahlten wie die Äpfel in dem biblischen Gleichnis, ergriff die zugegebenermaßen gänzlich vernunftwidrige Vorstellung von mir Besitz, daß mich diese Dinge, das Feuerreisig, die Kartonagen, die eingeweckten Früchte, die Seemuscheln und das Rauschen in ihrem Inneren überdauert hatten und daß ich von Michael geführt wurde durch ein Haus, in dem ich vor langer Zeit einmal logiert haben mußte. Aber so geschwind, wie einem dergleichen Gedanken kommen, so geschwind lösen sie sich in der Regel auch wieder auf. Jedenfalls habe ich sie während der inzwischen vergangenen Jahre nicht weiterverfolgt, vielleicht weil man sie, ohne irrsinnig zu werden, gar nicht weiterverfolgen kann. Um so erstaunlicher ist es für mich nach alledem gewesen, als ich unlängst beim Wiederlesen der autobiographischen Aufzeichnungen Michaels auf den mir aus meiner Zeit in Manchester bekannten, seither aber beinahe entfallenen Namen Stanley Kerrys gestoßen bin, den ich bei der ersten Lektüre aus irgendeinem Grund überhaupt nicht wahrgenommen hatte. Michael berichtet an der fraglichen Stelle, wie er im April 1944, ein dreiviertel Jahr nachdem er eingerückt war in das Queen's Own Royal West Kent Regiment, von Maidstone aus zu einem in Blackburn in der Nähe von Manchester stationierten, in einer aufgelassenen Baumwollspinnerei untergebrachten Bataillon versetzt und wie er bald nach seiner Ankunft in Blackburn von einem seiner Kameraden eingeladen wurde, den Ostermontag bei ihm zu Hause in Burnley zu verbringen, einer Stadt, die ihm mit ihren schwarz im Regen glänzenden Kopfsteinpflastern, ihren stillgelegten Webereien und den gleich einer Drachensaat gegen den Himmel sich abzeichnenden Zackenlinien der Dächer der Arbeiterhäuser einen desolateren Eindruck bot als alles, was er bis dahin in England gesehen hatte. Sonderbarerweise war auch, als ich zweiundzwanzig Jahre später, im Herbst 1966, von der Schweiz aus nach Manchester kam, das Ziel meines ersten, zusammen mit einem angehenden Volksschullehrer am Allerseelentag unternommenen Ausflugs die Stadt Burnley beziehungsweise das Hochmoor oberhalb von Burnley gewesen. Ich sehe noch genau vor mir, wie wir in dem roten Lieferwägelchen des Schullehrers von dem Moor herab über Burnley und Blackburn nach Manchester zurückfuhren durch die dort droben im November um vier Uhr nachmittags bereits einbrechende Dämmerung. Und nicht nur bin ich bei meinem ersten aus Manchester mich hinausführenden Ausflug, so wie Michael im vierundvierziger Jahr, in Burnley gewesen, sondern es hat auch zu den ersten Bekanntschaften, die ich in Manchester geschlossen habe, jener Stanley Kerry gehört, mit dem Michael seinerzeit von Blackburn nach Burnley gefahren war. Stanley Kerry muß, als ich meine Lehrstelle an der Universität in Manchester antrat, von den beiden

Professoren abgesehen, der dienstälteste Dozent der deutschen Abteilung gewesen sein. Er stand im Ruf einer gewissen Exzentrizität, die sich darin äußerte, daß er von seinen Kollegen Abstand hielt und den Hauptteil seiner Studien- und Freizeit weniger der Erweiterung seines deutschen Fachwissens als dem Erlernen des Japanischen widmete, in dem er die staunenswertesten Fortschritte machte. Als ich nach Manchester kam, war er bereits damit befaßt, sich in der japanischen Schreibkunst zu üben. Stunden um Stunden verbrachte er vor großen Papierbögen, auf die er mit dem Pinsel, unter höchster Konzentration, ein Zeichen ums andere setzte. Ich entsinne mich jetzt auch, wie er mir gegenüber einmal geäußert hat, daß eine der Hauptschwierigkeiten beim Schreiben darin bestehe, mit der Spitze des Schreibgeräts einzig und allein an das zu schreibende Wort zu denken und darüber das, was man beschreiben wolle, restlos zu vergessen. Und ich entsinne mich ferner, daß wir, als Stanley diese für Schriftsteller geradeso wie für Schreibschüler geltende Äußerung tat, in dem japanischen Garten gestanden sind, den er hinter seinem Bungalow in Wythenshaw angelegt hatte. Es ging auf den Abend zu. Die Moosbänke und die Steine begannen dunkler zu werden, aber in den letzten, durch die Blätter der Ahornsträucher dringenden Strahlen der Sonne waren die Spuren des Rechens noch zu sehen in dem feinen Kies zu unseren Füßen. Stanley trug wie immer einen etwas verknitterten grauen Anzug und braune Wildlederschuhe, und wie immer lehnte er sich einem beim Reden, aus Interesse und aus unbedingter Höflichkeit heraus, mit dem ganzen

Körper entgegen, so weit als es nur ging. Die Haltung, die er dabei einnahm, erinnerte an die eines Menschen, der gegen den Wind geht, oder an einen Skiflieger, der gerade abgehoben hat vom Schanzentisch. Tatsächlich hatte man im Gespräch mit Stanley nicht selten den Eindruck, als segelte er aus der Höhe hernieder. Wenn er zuhörte, legte er lächelnd und mit einem Ausdruck der Seligkeit seitwärts den Kopf auf die Schulter, doch wenn er selber sprach, so war es, als ringe er verzweifelt nach Atem. Nicht selten verzerrte sich sein Gesicht zu einer Grimasse, vor Anstrengung traten ihm Schweißperlen auf die Stirn, und die Wörter kamen aus ihm heraus auf eine stoßweise und überstürzte Art, die von einer schweren Gehemmtheit in seinem Inneren zeugte und die damals schon ahnen ließ, daß sein Herz lang vor der Zeit zu schlagen aufhören würde. Wenn ich jetzt zurückdenke an Stanley Kerry, dann scheint es mir nicht zu fassen, daß sich in diesem außergewöhnlich leutscheuen Menschen die Lebensbahn Michaels mit der meinigen überkreuzt haben soll, und daß wir, als wir ihm 1944 beziehungsweise 1966 begegneten, beide gerade zweiundzwanzig gewesen sind. Sooft ich mir sage, daß dergleichen Zufälle sich weitaus häufiger ereignen, als wir ahnen, weil wir uns alle, einer hinter dem anderen, entlang derselben, von unserem Herkommen und unseren Hoffnungen vorgezeichneten Straßen bewegen, sowenig vermag ich mit meiner Vernunft gegen die mich immer öfter durchgeisternden Phantome der Wiederholung. Kaum befinde ich mich in Gesellschaft, ist es mir, als sei ich irgendwo zuvor bereits Zeuge gewesen, wie dieselben Meinungen von denselben Leuten vertreten worden sind auf genau dieselbe Weise, mit denselben Worten, Wendungen und Gesten. Das Körpergefühl, das sich am ehesten mit dem manchmal sehr lange anhaltenden, äußerst befremdlichen Zustand vergleichen läßt, ist das einer durch einen schweren Blutverlust hervorgerufenen Benommenheit, die sich ausweiten kann zu einer momentanen Lähmung des Denkvermögens, der Sprechorgane und der Glieder, wie sie einer empfinden mag, der, ohne es zu wissen, gerade von einem Schlag gestreift worden ist. Möglicherweise handelt es sich bei diesem Phänomen, für das es bis heute keine rechte Erklärung gibt, um so etwas wie ein Vorwegnehmen des Endes, um ein Ins-Leere-Treten oder um eine Art Ausrasten, das, ähnlich wie bei einem immer wieder durch die gleiche Tonfolge laufenden Grammophon, weniger etwas mit einem Schaden der Maschine zu tun hat als mit einem irreparablen Defekt des der Maschine eingegebenen Programms. Wie dem auch sei, ich glaubte, entweder aus Überanstrengung oder aus einem anderen Grund, an jenem späten Augusttag im Haus Michaels mehrmals den Boden unter meinen Füßen zu verlieren. Als es schließlich an der Zeit war, mich zu verabschieden, trat Anne, die ein paar Stunden ausgeruht hatte, ins Zimmer und setzte sich zu uns. Ich kann mich nicht erinnern, ob sie es war, die das Gespräch darauf brachte, daß heute niemand mehr Trauer trägt, nicht einmal ein schwarzes Armband oder einen schwarzen Knopf im Revers. Jedenfalls erzählte sie, im Zusammenhang mit diesem Gespräch, die Geschichte eines gewissen, in Middleton wohnhaften und fast schon im

Pensionsalter stehenden Mr. Squirrel, der, so weit man zurückdenken könne, nie etwas anderes als Trauer getragen habe, auch in seiner Jugendzeit schon, als er noch nicht bei dem Leichenbestatter in Westleton angestellt gewesen war. Anders als sein Name es vermuten lasse, sagte Anne, sei Mr. Squirrel nicht etwa besonders eilfertig und behende, sondern ein finsterer und schwerfälliger Riese, den der Leichenbestatter wahrscheinlich weniger wegen seiner Trauermanie als wegen seiner enormen Körperkraft als Sargträger in Dienst genommen habe. Im Ort behaupte man, sagte Anne, daß Squirrel über keinerlei Gedächtnis verfüge, daß er sich an nichts erinnern könne, was in seiner Kindheit, im Vorjahr, im vergangenen Monat oder in der letzten Woche sich zugetragen hat. Wie er der Toten gedenke, sei somit ein Rätsel, auf das niemand eine Antwort wisse. Seltsam sei auch, daß Squirrel, seiner Gedächtnislosigkeit ungeachtet, von klein auf den Wunsch gehegt habe, Schauspieler zu werden, und daß er mit diesem Wunsch den Leuten, die in Middleton und in den umliegenden Orten gelegentlich ein Theaterstück einstudierten, so lange in den Ohren gelegen sei, daß man ihm schließlich bei einer Freilichtaufführung des *König Lear* auf der Heide von Westleton die Rolle des nur in der siebten Szene des vierten Akts auftretenden, das Geschehen stumm mitverfolgenden und nur am Schluß ein oder zwei Sätze vorbringenden Edelmanns zugeteilt habe. Ein ganzes Jahr lang, sagte Anne, lernte Squirrel an diesen paar, am entscheidenden Abend dann tatsächlich von ihm auf das eindringlichste gesprochenen Sätzen, von denen er übrigens den einen oder anderen bis heute bei mehr oder weniger passenden Anlässen wiederholt, wie ich selber, sagte Anne, schon einmal erlebt habe, als er mir auf meinen Morgengruß mit lauter Stimme über die Straße hinweg antwortete: *They say his banished son is with the Earl of Kent in Germany.* Bald nachdem Anne mit ihrer Geschichte zu Ende war, bat ich sie, mir ein Taxi zu rufen. Als sie vom Telephonieren zurückkam, sagte sie, beim Auflegen des Hörers sei ihr der Traum wieder eingefallen, den sie kurz vor dem Erwachen aus ihrem Nachmittagsschlaf geträumt habe. Ich war, sagte sie, mit Michael in Norwich, und weil er, wegen irgendwelcher Verpflichtungen, dort zurückbleiben mußte, hätte ich ihr ein Taxi bestellt. Als es vorfuhr, war es eine große glänzende Limousine. Ich hätte ihr den Schlag aufgehalten, und sie hätte Platz genommen im Fond. Geräuschlos hätte die Limousine sich in Bewegung gesetzt, und ehe sie sich zurücklehnen konnte, hätte sie die Stadt bereits verlassen gehabt und wäre eingetaucht gewesen in einen unvorstellbar tiefen, von einzelnen Lichtstrahlen durchfunkelten Wald, der sich bis vor die Tür des Hauses in Middleton erstreckte. In einem Tempo, von dem man nicht sagen konnte, ob es schnell oder langsam war, ging es dahin, aber nicht auf einer Straße, sondern auf einer wunderbar weichen, bisweilen leicht geschwungenen Bahn. Die Atmosphäre, durch die sich der Wagen bewegte, war dichter als Luft und hatte beinahe etwas von einem still strömenden Wasser. Bis in die kleinsten, unmöglich wiederzugebenden Einzelheiten und mit vollkommener Klarheit sah ich den Wald, der draußen vorüberglitt, die winzigen Blütenstände der

Moospolster, die haarfeinen Halme des Grases, die zitternden Farne und die gerade aufragenden grauen und braunen, glatten und borkigen Stämme der Bäume, die in einer Höhe von ein paar Metern verschwanden in dem undurchdringlichen Blattwerk der zwischen ihnen aufgewachsenen Stauden. Weiter droben noch breitete ein Meer von Mimosen und Malvazeen sich aus, in welches wiederum, aus der nächsten Etage dieser wuchernden Waldwelt, in teils schneeweißen, teils rosafarbenen Wolken hunderterlei Schlingpflanzen herabhingen aus den mit Orchideen und Bromelien überladenen, den Querrahen großer Segelschiffe gleichenden Ästen der Bäume. Und darüber, in einer Höhe, in die das Auge kaum mehr vordrang, schwankten Palmenwipfel, deren fein gefiederte und gefächerte Zweige von jenem unergründlichen, scheinbar mit Gold oder Messing unterlegten Schwarzgrün waren, in dem die Kronen der Bäume in den Bildern Leonardos gemalt sind, zum Beispiel in der Heimsuchung Mariä oder in dem Portrait der Ginevra de Benci. Wie unglaublich schön das alles gewesen ist, sagte Anne, davon habe ich jetzt nur mehr eine ganz undeutliche Ahnung, und auch das Gefühl des Dahinfahrens in der anscheinend führerlosen Limousine kann ich nicht mehr richtig beschreiben. Es war eigentlich gar kein Fahren, sondern ein Schweben, wie ich es seit den Kinderjahren, als ich ein paar Zoll über der Erde mich fortbewegen konnte, kein einziges Mal mehr verspürt habe. Wir waren während der Erzählung Annes miteinander hinausgetreten in den schon umnachteten Garten. Auf die Ankunft des Taxis wartend, standen wir neben der

Hölderlinpumpe, und mit einem mir bis in die Haarwurzeln gehenden Erschauern sah ich, in dem schwachen Schein, der von einem der Wohnzimmerfenster auf das ummauerte Brunnenloch fiel, wie ein Schwimmkäfer auf dem Spiegel des Wassers ruderte von einem dunklen Ufer zum andern.

VIII

Am Tag nach meinem Besuch in Middleton bin ich in der Bar des *Crown Hotels* in Southwold mit einem Holländer namens Cornelis de Jong ins Gespräch gekommen, der sich, nach wiederholten Aufenthalten in Suffolk, jetzt mit der Absicht trug, eine der riesigen, oft mehr als tausend Hektar umfassenden Liegenschaften zu erwerben, die hier nicht selten von den Immobilienagenturen ausgeschrieben werden. De Jong war, wie er mir erzählte, auf einer Zuckerrohrplantage in der Nähe von Surabaya aufgewachsen und hatte später, nach einem Studium an der Landwirtschaftsakademie Wageningen die Familientradition in etwas reduzierter Weise als Zuckerrübenbauer in der Gegend von Deventer fortgesetzt. Die von ihm nun geplante Verlagerung seiner Interessen nach England, sagte de Jong, habe in erster Linie wirtschaftliche Gründe. Zusammenhängende Güter von der Größe, wie sie in East Anglia immer wieder zum Verkauf stünden, gelangten zu Hause überhaupt nie auf den Markt, und Herrenhäuser, wie man sie hier bei der Übernahme solcher Domänen praktisch umsonst mitgeliefert bekomme, seien in Holland auch nicht zu finden. Die Holländer haben ja in ihrer Glanzzeit, sagte de Jong, ihr Geld hauptsächlich in den Städten, die Engländer hingegen auf dem Land angelegt. Bis zur Sperrstunde unterhielten wir uns an diesem Abend in der Bar noch über den Auf- und Niedergang der beiden Nationen sowie über die eigenartig engen Beziehungen, die bis weit ins 20. Jahrhundert hinein zwischen der Geschichte des Zuckers und der Geschichte der Kunst bestanden, weil die enormen Gewinne, die bei dem in der Hand weniger Familien liegenden Zuckerrohranbau und Zuckerhandel anfielen, lange Zeit hindurch, aufgrund der begrenzten anderweitigen Möglichkeiten einer sinnfälligen Demonstration des angehäuften Reichtums, zu einem beträchtlichen Teil verwendet wurden für die Errichtung, Ausstaffierung und Unterhaltung prachtvoller Landsitze und Stadtpaläste. Es war Cornelis de Jong, der mich hinwies darauf, daß viele bedeutende Museen wie das Mauritshuis im Haag oder die Londoner Tate Gallery auf Stiftungen von Zuckerdynastien zurückgehen oder sonst irgendwie mit dem Zuckergeschäft verbunden sind. Das im 18. und 19. Jahrhundert durch verschiedene Formen der Sklavenwirtschaft akkumulierte Kapital, sagte de Jong, läuft nach wie vor um, trägt Zins um Zinseszins, vermehrt und vervielfacht sich und treibt aus eigener Kraft andauernd neue Blüten. Eines der probatesten Mittel zur Legitimierung solchen Geldes ist von jeher die Förderung der Kunst, der Ankauf und das Zurschaustellen von Kunstgegenständen und, wie heute zu beobachten ist, das immer weiter fortschreitende, beinahe schon lachhafte Höhertreiben der Preise auf den großen Auktionen, sagte de Jong. Die Hundertmillionengrenze für einen halben Quadratmeter bemalter Leinwand wird in wenigen Jahren überschritten sein. Manchmal, sagte de Jong, kommt es mir vor, als wären sämtliche Kunstwerke von einer Zuckerlasur überzogen oder überhaupt ganz aus Zucker, so wie das von einem Wiener Hofzuckerbäcker gefertigte Modell der Schlacht von Esztergom, das die Kaiserin Maria Theresia in einem furchtbaren Schwermutsanfall angeblich aufgegessen hat mit Stumpf und Stiel. Am Morgen nach unserem unter anderem bis in die Anbau- und Produktionsmethoden in Hinterindien gehenden Zucker-

gespräch bin ich mit de Jong nach Woodbridge hinuntergefahren, denn das Ackerland, das er in Augenschein nehmen wollte, erstreckte sich vom Rand dieser kleinen Stadt westwärts und grenzte an seiner Nordseite unmittelbar an den verlassenen Park von Boulge, den zu besuchen ohnehin mein Vorhaben gewesen war. Dort nämlich, in Boulge, ist vor beinahe zweihundert Jahren der Schriftsteller Edward FitzGerald, von dem im folgenden die Rede sein soll, aufgewachsen und, im Sommer 1883, auch begraben worden. Nachdem ich mich von Cornelis de Jong mit einer gewissen, von ihm, wie es mir schien, erwiderten Herzlichkeit verabschiedet hatte, ging ich zuerst von der A 12 quer über die Felder nach Bredfield hinüber, wo FitzGerald am 31. März 1809 auf die Welt gekommen ist in dem sogenannten Weißen Haus, von dem heute nur mehr die Orangerie existiert. Der Haupttrakt des um die Mitte des 18. Jahrhunderts errichteten Gebäudes, das genug Platz bot für eine zahlreiche Familie und eine nicht minder zahlreiche Dienstbotenschaft, wurde im Mai 1944 bis auf den Boden zerstört von einem wahrscheinlich für London bestimmten Raketengeschoß, das, wie so viele der von den Engländern als *doodle bugs* bezeichneten deutschen Vergeltungswaffen, plötzlich aus seiner Flugbahn stürzte und in dem abgelegenen Bredfield einen sozusagen gänzlich nutzlosen Schaden anrichtete. Auch von dem benachbarten Herrenhaus Boulge Hall, das die FitzGeralds 1825 bezogen, ist nichts mehr erhalten. Nachdem es 1926 ausgebrannt war, erhoben sich lange noch die verrußten Fassaden inmitten des Parks. Erst in der Nachkriegszeit hat man die Ruine, wahrscheinlich zur Gewinnung von Baumaterial, vollends eingerissen. Der Park selber ist heute verwahrlost, das Gras seit Jahren vermattet. Die großen Eichen sterben Ast für Ast ab, die hier und da notdürftig mit Ziegelbruch ausgebesserten Fahrwege sind voller Schlaglöcher, in denen schwarz das Wasser steht. Gleichermaßen verwahrlost ist das Wäldchen, das die von den FitzGeralds nicht gerade behutsam renovierte kleine Kirche von Boulge umgibt. Verfaulendes Holz, rostiges Eisen und sonstiger Unrat liegen überall herum. Die

Gräber sind halb in die Erde gesunken, überschattet von den immer weiter vordringenden Ahornen. Kein Wunder, denkt man unwillkürlich, daß FitzGerald, der Beisetzungen ebenso wie jede andere Form von Feierlichkeit verabscheute, an diesem dunklen Ort nicht begraben werden wollte und eigens verfügte, man solle seine Asche ausstreuen über den glänzenden Spiegel des Meers. Daß er dennoch hierher, in eine Grabschaft neben dem häßlichen Mausoleum seiner

Familie zu liegen kam, ist eine jener bösen Ironien, gegen die man selbst mit seinem letzten Willen nichts vermag. — Der Klan der FitzGeralds war anglo-normannischen Ursprungs und über sechshundert Jahre in Irland ansässig gewesen, ehe die Eltern Edward FitzGeralds beschlossen, sich in der Grafschaft Suffolk niederzulassen. Das über Generationen hinweg durch kriegerische Auseinandersetzungen mit anderen Feudalherren, durch die rücksichtslose Unterwerfung der einheimischen Bevölkerung und eine kaum weniger rücksichtslose Heiratspolitik geschaffene Familienvermögen galt, selbst vor dem Hintergrund einer Zeit, in der der Reichtum der obersten Gesellschaftsschicht jedes herkömmliche Maß zu sprengen begann, für legendär und bestand, abgesehen von den Besitzungen in England, in erster Linie aus den schier unübersehbaren irischen Ländereien, aus der gesamten, auf diesen Ländereien sich befindenden beweglichen und unbeweglichen Habe sowie aus einer sicher nach Tausenden zählenden, zumindest in der Praxis noch so gut wie leibeigenen Bauernschaft. Mary Frances FitzGerald, die Mutter Edward FitzGeralds, war als die alleinige Erbin dieses Vermögens ohne Zweifel eine der finanzkräftigsten Frauen des Königreichs, und ihr Vetter, John Purcell, den sie eingedenk des Familienwahlspruchs *stesso sangue, stesso sorte* geehelicht hatte, gab, in Anerkennung der überragenden Stellung seiner Gemahlin, den eigenen Namen für den der FitzGeralds auf. Umgekehrt versteht es sich, daß Mary Frances FitzGerald sich durch die Eheschließung mit John Purcell in ihren Vermögensrechten in keiner Weise hatte einschränken lassen. Überlieferte Porträtdarstellungen zeigen sie als eine Dame von mächtigem Format, mit starken, abfallenden Schultern und einer geradezu furchteinflößenden Büste, die in ihrem ganzen Erscheinen für viele Zeitgenossen eine verblüffende Ähnlichkeit aufwies mit dem Herzog von Wellington. Wie nicht anders denkbar, verblaßte der angeheiratete Vetter neben ihr bald schon zu einer bedeutungslosen, wenn nicht gar verächtlichen Gestalt, zumal all seine Versuche, sich als Bergwerksunternehmer und durch diverse andere spekulative Vorhaben in der mit unerhörter Geschwindigkeit aufstrebenden Industrie eine unabhängige Position zu sichern, von einem Fehlschlag zum nächsten und schließlich dahin führten, daß er sein eigenes, nicht geringes Vermögen ebenso wie die Gelder, die seine Gattin ihm zukommen ließ, restlos durchbrachte und, nach einem Bankerottverfahren vor einem Londoner Gericht, nichts mehr für sich in Anspruch nehmen konnte als den Ruf eines aussichtslosen, von seiner Frau gnadenhalber ausgehaltenen Falliten. Diesen Umständen entsprechend blieb er auch die meiste Zeit auf dem Familiensitz in Suffolk, mit der Wachtel- und Schnepfenjagd und ähnlichen Dingen beschäftigt, während Mary Frances in ihrer Londoner Residenz hof hielt. Gelegentlich kam sie in einer von vier Rappen gezogenen, kanariengelben Kutsche, mit einem eigenen Gepäckwagen und einer ganzen Schar von Lakaien und Zofen im Gefolge nach Bredfield gefahren, um nach den Kindern zu sehen und durch eine kurze Anwesenheit im Hause ihren Machtanspruch auch in diesem für sie sehr entfernten Bereich aufrechtzuerhalten. Immer, wenn sie an- oder abreiste, standen Edward und seine Geschwister wie versteinert hinter den Fenstern der Kinderstuben im obersten Stock oder hielten sich versteckt in dem Gebüsch bei der Einfahrt, zu eingeschüchtert von ihrer Herrlichkeit, als daß sie es gewagt hätten, ihr entgegenzulaufen oder zum Abschied zu winken. Im Alter von bereits über sechzig Jahren erinnert FitzGerald sich, wie seine Mutter bei ihren Besuchen in Bredfield manchmal in die Kinderstube hinaufkam und wie sie dort, eingehüllt in ihre raschelnden Kleider und in eine große Parfümwolke, wie eine fremde Riesin eine gewisse Zeit hin und her ging, dies und jenes bemerkte und bald schon die steile Treppe hinab wieder verschwand, *leaving us children not much comforted.* Da sich auch der Vater immer mehr in seiner eigenen Welt verlor, war die Aufsicht über die Kinder ganz der Gouvernante und dem Hauslehrer überlassen, die ihre Zimmer gleichfalls im obersten Stock hatten und naturgemäß dazu neigten, die unterdrückte Wut über die ihnen von ihren Brotgebern nicht selten entgegengebrachte Mißachtung an ihren Zöglingen auszulassen. Die Angst vor solcherlei Strafmaßnahmen und vor den mit diesen Strafmaßnahmen verbundenen Demütigungen, die ewigen Rechen- und Schreibarbeiten, von denen das allwöchentliche Aufsetzen eines Berichts an die Frau Mama wohl die widerwärtigste war, und das wenig erfreuliche gemeinsame Einnehmen der Mahlzeiten mit dem Tutor und dem Fräulein bestimmten somit den Tagesablauf der Kinder und, außer diesem Regime, eine maßlose Langeweile, denn da ihnen fast jeder Kontakt mit Gleichaltrigen mangelte, wußten sie mit ihrer freien Zeit nichts anzufangen, als stundenlang geistesabwesend auf dem blau eingelassenen Bretterboden ihrer Stube zu liegen oder aus den Fenstern hinauszuschauen in den Park, in dem so gut wie niemals eine lebende Seele sich zeigte. Höchstens, daß einer der Gärtner eine Schubkarre über den Rasenplatz schob oder der Vater mit dem Wildhüter von der Jagd zurückkam. Nur an seltenen, glasklaren Tagen sah man manchmal, wie FitzGerald später erinnert, über Bredfield hinaus, erspähte schemenhaft über den Kronen der Bäume die weißen Segel der vor der zehn Meilen entfernten Küste kreuzenden Schiffe und träumte undeutlich von einer Befreiung aus dem Kinderverlies. So groß ist später, als er vom Studium in Cambridge zurückkehrte, FitzGeralds

Horror vor dem mit schweren Teppichen ausgelegten und mit vergoldeten Möbelstücken, Kunstwerken und Reisetrophäen vollgeräumten Haus seiner Familie gewesen, daß er sich weigerte, es je wieder zu betreten, und daß er, statt dort standesgemäß Wohnung zu nehmen, ein winziges zweizimmriges Cottage am Rande des Parks bezog, in dem er die nächsten fünfzehn Jahre, von 1837 bis 1853, eine seine späteren exzentrischen Gewohnheiten in vielem schon vorwegnehmende Junggesellenwirtschaft führte. Meistenteils beschäftigte er sich in dieser Eremitage mit seiner in die verschiedensten Sprachen ausschweifende Lektüre, mit dem Schreiben unzähliger Briefe, mit Notizen zu einem Lexikon der Gemeinplätze, mit dem Zusammentragen von Worten und Phrasen für ein komplettes Glossarium der Sprache der Seefahrt und des Seelenlebens sowie mit der Zusammenstellung von *scrap-books* jeder nur erdenklichen Art. Mit besonderer Vorliebe vertiefte er sich in Korrespondenzen aus vergangenen Zeiten, beispielsweise in diejenige der Madame de Sévigné, die für ihn in einem weit höheren Maße wirklich war als selbst seine sich noch am Leben befindenden Freunde. Immer wieder las er, was sie geschrieben hatte, zitierte sie in den eigenen Briefen, erweiterte in einem fort die Anmerkungen, die er zu ihr sich machte, und entwarf Pläne zu einem Sévigné-Dictionnaire, in dem nicht nur sämtliche Korrespondenzpartner und sämtliche in der Korrespondenz erwähnten Personen und Örtlichkeiten kommentiert, sondern auch so etwas wie ein Schlüssel zur Entwicklungsgeschichte ihrer Schreibkunst beigestellt werden sollte. Fitz-

Gerald hat das Sévigné-Projekt ebensowenig wie seine anderen literarischen Projekte zu Ende gebracht, wahrscheinlich auch gar nicht zu Ende bringen wollen. Erst im Jahr 1914, am Ausgang der Epoche, hat eine seiner Großnichten das umfangreiche Material, das heute noch in ein paar Pappschachteln in der Trinity College Library verwahrt liegt, in zwei inzwischen kaum mehr auffindbaren Bänden herausgegeben. Die einzige Arbeit, die FitzGerald zu seinen Lebzeiten selber ganz abgeschlossen und veröffentlicht hat, ist seine wundervolle Übersetzung des *Rubāiyat* des persischen Dichters Omar Khayyām, in dem er, über eine Entfernung von achthundert Jahren hinweg, seinen engsten Wahlverwandten entdeckte. FitzGerald bezeichnete die endlosen Stunden, die er an die Übertragung des zweihundertvierundzwanzig Zeilen umfassenden Gedichts gewandt hat, als ein Kolloquium mit dem Toten, von dem er versuchte, uns Nachricht zu bringen. Die von ihm zu diesem Zweck ausgesonnenen englischen Verse fingieren in ihrer scheinbar absichtslosen Schönheit eine jeden Anspruch von Autorschaft weit hinter sich zurücklassende Anonymität und verweisen, Wort für Wort, auf einen unsichtbaren Punkt, an dem das mittelalterliche Morgenland und das erlöschende Abendland einander anders als im unseligen Verlauf der Geschichte begegnen dürfen. *For in and out, above, about, below, 'T is nothing but a Magic Shadow-Show, Play'd in a Box whose Candle is the Sun, Round which the Phantom Figures come and go.* 1859 war das Jahr der Veröffentlichung des *Rubāiyat,* und es war auch das Jahr, in dem William Browne, der für FitzGerald wahrscheinlich mehr bedeutet hat als jeder andere Mensch auf der Welt, unter Schmerzen verstarb an den schweren, bei einem Jagdunfall erlittenen Verletzungen. Die Bahnen der beiden hatten sich erstmals gekreuzt auf einer Ferienwanderung in Wales, als FitzGerald dreiundzwanzig und Browne gerade sechzehn geworden war. Unmittelbar nach dem Tod Brownes ruft sich FitzGerald in einem Brief noch einmal in Erinnerung, mit welcher Rührung er ihn an dem Morgen, nachdem sie auf dem von Bristol abgehenden Dampfboot miteinander ein wenig geredet hatten, in dem Boarding House in Tenby, das ihnen beiden als Quartier diente, wiedersah — mit etwas Kreide vom Billardspielen an der Wange — wie einen weiß Gott wie lang schon Vermißten. In den Jahren, die auf die erste Begegnung in Wales folgten, besuchten sich Browne und FitzGerald wiederholt gegenseitig in Suffolk beziehungsweise Bedfordshire, fuhren mit einem Einspänner über Land, durchstreiften die Felder, kehrten gegen Mittag in eine Gastwirtschaft ein, schauten den immer nach Osten ziehenden Wolken nach und spürten manchmal vielleicht an der Stirne die Strömung der Zeit. *A little riding, driving, eating, drinking etc. (not forgetting smoke) fill up the day,* notierte FitzGerald. Browne hatte meistens das Angelzeug dabei und seine Flinte und etwas zum Aquarellieren, FitzGerald irgendein Buch, in dem er aber kaum las, weil er das Auge nicht abwenden konnte von seinem Freund. Es ist nicht klar, ob er sich, damals oder überhaupt je, wirklich Rechenschaft gegeben hat über die Sehnsucht, die ihn bewegte, doch waren allein die Sorgen, die er sich fortwährend um den Gesundheitszustand Brownes machte, ein Anzeichen seiner tiefen Passion. Zweifellos verkörperte Browne für FitzGerald eine Art Idealbild, aber gerade deshalb erschien er ihm auch von Anfang an unter den Schatten der Vergänglichkeit und ließ ihn befürchten, *that perhaps he will not be long to be looked at. For there are,* so bemerkte FitzGerald, *signs of decay about him.* Daß Browne später heiratete, änderte nichts an den Gefühlen, die FitzGerald für ihn hegte, sondern bestätigte nur dessen dunkle Vorahnung, daß er ihn nicht würde festhalten können und daß der Freund bestimmt sei für einen frühen Tod. Die Liebeserklärung, die FitzGerald wahrscheinlich nie zu machen wagte, findet sich erst in dem Beileidsbrief an die Witwe, die dieses seltsame Schreiben wohl mit Verwunderung, wenn nicht gar mit einer gewissen Konsterniertheit aus der Hand gelegt haben wird. FitzGerald stand in seinem fünfzigsten Jahr, als er William Browne verlor. Immer mehr zog er sich nun auf sich selber zurück. Hatte er sich die längste Zeit schon geweigert, an den pompösen Diners teilzunehmen, zu denen die Mutter ihn früher regelmäßig nach London zitierte, weil ihm das Ritual des gemeinsamen Tafelns als die abscheulichste von allen abscheulichen Gewohnheiten der gehobenen Gesellschaft vorkam, so verzichtete er jetzt auch auf seine gelegentlichen Besuche in den Galerien und Musikhäusern der Hauptstadt und kam nur ausnahmsweise noch über seinen engsten Umkreis hinaus. *I think I shall shut myself up in the remotest nook of Suffolk and let my beard grow,* schrieb er und hätte es gewiß dabei belassen, wenn ihm nicht auch diese Umgebung verleidet worden wäre durch einen neuen Schlag von Grundbesitzern, die aus ihren Landgütern herauswirtschafteten, soviel als nur irgend ging. Sie fällen sämtliche Bäume, klagte er, und reißen die Hecken heraus. Die Vögel wissen schon bald nicht mehr, wohin. Ein Wäldchen ums andere verschwindet, die Wegraine, wo im Frühjahr Schlüsselblumen und Veilchen wuchsen, sind aufgepflügt und eingeebnet, und wenn man heute von Bredfield nach Hasketon geht auf dem einst so schönen Pfad, so ist es, als durchquerte man eine Wüste. Aufgrund der Abneigung, die FitzGerald bereits in der Kindheit gegen seine eigene Klasse gefaßt hatte, waren die Jahr für Jahr rücksichtsloser werdende Ausbeutung des Landes, die mit immer fragwürdiger werdenden Mitteln verfolgte Vermehrung des Privateigentums und die immer radikalere Einschränkung der Gemeinrechte ihm in der Seele zuwider. *And so*, sagte er, *I get to the water: where no friends are buried nor Pathways stopt up.* Tatsächlich verbrachte FitzGerald nach 1860 einen Großteil seiner Zeit am Ufer des Meers beziehungsweise an Bord der auf den Namen *Scandal* getauften

hochseetüchtigen Yacht, die er sich hatte bauen lassen. Von Woodbridge aus fuhr er den Deben hinab und die Küste hinauf bis Lowestoft, wo er unter den Heringsfischern seine Mannschaft anheuerte und nach einem Gesicht suchte, das ihn erinnerte an William Browne. Auch weiter hinaus auf den deutschen Ozean segelte FitzGerald, und so, wie er es immer abgelehnt hatte, für besondere Gelegenheiten sich zu kleiden, so trug er auch jetzt nicht eines der gerade in Mode gekommenen Yachtkostüme, sondern einen alten Überrock und auf dem Kopf einen festgebundenen Zylinder. Seine einzige Konzession an die von einem Yachtbesitzer erwartete Eleganz der Erscheinung war die lange weiße Federboa, die er, wie berichtet wird, gerne an Deck anlegte, und die, von weitem sichtbar, hinter ihm herwehte im Wind. Im Spätsommer 1863 beschloß FitzGerald, mit der *Scandal* nach Holland hinüberzufahren, um im Den Haager Museum das von Ferdinand Bol 1652 gemalte Bildnis des jungen Louis Trip anzuschauen. Nach der Ankunft in Rotterdam überredete ihn sein Reisebegleiter, ein gewisser George Manby aus Woodbridge, zunächst die große Hafenstadt zu besichtigen. Und also sind wir, schreibt FitzGerald, den ganzen Tag in einem offenen Wagen unterwegs gewesen, einmal in dieser Richtung und einmal in jener, bis ich überhaupt nicht mehr wußte, wo ich war, und todmüde am Abend ins Bett gesunken bin. Der darauffolgende Tag verging in Amsterdam auf ähnlich unangenehme Weise, und erst am dritten Tag langten wir endlich, nach allerhand dummen Zwischenfällen, im Haag an, als gerade das Museum zugesperrt wurde bis zum Anfang der nächsten

Woche. FitzGerald, schon arg mitgenommen von der Unrast des Reisens zu Land, faßte diese ihm unbegreifliche Maßnahme als eine eigens auf seine Person gemünzte Gemeinheit der Holländer auf, steigerte sich in einen furchtbaren Wut- und Verzweiflungsanfall hinein, in dem er abwechslungsweise die engstirnigen Holländer, seinen Begleiter George Manby und sich selber beschimpfte, und bestand darauf, unverzüglich nach Rotterdam zu fahren und Segel zu setzen nach Hause. — Die Wintermonate über lebte FitzGerald in jenen Jahren in Woodbridge, wo er bei einem Büchsenmacher am Markt ein paar Zimmer mietete. Oft sah man ihn damals gedankenverloren in der Stadt herumspazieren, in seinem irischen Cape und meistens, sogar bei schlechtem Wetter, in Pantoffeln. Hinter ihm her ging der schwarze Labrador Bletsoe, den ihm Browne noch geschenkt hatte. 1869, nach einer Auseinandersetzung mit der Frau des Büchsenmachers, die die Gewohnheiten ihres exzentrischen Untermieters als eine Zumutung empfand, bezog FitzGerald sein letztes Domizil, ein am Ortsrand gelegenes, ziemlich heruntergekommenes Bauernhaus, in dem er, wie er sagte, für den Schlußakt sich einrichtete. Seine stets äußerst bescheidenen Ansprüche waren im Lauf der Zeit noch geringer geworden. Hatte er sich seit Jahrzehnten schon rein vegetarisch ernährt, weil es ihm grauste vor dem von seinen Zeitgenossen zur Erhaltung der Lebenskraft für notwendig gehaltenen Verzehr großer Mengen von halbgarem Fleisch, so verzichtete er jetzt fast ganz auf den, wie ihm schien, absurden Aufwand des Kochens und nahm außer Brot, Butter und Tee nur mehr wenig zu sich. An guten Tagen saß er, von weißen Tauben umflattert, im Garten, sonst oft sehr lange am Fenster, von dem aus er einen Ausblick hatte auf eine von gestutzten Bäumen gesäumte Gänseweide. Und in dieser Einsamkeit blieb er, wie sich an seinen Briefen ablesen läßt, erstaunlich guter Dinge, auch wenn ihn nicht selten die von ihm so genannten blauen Teufel der Melancholie anfielen, die vor vielen Jahren schon seine schöne Schwester Andalusia zugrunde gerichtet hatten. Im Herbst des siebenundsiebziger Jahres reiste er noch einmal nach London, um einer Aufführung der *Zauberflöte* beizuwohnen. Im letzten Augenblick aber entschloß er sich, deprimiert vom Novembernebel, von der Nässe und dem Dreck auf den Straßen, gegen den geplanten Besuch im Opernhaus von Covent Garden, der ihm, wie er schrieb, wohl ohnehin nur seine ihm teuren Erinnerungen an die Malibran und die Sontag verdorben hätte. *I think it is now best,* schrieb er, *to attend these Operas as given in the Theatre of one's own Recollections.* Bald freilich konnte FitzGerald auch solche Erinnerungsinszenierungen nicht mehr veranstalten, weil die Musik in seinem Kopf übertönt wurde von einem unablässigen Sausen in den Ohren. Außerdem wurde sein Augenlicht zusehends schwächer. Meist mußte er jetzt blaue und grüne Brillengläser tragen und brauchte den Buben seiner Haushälterin zum Vorlesen. Eine in den siebziger Jahren aufgenommene Photographie, die einzige, die er von sich hat machen lassen, zeigt ihn mit abgewandtem Gesicht, weil seine kranken Augen, wie er an seine Nichten zur Entschuldigung schrieb, beim direkten Hineinschauen in die Apparatur allzusehr blinkten. — Fitz-

Gerald pflegte beinahe jeden Sommer auf ein paar Tage seinen Freund George Crabbe zu besuchen, der in Merton in Norfolk ein Pfarramt versah. Im Juni 1883 machte er sich das letzte Mal auf diese Reise.

Merton ist von Woodbridge ungefähr sechzig Meilen entfernt, aber die Bahnfahrt über das komplizierte Streckennetz, das sich im Lauf von FitzGeralds Leben überallhin ausgebreitet hatte, nahm mit fünfmaligem Umsteigen einen ganzen Tag in Anspruch. Was die

Brust FitzGeralds bewegt haben mag, wie er, in die Polster seines Waggons zurückgelehnt, die Hecken und Kornfelder draußen vorbeiziehen sah, das ist nicht überliefert, aber vielleicht war es wie dereinst, als er, in der Postkutsche von Leicester nach Cambridge unterwegs, beim Anblick der Sommerlandschaft gleich einem Engel sich fühlte, weil ihm plötzlich, ohne daß er gewußt hätte warum, Tränen des Glücks in die Augen stiegen. In Merton wurde er von Crabbe mit dem Dogcart von der Bahn abgeholt. Es war ein langer, außergewöhnlich heißer Tag gewesen, aber FitzGerald sagte etwas von kühler Luft und hielt sich in dem Wägelchen fest in sein irisches Plaid gewickelt. Bei Tisch trank er ein wenig Tee, lehnte es jedoch ab, etwas zu essen. Gegen neun Uhr bat er um ein Glas Brandy und Wasser und begab sich, um sich zur Ruhe zu legen, nach oben. In der Morgenfrühe des nächsten Tages hörte ihn Crabbe in seinem Zimmer herumgehen, doch als er ihn später zum Frühstück holen wollte, da fand er ihn ausgestreckt auf dem Bett und nicht mehr am Leben.

Die Schatten wurden schon lang, als ich von Boulge Park nach Woodbridge hineinwanderte, wo ich im *Bull Inn* über Nacht blieb. Das Zimmer, das der Wirt mir anwies, war unter dem Dach. Durch das Stiegenhaus drang das Gläserklirren aus der Bar und das dunkle Geraune der Gäste zu mir herauf, manchmal auch ein lauter Ausruf oder ein Lachen. Nach der Sperrstunde wurde es nach und nach still. Ich hörte, wie das Gebälk des alten Fachwerks, das sich in der Hitze des Tages ausgedehnt hatte und jetzt millimeterweise wieder zusammenzog, in den Fugen knackte und ächzte. Unwillkürlich gingen meine Augen in der Finsternis des fremden Raumes in die Richtung, aus der die Geräusche kamen, suchten den Riß, der gerade die niedrige Decke entlanglaufen mochte, die Stelle, wo der Kalk abblätterte von der Wand oder der Mörtel rieselte hinter der Täfelung. Und wenn ich eine Weile die Augen schloß, war es mir, als läge ich in einer Kajüte auf einem Schiff, als befänden wir uns auf hoher See, als höbe das ganze Haus sich auf den Kamm einer Welle, als zitterte es dort ein wenig und senkte sich dann mit einem Seufzer in die Tiefe hinab. Eingeschlafen bin ich erst im Morgengrauen mit dem Schrei einer Amsel im Ohr und bald darauf wieder erwacht aus einem Traum, in dem ich FitzGerald, meinen Vortagsgefährten, in Hemdsärmeln und schwarzseidenem Jabot und mit dem Zylinderhut auf dem Kopf an einem blauen Blechtischchen sitzen sah in seinem Garten. Um ihn her blühten die mehr als mannshohen Malven, in einer Sandkuhle unter einem Holderbusch scharrten die Hühner, und im Schatten lag ausgestreckt der schwarze Hund Bletsoe. Ich aber saß, ohne im Traum mich selber sehen zu können, und also wie ein Gespenst, FitzGerald gegenüber und spielte mit ihm eine Partie Domino. Jenseits des Blumengartens erstreckte sich bis an den Weltrand, wo die Minarette von Khoranan aufragten, ein gleichmäßig grüner und vollkommen leerer Park. Es war jedoch nicht der Park der FitzGeralds in Boulge, sondern der eines am Fuß der Slieve Bloom Mountains in Irland gelegenen Landsitzes, wo ich vor einigen Jahren einmal kurze Zeit zu Gast gewesen bin. Sehr weit in der Ferne konnte ich im Traum das dreistöckige efeuüberwachsene Gebäude erkennen, in dem die Ashburys wahrscheinlich bis heute ihr abseitiges Leben führen. Jedenfalls ist es damals, als ich sie kennenlernte, ein äußerst abseitiges, um nicht zu sagen bizarres Leben gewesen. Ich hatte mich, von den Bergen herabkommend, in einem kleinen dämmrigen Laden in Clarahill nach einer Unterkunftsmöglichkeit erkundigt und war von dem Ladeninhaber, einem gewissen Mr. O'Hare, der einen seltsamen zimtfarbenen Übermantel aus dünnem Kattunstoff trug, in ein langes Gespräch verwickelt worden, das sich, wie ich mich noch entsinne, um die Gravitationslehre Newtons drehte. Irgendwann im Verlauf dieses Gesprächs unterbrach sich Mr. O'Hare plötzlich und rief: *The Ashburys might put you up. One of the daughters came in here some years ago with a note offering Bed and Breakfast. I was supposed to display it in the shop window. I can't think what became of it or whether they ever had any guests. Perhaps I removed it when it had faded. Or perhaps they came and removed it themselves.* Mr. O'Hare hat mich dann in seinem Lieferwagen zu den Ashburys hinausgefahren und hat auf dem grasüberwachsenen Vorplatz gewartet, bis man mich hineinbat ins Haus. Erst nach mehrmaligem Anklopfen war die Tür aufgegangen und Catherine mir gegenübergestanden in ihrem verblaßten roten Sommerkleid, so eigenartig steif, als sei sie über dem Anblick des unangemeldet erschienenen Fremden mitten aus der Bewegung heraus erstarrt. Mit weit offenen Augen sah sie mich an oder sah vielmehr durch mich hindurch. Es dauerte, nachdem ich mein Anliegen vorgebracht hatte, eine ganze Weile, bis sie aus ihrer Erstarrung erwachte und einen Schritt zur Seite trat, um mich, mit einer kaum wahrnehmbaren Geste ihrer linken Hand eintreten und auf einem Sessel in der Vorhalle Platz nehmen zu lassen. Als sie dann ohne ein Wort davonging über die steinernen Fliesen, fiel mir auf, daß sie barfuß war. Lautlos verschwand sie im Dunkel des Hintergrunds, und ebenso lautlos kam sie nach ein paar Minuten, die mir mit keinem Maß zu messen schienen, aus dem Dunkel wieder hervor, nickte mir zu, geleitete mich über eine breite, das Steigen erstaunlich leicht machende Treppe in das erste Stockwerk hinauf und durch verschiedene Flurgänge zu einem großen Zimmer, von dessen hohen Fenstern man über die Dächer der Stallungen und Remisen und über den Küchengarten hinwegsah auf ein schönes, vom Wind durchwogtes Stück Weideland. Weiter in der Entfernung blinkte von einer Flußkrümmung her das seitwärts dem tiefen Ufer zu strömende Wasser. Dahinter, in mancherlei Grün, waren Bäume und darüber die schwache, gegen das gleichmäßige Himmelsblau kaum sich abhebende Linie der Berge. Ich weiß heute nicht mehr, wie lange ich versunken in diesen Anblick in der mittleren der drei Fensternischen gestanden bin, sondern erinnere mich nur noch, daß ich Catherine, die unter der Türe wartete, fragen hörte: *Will this be all right?* und daß ich, indem ich mich umwandte zu ihr, irgend etwas sehr Dummes gestammelt habe. Den saalartigen Raum selber nahm ich erst, nachdem Catherine gegangen war, richtig zur Kenntnis. Den Bretterboden überzog eine samtene Staubschicht. Die Vorhänge und die Tapeten hatte man abgenommen. Die kalkweißen, wie die Haut eines absterbenden Leibs von bläulichen Schlieren unterlaufenen Wände glichen, so sagte ich mir, einer jener bewundernswerten Karten des höchsten Nordens, auf denen fast gar nichts verzeichnet ist. Und das gesamte Mobiliar des Zimmers bestand aus einem Tisch und einem Stuhl und einem schmalen, mit einigen Handgriffen auseinanderzunehmenden eisernen Bett, wie es einst auf Feldzügen mitgeführt wurde für die oberen Chargen. Wenn immer ich im Verlauf der nächsten Tage ausruhte auf diesem Bett, begann mein Bewußtsein an den Rändern sich aufzulösen, so daß ich bisweilen kaum hätte sagen können, wie ich hierhergekommen oder wo ich überhaupt war. Wiederholt schien es mir, als läge ich mit schwerem Wundfieber darnieder in einer Art von Lazarett. Von draußen hörte ich die einem durch Mark und Bein gehenden Schreie der Pfauen, aber in meiner Vorstellung sah ich nicht den Hof, in dem sie zuoberst auf dem dort seit Jahren übereinandergetürmten Gerümpel ihre Sitzplätze hatten, sondern ein Schlachtfeld irgendwo in der Lombardei, über dem die Aasgeier kreisten, und ringsum vom Krieg verwüstetes Land. Längst waren die Heere weitergezogen. Nur ich lag, von einer Ohnmacht in die andere sinkend, in dem restlos ausgeplünderten Haus. Um so mehr verdichteten sich diese Bilder in meinem Kopf, als auch die Ashburys unter ihrem eigenen Dach lebten wie Flüchtlinge, die Furchtbares mitgemacht haben und die es nicht wagen, an dem Platz, an dem sie gestrandet sind, sich niederzulassen. Es war auffallend, daß sämtliche Mitglieder der Familie andauernd in den Korridoren und Stiegenhäusern herumwanderten.

Selten sah man sie, für sich oder beieinander, in einiger Gelassenheit sitzen. Sogar die Mahlzeiten nahmen sie meistens im Stehen ein. Die Arbeiten, die sie verrichteten, hatten durchweg etwas Plan- und Sinnloses an sich, schienen weniger der Ausdruck einer wie immer gearteten Alltäglichkeit als der einer absonderlichen Obsession beziehungsweise einer tiefen, chronisch gewordenen Verstörung. Edmund, der Jüngste, zimmerte seit seiner 1974 erfolgten Schulentlassung an einem gut zehn Meter langen, dickbauchigen Schiff, obgleich er, wie er mir gegenüber beiläufig äußerte, weder vom Schiffbau eine Ahnung noch die Absicht hatte, mit dem unförmigen Kahn jemals in See zu stechen. *It's not going to be launched. It's just something I do. I have to have something to do.* Mrs. Ashbury sammelte Blumensamen in Papiertüten, die ich sie, nachdem sie mit Namen, Datum, Standort, Farbe und anderen Angaben beschriftet waren, in den verwilderten Beeten und manchmal auch weiter draußen in den Wiesen vorsichtig über die abgestorbenen Blütenköpfe stülpen und mit einem Faden zubinden sah. Dann schnitt sie die Stengel ab, brachte sie ins Haus und hängte sie an eine vielfach zusammengestückelte, kreuz und quer durch die ehemalige Bibliothek gespannte Leine. In solcher Zahl hingen die weißverhüllten Stengel unter dem Bibliotheksplafond, daß sie eine Art Papierwolke bildeten, in der Mrs. Ashbury, wenn sie, auf der Bibliotheksstaffelei stehend, mit dem Aufhängen oder Abnehmen der raschelnden Samenbehälter beschäftigt war, wie eine in den Himmel auffahrende Heilige zur Hälfte verschwand. Die abgenommenen Tüten wurden nach einem undurchsichtigen System verwahrt auf den offenbar vor langem schon von ihrer Bücherlast befreiten Borden. Ich glaube nicht, daß Mrs. Ashbury wußte, in welchen Gefilden die von ihr gesammelten Samenkörner einmal aufgehen sollten, genausowenig wie Catherine und ihre beiden Schwestern Clarissa und Christina wußten, weshalb sie in einem der Nordzimmer, wo sie Unmengen von Stoffresten angehäuft hatten, jeden Tag ein paar Stunden damit verbrachten, vielfarbige Kissenbezüge, Bettüberwürfe und dergleichen mehr zusammenzunähen. Wie von einem bösen Bannspruch getroffene Riesenkinder saßen die drei ledigen, beinahe gleichaltrigen Töchter auf dem Fußboden zwischen den Bergen ihres Materiallagers und arbeiteten, nur selten ein Wort untereinander wechselnd, in einem fort. Die Bewegung, mit der sie nach jedem Stich seitwärts den Faden in die Höhe zogen, erinnerte mich an Dinge, die so weit zurücklagen, daß es mir bang wurde um die wenige noch verbleibende Zeit. Clarissa erzählte mir gelegentlich, daß sie und ihre Schwestern sich einmal mit dem Gedanken getragen hätten, ein Innenausstattungsgeschäft zu begründen, aber dieser Plan war, wie sie sagte, sowohl an ihrer Unerfahrenheit als auch daran gescheitert, daß es für ein derartiges Geschäft weit und breit keine Kunden gab. Vielleicht trennten sie darum das, was sie an einem Tag genäht hatten, in der Regel am nächsten oder übernächsten wieder auf. Möglich auch, daß ihnen in ihrer Phantasie etwas von solch außergewöhnlicher Schönheit vorschwebte, daß die fertigen Arbeiten sie unfehlbar enttäuschten, dachte ich, als sie mir bei einem meiner Besuche in ihrer Werkstatt ein paar der Zertrennung entgangene Stücke zeigten, denn eines davon zumindest, ein aus Hunderten von Seidenfetzchen zusammengesetztes, mit Seidenfäden besticktes oder vielmehr spinnennetzartig überwobenes Brautkleid, das an einer kopflosen Schneiderpuppe hing, war ein beinahe ans Lebendige heranreichendes Farbenkunstwerk von einer Pracht und Vollendung, daß ich damals meinen Augen so wenig traute wie heute meiner Erinnerung.

Am Abend vor meiner Abreise stand ich mit Edmund draußen auf der Terrasse gegen die Steinbalustrade gelehnt. Es war so still, daß ich glaubte, die Schreie der Fledermäuse zu hören, die auf zackigen Bahnen den Luftraum durchjagten. Der Park versank in der Dunkelheit, als Edmund nach langem Schweigen auf einmal sagte: *I have set up the projector in the library. Mother was wondering whether you might want to see what things used to be like here.* Drinnen im Bibliothekszimmer wartete Mrs. Ashbury bereits auf den Beginn der Vorführung. Ich nahm neben ihr Platz unter dem Papiertütenhimmel, das Licht ging aus, der Apparat fing an zu rattern, und auf der kahlen Wand über dem Kaminsims erschienen, manchmal in nahezu bewegungslosen Einstellungen, manchmal ruckartig aneinandergereiht, überstürzt oder durch dichtes Gestrichel undeutlich gemacht, die stummen Bilder der Vergangenheit. Es waren ausnahmslos Außenaufnahmen. Von einem Fenster im oberen Stock überblickte man im Halbrund das umliegende Land, die Bauminseln, Felder und Wiesen, und umgekehrt, vom Park her den Vorplatz anfahrend, sah man die aus der Entfernung zunächst nur spielzeuggroß scheinende, dann immer höher aufragende und schließlich fast aus dem Rahmen kippende Vorderfront des Hauses. Nirgends zeigten sich Spuren der Vernachlässigung. Die Fahrwege waren mit Sand bestreut, die Hecken geschnitten, die Beete im Küchengarten säuberlich ausgerichtet, die inzwischen zur Hälfte zerfallenen Wirtschaftsgebäude noch wohlerhalten. Später, an einem hellen Sommertag, sah man die Ashburys beim Tee in einer Art von offenem Zelt sitzen. Es war ein wunderschöner Tag, sagte Mrs. Ashbury, das Tauffest Edmunds. Clarissa und Christina spielten Federball. Catherine hatte einen schwarzen Schottenterrier auf dem Arm. Im Hintergrund strebte ein alter Butler mit einem schweren Tablett dem Eingang zu. Ein Dienstmädchen mit einer Haube auf dem Kopf erschien unter der Tür und hielt gegen die Sonne eine Hand vor die Augen. Edmund legte eine neue Spule ein. Vieles von dem, was noch folgte, hatte mit den Arbeiten in den Gärten und auf dem Gut zu tun. Ich entsinne mich an einen schmächtigen Jungen mit einer riesigen altertümlichen Schubkarre, an eine von einem kleinen Pferdchen gezogene und von einem zwergwüchsigen Kutscher gelenkte Mähmaschine, die in geraden Linien auf dem Rasen hin und her fuhr, an einen Blick in ein dunkles Gewächshaus, in dem Gurken wuchsen, und an ein überbelichtetes, beinah schneeweiß scheinendes Feld, in dem Dutzende von Erntearbeitern beschäftigt waren mit dem Schneiden des Korns und dem Bündeln der Garben. Als der letzte Streifen zu Ende war, herrschte lange Zeit Stille in der jetzt nur von der Eingangshalle her schwach erleuchteten Bibliothek.

Erst nachdem Edmund den Projektor in seinem Gehäuse verstaut und das Zimmer verlassen hatte, begann Mrs. Ashbury zu reden. Sie erzählte, daß sie 1946 geheiratet habe, unmittelbar nach der Entlassung ihres Mannes aus dem Heeresdienst, und daß sie, eigentlich ganz gegen die Vorstellung, die sie beide von ihrem zukünftigen Leben gehabt hätten, wenige Monate darauf, nach dem plötzlich erfolgten Tod ihres Schwiegervaters, nach Irland gegangen seien, um den ererbten und damals so gut wie unverkäuflichen Besitz zu übernehmen. Sie habe damals, sagte Mrs. Ashbury, von den irischen Verhältnissen, die ihr bis heute fremd geblieben seien, nicht die geringste Ahnung gehabt. Ich erinnere mich, wie ich in der ersten Nacht in diesem Haus aufgewacht bin mit dem Gefühl, ich sei ganz aus der Welt. Der Mond schien beim Fenster herein, und sein Licht lag so seltsam auf der Stearinschicht, mit der das seit weit mehr als hundert Jahren von den Kerzen tropfende Wachs den Fußboden überzogen hatte, daß ich meinte, über einem Quecksilbersee zu schweben. Mein Mann, sagte Mrs. Ashbury, hat sich zu den irischen Verhältnissen grundsätzlich nie geäußert, obschon oder vielleicht weil er während des Bürgerkriegs entsetzliche Dinge mitangesehen haben muß. Erst allmählich habe ich mir aus den knappen Antworten, die er mir auf meine diesbezüglichen Fragen gab, das eine oder andere zusammengereimt aus der Geschichte seiner Familie und der Geschichte der in den Jahrzehnten nach dem Bürgerkrieg hoffnungslos verarmten landbesitzenden Klasse. Mehr als schemenhafte Umrisse allerdings hat das Bild, das ich mir auf diese Weise machen konnte, nie angenommen. Abgesehen von meinem äußerst zurückhaltenden Mann, sagte Mrs. Ashbury, hatte ich als Informationsquelle über die einesteils tragischen, anderenteils lächerlichen irischen Verhältnisse einzig die Legenden, die im Verlauf des langwierigen Niedergangs entstanden waren in den Köpfen der samt dem restlichen Mobiliar von uns ererbten und sozusagen selber schon zur Geschichte gehörenden Dienstbotenschaft. So habe ich beispielsweise erst Jahre nachdem wir hier eingezogen waren, durch unseren Butler Quincey etwas erfahren über die furchtbare Nacht, in der, mitten im Sommer 1920, das etwa sechs Meilen entfernte Haus der Randolphs, die gerade mit meinen nachmaligen Schwiegerleuten dinierten, in Brand gesteckt wurde. Die aufständischen Republikaner hatten zuerst, Quincey zufolge, die Bediensteten in der Eingangshalle zusammengeholt und ihnen ohne weiteren Umschweif eröffnet, daß sie nach Ablauf einer Frist von einer Stunde, in der sie ihre Habseligkeiten packen und für sich und die Freiheitskämpfer noch einen Tee kochen könnten, ein großes Vergeltungsfeuer machen würden. Als erstes, sagte Mrs. Ashbury, habe man die Kinder aufwecken und die durch die Vorahnung des Unglücks schon vollkommen verstörten Hunde und Katzen einfangen müssen. Später seien dann, nach der Beschreibung Quinceys, der damals Kammerdiener Colonel Randolphs gewesen war, sämtliche Bewohner des Hauses auf dem Rasenplatz draußen gestanden zwischen verschiedenen Gepäck- und Möbelstücken und all den unsinnigen Sachen, die man in der Angst zusammenrafft. Quincey erzählte, daß er im letzten Augenblick noch einmal in den zweiten Stock hinaufrennen mußte, um den Kakadu der alten Mrs. Randolph zu retten, die, wie sich am nächsten Tag herausstellte, durch die Katastrophe um ihren bis dahin völlig ungetrübten Verstand gekommen war. Ohnmächtig hätten schließlich alle mitansehen müssen, wie die Republikaner eine große Tonne Benzin aus dem Automobilschuppen quer über den Hof und dann mit lautem *Heave ho!* über die Stufen in die Eingangshalle rollten, wo sie sie auslaufen ließen. Minuten nach dem Werfen der Fackel seien bereits die Flammen aus den Fenstern und aus dem Dach geschlagen, und bald darauf hätte man meinen können, man schaue hinein in ein riesiges, von rasendem Glühen und Funkenstieben ganz und gar ausgefülltes Ofenloch. Ich glaube nicht, sagte Mrs. Ashbury, daß man sich auch nur einen annähernden Begriff macht von dem, was in den Köpfen der Betroffenen bei solch einem Anblick vor sich geht. Die Randolphs jedenfalls, denen die zwar immer irgendwie erwartete, aber doch nie für möglich gehaltene Schreckensnachricht von einem auf dem Fahrrad geflohenen Gärtner gebracht worden war, fuhren in Begleitung meiner Schwiegereltern durch die Nacht auf das schon aus weiter Ferne sichtbare Feuer zu. Als sie anlangten am Ort der Zerstörung, waren die, die ihnen das Haus angezündet hatten, längst verschwunden, und es blieb ihnen nichts, als ihre Kinder in die Arme zu schließen und sich niederzulassen bei der vor lauter Entsetzen starren und sprachlosen Schar, die, wie Schiffbrüchige auf einem Floß, vor der Brandstätte hockten. Erst gegen Morgengrauen legte sich das Feuer allmählich und kamen aus dem Rauch die schwarzen Umrisse der Ruine hervor. Später, sagte Mrs. Ashbury, ist diese Ruine dann abgerissen worden. Ich selber habe sie nicht mehr gesehen. Insgesamt sollen in der Zeit des Bürgerkriegs zwei- bis dreihundert Herrenhäuser niedergebrannt worden sein. Zwischen vergleichsweise bescheidenem Besitz und hochherrschaftlichen Landschlössern wie Summerhill, wo die österreichische Kaiserin Elisabeth

einst glückliche Tage verbracht hat, wurde dabei kein Unterschied gemacht. An Personen haben sich die Aufständischen, soviel ich weiß, sagte Mrs. Ashbury, nie vergriffen. Offenbar war das Niederbrennen der Häuser das wirksamste Mittel zur Ausräucherung und Vertreibung der mit der verhaßten englischen Staatsgewalt, sei es zu Recht oder zu Unrecht, identifizierten Familien. In den Jahren nach dem Ende des Bürgerkriegs verließen selbst diejenigen, die verschont worden waren, wenn irgend möglich, das Land. Geblieben sind nur solche, die außer dem, was sie auf ihren Gütern erwirtschaften konnten, über keinerlei Einkünfte verfügten. Jeder Versuch, Haus und Liegenschaften zu veräußern, war von vornherein zum

Scheitern verurteilt, denn erstens gab es weit und breit keine Käufer, und zweitens konnte man, selbst wenn sich ein Käufer gefunden hätte, von dem Erlös beispielsweise in Bournemouth oder in Kensington kaum mehr als ein paar Monate leben. Andererseits wußte man auch in Irland nicht, wie es weitergehen sollte. Das gesamte Landwirtschaftswesen lag darnieder, die Arbeiter forderten Löhne, die man sich nicht mehr leisten konnte, immer weniger wurde angebaut, immer geringer das Einkommen. Von Jahr zu Jahr wurde die Lage aussichtsloser, die überall sichtbaren Anzeichen der Verarmung bedrückender. Die Häuser auch nur notdürftig instand zu halten war schon die längste Zeit so gut wie ausgeschlossen. An den Fensterstöcken und Türen blätterte die Farbe ab, die Vorhänge wurden fadenscheinig, die Tapeten lösten sich von den Wänden, die Polstermöbel waren abgewetzt, überall regnete es herein, und überall standen Blechwannen, Schüsseln und Töpfe herum, in denen das Wasser aufgefangen wurde. Bald war man gezwungen, die Zimmer in den oberen Stockwerken, wo nicht gar ganze Trakte des Hauses aufzugeben und sich in ein paar halbwegs noch praktikable Räume im Erdgeschoß zurückzuziehen. Die Fensterscheiben in den abgesperrten Etagen erblindeten hinter den Spinnweben, die Trockenfäule griff um sich, das Ungeziefer verschleppte die Sporen des Pilzes bis in die hintersten Winkel, an den Mauern und Decken traten in monströsen Ausformungen braunviolette und schwarze Schwämme hervor, nicht selten so groß wie Ochsenköpfe. Die Bodenbretter begannen nachzugeben, das Dachgebälk senkte sich, Täfelungen und

Stiegenhäuser lösten sich, inwendig schon längst verrottet, bisweilen über Nacht auf in schwefelgelben Staub. Immer wieder kam es so, inmitten des schleichenden, gewissermaßen zur Lebensnormalität gewordenen, kaum mehr registrierten und von Tag zu Tag auch nicht registrierbaren Zerfalls zu plötzlichen, katastrophenartigen Einbrüchen, meist nach langen Regenperioden oder Trockenzeiten oder überhaupt beim Umschlagen des Wetters. Gerade wenn man glaubte, eine gewisse Linie halten zu können, mußte man aufgrund einer unversehens eingetretenen, drastischen Verschlimmerung der Lage weitere Felder räumen, bis man sich, tatsächlich ausweglos, zurückgedrängt sah auf den alleräußersten Posten, als ein Gefangener im eigenen Haus. Ein Großonkel meines Mannes in County Clare, sagte Mrs. Ashbury, soll zuletzt ausschließlich in der Küche seines einst in großem Stil geführten Hauses gelebt haben. Jahrelang hat er zum Nachtmahl angeblich nur ein einfaches, von seinem Butler, der nun auch Koch sein mußte, zubereitetes Kartoffelgericht zu sich genommen, allerdings nach wie vor im schwarzen Jackett und mit einer Flasche Bordeaux aus dem noch nicht völlig zur Neige gegangenen Keller. Auch die Betten des Großonkels und des Butlers, die, wie Quincey mir erzählt hat, beide William hießen und beide am selben Tag im Alter von weit über Achtzig gestorben sind, sollen in der Küche gestanden haben, und wie oft, setzte Mrs. Ashbury hinzu, habe ich mir nicht darüber Gedanken gemacht, ob der Butler von seinem Pflichtbewußtsein aufrechterhalten wurde, bis sein Herr ihn nicht mehr brauchte, oder ob der Großonkel nach dem Hinscheiden seines erschöpften Dieners kurzerhand den Geist aufgegeben hat, weil er wußte, daß er ohne seinen Beistand nicht einen einzigen Tag überleben konnte. Wahrscheinlich waren es die Bediensteten, die oft jahrzehntelang für ein kaum nennenswertes Entgelt ihre Arbeit verrichteten und die in ihrem Alter wohl so wenig wie ihre Herrschaften anderweitig ein Unterkommen gefunden hätten, durch die der Ablauf der Tage noch einigermaßen in seinem Gang blieb. Wenn sie sich zum Sterben hinlegten, dann stand oft auch das Ende derer, die sie versorgt hatten, unmittelbar bevor. Bei uns hier ist es nicht anders gewesen, selbst wenn wir den allgemeinen Niedergang mit einiger Verspätung nachvollzogen. Daß die Ashburys ihren Besitz bis in die Nachkriegszeit hatten halten können, lag allein, wie ich bald schon ahnte, an der dauernden Bezuschussung aus einem größeren, Anfang der dreißiger Jahre gemachten und zum Zeitpunkt des Todes meines Mannes bis auf einen geringfügigen Rest zusammengeschmolzenen Erbe. Demungeachtet war ich immer überzeugt, daß die Dinge sich irgendwann einmal zum Besseren wenden würden. Ich wollte es einfach nicht wahrhaben, daß die Gesellschaft, zu der wir gehörten, längst schon zusammengebrochen war. Kurz nach unserer Ankunft in Irland wurde Gormanston Castle versteigert, Straffan wurde 1949 verkauft, Carton 1949, French Park 1953, Killeen Rockingham 1957, Powerscourt 1961, von den kleineren Gütern gar nicht zu reden. Klar geworden ist mir das Ausmaß unseres Familienfiaskos erst, als ich, ganz allein auf mich gestellt, versuchen mußte, uns weiter durchzubringen. Da mir die Geldmittel zur Entlöhnung der

Arbeiter mangelten, hatte ich bald keine andere Wahl, als die Landwirtschaft einzustellen. Die stückweise Veräußerung der Liegenschaften hat uns dann ein paar Jahre vor dem Schlimmsten bewahrt, und solang wir ein, zwei Dienstboten im Haus hatten, war es, sowohl nach außen hin als auch vor uns selber, noch möglich, einen Anschein von Respektabilität zu bewahren. Erst als Quincey gestorben ist, wußte ich wirklich nicht mehr aus noch ein. Zuerst habe ich das Silber und das Porzellan auf die Auktion getragen und dann, nach und nach, die Bilder, die Bibliothek und die Einrichtungsgegenstände. Für das in zunehmendem Maße vernachlässigte Haus freilich hat sich nie ein Käufer gefunden, und so sind wir an es gebunden geblieben wie die verdammten Seelen an ihren Ort. All unsere Unternehmungen, die endlosen Nähereien der Mädchen, der Gartenbetrieb, den Edmund einmal angefangen hat, der Plan, Gäste aufzunehmen, alles ist fehlgeschlagen. Sie sind ja, sagte Mrs. Ashbury, überhaupt der erste Gast, der hierhergefunden hat, seit wir vor beinahe zehn Jahren in dem Krämerladen in Clarahill eine Anzeige ins Fenster gehängt haben. Ich bin leider ein von Grund auf unpraktischer, in ewigem Nachsinnen verfangener Mensch. Allesamt sind wir lebensuntüchtige Phantasten, die Kinder nicht anders als ich. *It seems to me sometimes that we never got used to being on this earth and life is just one great, ongoing, incomprehensible blunder.* Als Mrs. Ashbury mit ihrer Geschichte zu Ende war, schien es mir, als bestünde ihre Bedeutung für mich in der unausgesprochenen Aufforderung, ich möge bei ihnen bleiben und ihr Tag für Tag unschuldiger werdendes

Leben teilen. Daß ich das nicht getan habe, dieses — Versagen zieht mir heute noch manchmal wie ein Schatten über die Seele. Am nächsten Morgen beim Abschiednehmen mußte ich lange nach Catherine suchen. Ich fand sie schließlich in dem von Tollkirschen, Baldrian, Angelikastauden und aufgeschossenem Rhabarber überwucherten Küchengarten. In dem roten Sommerkleid, das sie am Tag meiner Ankunft getragen hatte, lehnte sie an dem Stamm des Maulbeerbaums, der einst den Zentralpunkt der von einer hohen Ziegelmauer umgebenen Anlage markierte. Durch Kraut und Unkraut bahnte ich mir einen Weg hin zu der Schatteninsel, von der aus Catherine mir entgegenblickte. *I have come to say good bye,* sagte ich, indem ich eintrat in die von ausladenden Zweigen gebildete Laube. Sie hielt eine Art Pilgerhut in den Händen, rot wie ihr Kleid, mit einer breiten Krempe, und sie schien mir, jetzt, wo ich bei ihr stand, sehr weit entfernt. Mit leeren Augen schaute sie durch mich hindurch. *I have left my address and telephone number, so that if you ever want . . .* Ich brachte den Satz nicht vollends heraus, wußte auch nicht, wie er hätte weitergehen sollen. Catherine, merkte ich, hörte ohnehin nicht zu. *At one point,* sagte sie nach einer gewissen Zeit, *at one point we thought we might raise silkworms in one of the empty rooms. But then we never did. Oh, for the countless things one fails to do!* — Jahre nach diesen wenigen zuletzt mit Catherine Ashbury gewechselten Worten habe ich sie noch einmal gesehen oder zu sehen geglaubt, in Berlin im März 1993. Ich war mit der U-Bahn zum Schlesischen Tor gefahren und nach einigem Herumgehen in der dortigen trostlosen Gegend auf ein kleines Häufchen von Menschen gestoßen, das vor einem verwahrlosten Gebäude, das früher vielleicht ein Droschkenschuppen oder etwas ähnliches gewesen war, darauf wartete, eingelassen zu werden. Einem Anschlag zufolge stand auf dem Programm des Theaters, das sich offenbar hinter dieser alles andere als theatralischen Fassade befand, ein mir bis dahin unbekanntes Fragment von Jakob Michael Reinhold Lenz. Drinnen in dem dämmrigen Raum mußte man, wie es sich herausstellte, auf niedrigen Holzstühlchen Platz nehmen, wodurch man gleich in eine kindliche, das Wunderbare herbeisehnende Verfassung kam. Und ehe ich mir über solcherlei Gedanken noch Rechenschaft geben konnte, erschien sie bereits auf der Bühne, unglaublicherweise in demselben roten Kleid, dem gleichen hellen Haar, dem gleichen Pilgerhut, sie, oder doch ihr Ebenbild, Catharina von Siena, in einem leeren Zimmer, und dann weitab von ihres Vaters Haus, von Tages Hitze, Dorn und Steinen müd. Im Hintergrund war, wie ich mich entsinne, ein blasser Bergprospekt, ein Abhang im Trentin vielleicht, am Fuß der Alpen, wassergrün, wie eben aus dem Eismeer aufgetaucht. Und Catharina, als das Sonnenlicht sich senkte, sank nieder unter einem unsichtbaren Baum und zog die Schuhe aus und legte ihren Hut beiseite. Ich denke, sagte sie, ich will hier schlafen, schlummern wenigstens. Sei ruhig, mein Herz. Der stille Abend deckt die kranken Sinne mit seinem Mantel zu . . .

Gute vier Stunden geht man von Woodbridge bis nach Orford ans Meer hinunter. Die Straßen und Wege führen durch eine leere, sandige Gegend, die am Ende eines langen, trockenen Sommers über weite Strecken fast einer Wüste gleicht. Von jeher ist dieses Land äußerst spärlich besiedelt, kaum bewirtschaftet und eigentlich nichts als eine von Himmelsrand zu Himmelsrand reichende Schafweide gewesen. Als zu Beginn des 19. Jahrhunderts die Schäfer und ihre Herden verschwanden, begann überall Heidekraut und Krüppelholz sich auszubreiten. Diese Entwicklung wurde von den Gutsherren in Rendlesham Hall, Sudbourne Hall, Orwell Park und Ash High House, die das gesamte Gebiet der sogenannten Sandlings bis auf einen kaum nennenswerten Rest unter sich teilten, nach Kräften befördert zur Schaffung günstiger Voraussetzungen für die in der viktorianischen Zeit mehr und mehr in Mode kommende Niederwildjagd. Männer aus bürgerlichen Verhältnissen, die durch ihre Industrieunternehmungen zu enormem Reichtum gelangt waren, erwarben nun aus dem Bedürfnis nach Legitimierung in der besseren Gesellschaft große Landhäuser und Liegenschaften, auf denen sie die sonst von ihnen hochgehaltenen Grundsätze sinnvoller wirtschaftlicher Nutzung aufgaben zugunsten der an sich völlig nutzlosen, rein aufs Zerstören ausgerichteten, aber anscheinend von niemand als abwegig empfundenen Jägerei. War vormals das Jagen in eigens angelegten, oft über Jahrhunderte erhaltenen Wildparks und Wildbahnen ein Privileg des Königshauses beziehungsweise des eingesessenen Adels gewesen, so versammelte jetzt jeder, der seine Börsengewinne ummünzen wollte in Geltung und Ruf, mehrmals in der Saison mit möglichst ostentativem Aufwand sogenannte *hunting parties* in seinem

Haus. Das Ansehen, das man sich als Gastgeber einer solchen Gesellschaft erwerben konnte, stand, abgesehen von Rang und Namen der Geladenen, in einem genauen Verhältnis zur Zahl der zur Strecke gebrachten Opfer. Die gesamte Gutsverwaltung wurde darum bestimmt von dem, was erforderlich war zur Sicherung und Vermehrung des Wildbestands. Zu Abertausenden wurden alljährlich Fasane in Gehegen aufgezogen und später freigesetzt in den riesigen, für die Landwirtschaft verlorenen und größtenteils unzugänglich gemachten Revieren. In zunehmendem Maß in ihren Rechten verkürzt, sah sich die Landbevölkerung, wofern sie nicht bei der Fasanenaufzucht, in der Hundehaltung, als Wildhüter, Treiber oder in sonst einem mit dem Jagdwesen irgendwie in Verbindung stehenden Geschäft Anstellung fand, nicht selten gezwungen, ihre seit Generationen angestammten Wohnplätze aufzugeben. Bezeichnenderweise wurde zu Beginn dieses Jahrhunderts in Hollesley Bay, gleich hinter der Küste des Meers, ein Arbeitslager für Stellungslose eingerichtet, das später sogenannte Colonial College, von dem aus die Überzähligen nach einer gewissen Frist meist nach Neuseeland oder Australien auswanderten. Heute befindet sich in den Anstaltsgebäuden von Hollesley Bay ein offenes Gefängnis für jugendliche Sträflinge, die man in den umliegenden Feldern immer gruppenweise arbeiten sieht in ihren weithin leuchtenden orangeroten Jacken. Der Fasanenkult erreichte seinen Höhepunkt in den Jahrzehnten vor dem Ersten Weltkrieg. Sudbourne Hall allein beschäftigte damals zwei Dutzend Wildhüter und einen eigenen Schneider zum Anfertigen und zur

Instandhaltung der von ihnen getragenen Livree. Sechstausend Fasane wurden hier manchmal an einem einzigen Tag geschossen, von dem übrigen Geflügel und den Hasen und Kaninchen gar nicht zu reden. Säuberlich sind die schwindelerregenden Zahlen verzeichnet in den Registern der miteinander im Wettbewerb stehenden Häuser. Zu den bedeutendsten Jagd- und Landgütern in den Sandlings gehörte der Bawdsey Estate, der sich am Nordufer des Deben über mehr als achttausend Morgen ausdehnte. Sir Cuthbert Quilter, ein aus den niedrigeren Ständen aufgestiegener Unternehmer, ließ sich zu Beginn der achtziger Jahre in exponierter Lage an der Mündung des Flusses einen Familiensitz bauen, der teilweise an ein elisabethanisches Herrenhaus, teilweise an den Palast eines indischen Maharadschas erinnerte. Mit der

Fertigstellung dieses architektonischen Wunderwerks glaubte Quilter die Rechtmäßigkeit der von ihm errungenen Stellung ebenso unwiderruflich zu demonstrieren wie durch den von ihm gewählten, jeden bürgerlichen Kompromiß abweisenden Wappenspruch *Plutôt Mourir que Changer.* Männer wie er befanden sich damals auf dem Höhepunkt ihres Machtbewußtseins. Von ihrer Warte aus war nicht einzusehen, warum es nicht immer so fortgehen sollte, von einem spektakulären Erfolg zum nächsten. Nicht umsonst weilte jenseits des Flusses in Felixstowe, das sich in den letzten Jahren zu einem vornehmen Seebad entwikkelt hatte, die deutsche Kaiserin zur Erholung. Die wochenlang dort vor Anker liegende Yacht *Hohenzollern* war ein sichtbares Anzeichen der Möglichkeiten, die jetzt dem Unternehmergeist sich auftaten. Die Nordseeküste konnte, unter dem Patronat der kaiserlichen Hoheiten, sich aufschwingen zu einer mit sämtlichen Errungenschaften des neuzeitlichen Lebens versehenen Gesundheitskolonie für die gehobenen Stände. Überall schossen Hotels aus dem mageren Boden. Promenaden und Badeeinrichtungen wurden angelegt, Piers wuchsen ins Meer hinaus. Sogar in dem bei weitem verlassensten Flecken der ganzen Gegend, in der heute nur mehr aus einer einzigen trostlosen Zeile niedriger Häuser und Hütten beste-

henden Ortschaft Shingle Street, in der ich noch nie einen Menschen gesehen habe, wurde damals, wenn man den Quellen trauen darf, ein für zweihundert Gäste berechnetes, inzwischen spurlos verschwundenes Kurhaus mit dem grandiosen Namen *German Ocean Mansions* erbaut, dessen Personal man ausschließlich aus Deutschland verpflichtete. Überhaupt scheinen sich in jenen Jahren über die Nordsee hinweg allerlei Verbindungen angebahnt zu haben zwischen dem britischen und dem deutschen Imperium, Verbindungen, die ihren charakteristischen Ausdruck in erster Linie in den monumentalen Geschmacksverirrungen derer fanden, die sich um jeden Preis einen Platz an der Sonne sichern wollten. Zweifellos hätte die mitten in die Dünen gesetzte anglo-indische Traumburg Cuthbert Quilters dem Kunstsinn des deutschen Kaisers entsprochen, der bekanntlich nichts so sehr liebte wie Extravaganzen jeder nur denkbaren Art. Umgekehrt kann man sich Quilter, der seinem Strandschloß für jede Million, um die er sein Vermögen vermehrte, einen weiteren Turmbau hinzufügte, ohne weiteres vorstellen als Gast an Bord der *Hohenzollern,* beispielsweise mit den gleichfalls geladenen Herren der Admiralität bei den gemeinsamen Turnübungen, die dem auf hoher See gehaltenen sonntäglichen Gottesdienst in der Regel vorangingen. Was für kühne Pläne hätte ein Mann wie Quilter, angespornt von einem Gleichgesinnten wie Kaiser Wilhelm, nicht entwickelt, etwa von einem von Felixstowe über Norderney bis nach Sylt reichenden und der allgemeinen nationalen Ertüchtigung dienenden Frischluftparadies, von der Begründung einer neuen Nordseezivilisation, wenn nicht gar von einer anglogermanischen Weltallianz, als deren Wahrzeichen man auf der Insel Helgoland eine weit übers Meer hin sichtbare Staatskathedrale hätte errichten können. Der reale Verlauf der Geschichte ist dann natürlich ein ganz anderer gewesen, weil es ja immer, wenn man gerade die schönste Zukunft sich ausmalt, bereits auf die nächste Katastrophe zugeht. Der Krieg wurde erklärt, die deutschen Hotelbediensteten wurden zurückgeschickt in die Heimat, die Sommergäste blieben aus, wie ein fliegender Walfisch erschien eines Morgens ein Zeppelin über der Küste, jenseits des Ärmelkanals rollten endlose Truppen- und Materialzüge ins Feld, ganze Landesteile wurden vom Granatfeuer umgepflügt, in der Todeszone zwischen den Fronten phosphoreszierten die Leichen. Der deutsche Kaiser verlor sein Reich, und langsam verfiel auch das Cuthbert Quilters, der seine einst unerschöpflich scheinenden Mittel in einem Maße zusammenschrumpfen sah, daß eine sinnvolle Bewirtschaftung der Güter nicht mehr zu gewährleisten war. Indessen trug Raymond Quilter, der als nächster das Erbe von Bawdsey antreten sollte, zur Unterhaltung des jetzt etwas weniger vornehmen Ferienvolks von Felixstowe dadurch bei, daß er über dem Strand sensationelle Fallschirmabsprünge vollführte. 1936 mußte er Bawdsey Manor an den Staat verkaufen. Der Erlös reichte zur Begleichung der Steuerschuld sowie zur weiteren Finanzierung seiner ihm über alles gehenden Flugleidenschaft. Außerdem behielt Raymond Quilter, der bei Übergabe des Familienbesitzes das ehemalige Quartier des Chauffeurs bezogen hatte, die Gepflogenheit bei, in

London nirgendwo anders als im *Dorchester* abzusteigen. Zum Beweis der besonderen Wertschätzung, die man ihm dort entgegenbrachte, wurde jedesmal bei seinem Eintreffen die Quilter-Standarte, ein goldener Fasan auf schwarzem Grund, neben dem Union Jack gehißt, ein seltenes Privileg, das wahrscheinlich dem Ruf der Ritterlichkeit zuzuschreiben war, den Quilter bei dem in solchen Dingen äußerst zurückhaltenden Personal des Hauses genoß, seit er sich, anscheinend ohne jedes Bedauern, von den von seinem Großonkel zusammengekauften Ländereien getrennt hatte und seit er, abgesehen von einigem freien Kapital, nichts mehr sein eigen nannte als sein Flugzeug und eine Startbahn auf einem einsamen Feld. — So wie das Quiltersche Gut Bawdsey lösten sich in den Jahren nach dem Ersten Weltkrieg zahlreiche Güter auf. Die Herrenhäuser wurden entweder dem Zerfall überlassen oder anderen Zwecken zugeführt als Internatsschulen für kleine Knaben, Besserungs- und Irrenanstalten, Altersheime und Auffanglager für Flüchtlinge aus dem Dritten Reich. Bawdsey Manor war lange Zeit das Domizil und Laboratorium der Forschergruppe, die unter der Leitung von Robert Watson-Watt das Radarsuchsystem entwickelte, das nun mit seinem unsichtbaren Netz den ganzen Luftraum durchzieht. Übrigens ist die Gegend zwischen Woodbridge und dem Meer auch heute noch voller militärischer Installationen. Immer wieder kommt man, wenn man über das weite Plateau wandert, an Kasernentoren und eingezäunten Arealen vorbei, wo halb verborgen hinter schütteren Föhrenplantagen in tarnfarbenen Hangars und grasüberwachsenen Bunkern die Waffen lagern, mit denen — notfalls — ganze Länder und Kontinente in kürzester Frist verwandelt werden können in rauchende Haufen von Stein und Asche. Als ich, unweit von Orford und müde schon von dem langen Weg, in einen Sandsturm geriet, drängte sich diese Vorstellung mir auf. Ich näherte mich dem östlichen Rand des über mehrere Quadratmeilen sich ausdehnenden, in der furchtbaren Orkannacht vom 16. auf den 17. Oktober 1987 größtenteils zu Bruchholz geschlagenen Waldes von Rendelsham, da verdunkelte sich innerhalb weniger Minuten der gerade noch strahlend hell gewesene Himmel, und es erhob sich ein Wind, der in gespenstisch sich drehenden Wirbeln den Staub über die ausgedörrten Landflächen blies.

Das restliche Tageslicht begann zu erlöschen, sämtliche Umrisse verschwanden in der graubraunen, bald ohne Unterlaß von mächtigen Böen durchtobten, alles erstickenden Dämmerung. Ich hockte mich nieder hinter einem Wall von zusammengeschobenen Wurzelstöcken und sah, daß vom Horizont her langsam der Strick zugezogen wurde. Vergeblich versuchte ich, durch das immer dichter werdende Wirrsal hindurch, soeben noch dagewesene Merkmale in meinem Gesichtsfeld zu erspähen, aber mit jedem Augenblick wurde der Raum enger. Sogar in nächster Nähe gab es bald nicht mehr die geringste Linie oder Gestalt. Das Staubmehl strömte von links gegen rechts, von rechts gegen links, von allen Seiten gegen alle Seiten, es stieg in die Höhe empor und rieselte aus der Höhe hernieder, ein einziges Flirren und Flimmern, das wohl eine Stunde fortdauerte, während weiter landeinwärts, wie ich später erfuhr, ein schweres Unwetter niederging. Als der Sturm sich legte, tauchten allmählich die wellenförmigen Sandverwehungen, die das Bruchholz unter sich begraben hatten, aus der Düsternis auf. Atemlos, mit ausgetrocknetem Mund und Rachen, kroch ich, der letzte Überlebende, so dachte ich mir, einer in der Wüste zugrundegegangenen Karawane, aus der Kuhle hervor, die sich um mich gebildet hatte. Ringsum war es totenstill, kein Hauch rührte sich mehr, kein Vogellaut war zu hören, kein Rascheln, nichts, und obgleich es nun wieder lichter wurde, blieb doch die im Zenit stehende Sonne verborgen hinter den lange noch in der Luft hängenden Fahnen aus dem blütenstaubfeinen Puder, welcher zuletzt übrigbleibt von der sich selber langsam zermahlenden Erde. — Den Rest des Weges ging ich in einem Zustand der Benommenheit. Ich entsinne mich nur mehr, daß mir die Zunge am Gaumen klebte und daß ich glaubte, auf der Stelle zu treten.

Als ich endlich anlangte in Orford, bin ich als erstes auf das Dach des Burgfrieds gestiegen, von dem aus man über die niedrigen Ziegelhäuser des Orts, über die grünen Gärten und blassen Marschfelder schauen kann bis hinab zu dem nord- und südwärts im Dunst der Ferne sich verlierenden Ufer des Meers. Die

Festung von Orford ist 1165 fertiggestellt worden und blieb jahrhundertelang das wichtigste Bollwerk gegen die hier ständig drohenden Invasionen. Erst als Napoleon sich mit dem Gedanken trug, die britischen Inseln zu erobern — seine kühnsten Ingenieure planten bekanntlich einen Tunnel unter dem Ärmelkanal und träumten von einer Armada von Ballonen — wurden neue Verteidigungsmaßnahmen getroffen mit der Erbauung mächtiger Rundforts am Strand im Abstand von jeweils nur wenigen Meilen. Allein zwischen Felixstowe und Orford gibt es sieben dieser sogenannten Martello-Türme, deren Zweckmäßigkeit meines Wissens nie auf die Probe gestellt worden ist. Die Garnisonen wurden bald abgezogen, und das leere Gemäuer dient seither vor allem den Eulen, die von den Zinnen herab ihre lautlosen Nachtflüge unternehmen. Zu Beginn der vierziger Jahre errichteten dann die Techniker von Bawdsey entlang der östlichen Küste die ersten Radarmasten, unheimliche, über achtzig Meter hohe, hölzerne Bauten, die man in stillen Nächten ächzen hörte und über deren Zweck man ebensowenig wußte wie über die zahlreichen anderen Geheimprojekte, die in den militärischen Forschungsstationen um Orford damals vorangetrieben wurden. All das war naturgemäß Anlaß für die verschiedensten Mutmaßungen über ein unsichtbares Netz von Todesstrahlen, ein neuartiges Nervengas oder sonst ein in seinen Auswirkungen jedes Vorstellungsvermögen übersteigendes Massenvernichtungsmittel, das im Fall eines deutschen Landungsversuchs zum Einsatz gebracht werden sollte. Tatsächlich lag bis vor kurzem eine Akte mit der Aufschrift *Evacuation of the Civil Population from Shingle Street, Suffolk,* in den Archiven des Verteidigungsministeriums, die, im Gegensatz zu ähnlichen, im allgemeinen nach dreißig Jahren freigegebenen Dokumenten, fünfundsiebzig Jahre unter Verschluß bleiben sollte, weil sie, einem anscheinend nicht auszurottenden Gerücht zufolge, Einzelheiten beinhalte über einen grauenvollen, in Shingle Street sich ereignet habenden Zwischenfall, den man bis heute vor der Öffentlichkeit nicht verantworten könne. So ist mir beispielsweise zu Ohren gekommen, in Shingle Street sei seinerzeit experimentiert worden mit biologischen, zur Unbewohnbarmachung ganzer Landstriche entwickelten Waffen. Auch von einem ins Meer hinausreichenden Rohrleitungssystem habe ich gehört, vermittels dessen bei einer Invasion mit explosionsartiger Geschwindigkeit ein Petroleumbrand sich entfachen ließe von solcher Intensität, daß die Oberfläche des Wassers zu brodeln beginnen würde. Im Zuge dieser Experimente soll eine ganze Kompanie englischer Pioniere, versehentlich, wenn man so sagen kann, den Tod gefunden haben, und zwar auf die allerentsetzlichste Weise, wie Zeugen berichtet haben, die die schmerzverrenkten, verkohlten Leichen mit eigenen Augen am Strand liegen beziehungsweise draußen auf dem Meer noch in ihren Kähnen hockend gesehen haben wollen. Andere wieder behaupten, es habe sich bei den in der Feuerwand Umgekommenen um deutsche Landetruppen in englischer Uniform gehandelt. Als die Akte *Shingle Street* 1992 nach einer in den hiesigen Zeitungen geführten längeren Kampagne schließlich zugänglich gemacht wurde, stellte es sich heraus, daß sie, außer einigen vergleichsweise harmlosen Hinweisen auf Gasversuche, nichts enthielt, was die Geheimhaltungsklassifizierung gerechtfertigt und die seit dem Ende des Kriegs sich im Umlauf befindenden Geschichten bestätigt hätte. *But it seems likely,* so schreibt einer der Kommentatoren, *that sensitive material was removed before the file was opened and so the mystery of Shingle Street remains.* — Gerüchte wie diejenigen um Shingle Street werden sich nicht zuletzt deshalb so hartnäckig gehalten haben, weil das Verteidigungsministerium während der Ära des Kalten Kriegs an der Küste von Suffolk weiterhin sogenannte Secret Weapons Research Establishments in Betrieb hatte, über deren Arbeit das strengste Stillschweigen verhängt war. Die Einwohnerschaft von Orford beispielsweise vermochte allenfalls Vermutungen anzustellen über die Vorgänge in der Forschungsstätte auf Orfordness, die, obschon vom Ort aus deutlich sicht-

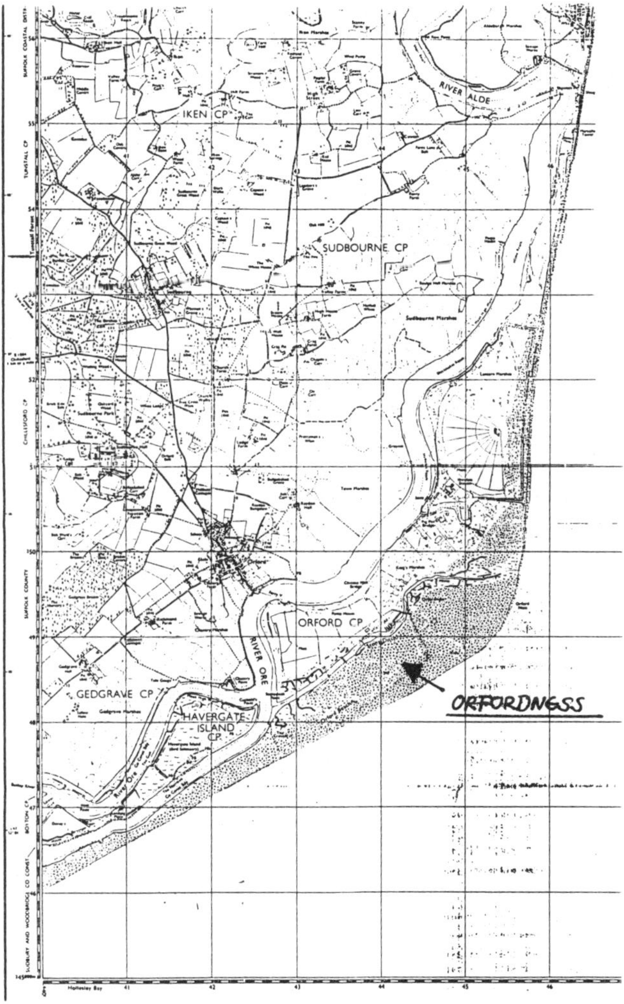

bar, für sie praktisch so unerreichbar war wie die Wüste von Nevada oder die Atolle der Südsee. Ich für meinen Teil entsinne mich noch genau, wie ich bei meinem ersten Besuch in Orford im Jahr 1972 am Hafen gestanden bin und hinübergeschaut habe auf das von den Einheimischen meistens nur als *The Island* bezeichnete, einer fernöstlichen Strafkolonie gleichende Gelände. Ich hatte zuvor auf der Karte die eigenartige Ausformung der Küste bei Orford studiert und war angezogen gewesen von der sozusagen extraterritorialen Landzunge von Orfordness, die sich, Stein für Stein, über einen Zeitraum von Jahrtausenden hinweg von Norden her vor die Mündung der Alde geschoben hat, und zwar derart, daß der in seinem Unterlauf Ore genannte Tidefluß, ehe er sich ins Meer ergießt, auf einer Strecke von zirka zwölf Meilen knapp hinter der heutigen beziehungsweise vor der ehemaligen Küste entlangfließt. War damals, bei meinem ersten Aufenthalt in Orford, ein Übersetzen auf »die Insel« ausgeschlossen gewesen, so stand einem solchen Vorhaben jetzt nichts mehr entgegen. Das Verteidigungsministerium hatte den geheimen Forschungsbetrieb vor einigen Jahren aufgelassen, und einer der beschäftigungslos an der Hafenmauer sitzenden Männer erbot sich ohne weiteres, mich für ein paar Pfund hinüberzufahren und später, wenn ich meinen Rundgang gemacht hätte und ihm von der anderen Seite her winkte, wieder zurückzuholen. Während wir in seinem blauen Dieselkutter den Fluß überquerten, erzählte er mir, daß Orfordness nach wie vor weitgehend gemieden werde. Sogar die bekanntlich mit nichts so sehr wie mit der Einsamkeit vertrauten Strandfischer hätten es nach ein paar Versuchen aufgegeben, dort draußen in der Nacht ihre

Angeln auszuwerfen, angeblich weil es sich nicht verlohnte, in Wahrheit aber weil die Gottverlassenheit dieses ins Nichts vorgeschobenen Postens nicht auszuhalten gewesen war und in einigen Fällen tatsächlich zu langanhaltenden Gemütskrankheiten geführt habe. Am jenseitigen Ufer angelangt, verabschiedete ich mich von meinem Fährmann und wanderte, nachdem ich über den hohen Damm geklettert war, eine teilweise schon überwachsene Asphaltbahn entlang durch ein farbloses, weithin sich ausdehnendes Feld. Es war ein trüber, beklemmender Tag und so windstill, daß nicht einmal die Ähren des haarfeinen Steppengrases sich regten. Nach wenigen Minuten schon kam es mir vor, als ginge ich durch ein unentdecktes Land, und ich fühlte mich, wie ich mich jetzt noch entsinne, zugleich vollkommen befreit und maßlos bedrückt. Nicht ein einziger Gedanke war in meinem Kopf. Mit jedem Schritt, den ich tat, wurde die Leere in mir und die Leere um mich herum größer und die Stille tiefer. Wahrscheinlich durchfuhr mich deshalb ein, wie ich zu wissen glaube, nahezu tödlicher Schrecken, als unmittelbar vor meinen Füßen ein Hase, der sich verborgen gehalten hatte zwischen den Grasbüscheln am Wegrand, auf und davon schoß, zuerst die brüchige Fahrbahn entlang und dann, mit ein, zwei Haken, wieder hinein ins Feld. Er mußte, während ich mich annäherte, zusammengekauert und mit rasend klopfendem Herzen an seinem Platz ausgeharrt haben, bis es beinah zu spät war, sein Leben zu retten. Der winzige Augenblick, da die Lähmung, die ihn ergriffen hatte, umschlug in die panische Bewegung der Flucht, war auch der Augenblick, da seine Angst mich durchdrang. Mit unverminderter, ja mit einer über mein Begriffsvermögen gehenden Deutlichkeit sehe ich nach wie vor, was in diesem, kaum den Bruchteil einer Sekunde ausmachenden Schreckensmoment sich ereignete. Ich sehe den Rand des grauen Asphalts, jeden einzelnen Grashalm, sehe den Hasen, wie er hervorspringt aus seinem Versteck, mit zurückgelegten Ohren und einem vor Entsetzen starren, irgendwie gespaltenen, seltsam menschlichen Gesicht, und ich sehe, in seinem im Fliehen rückwärtsgewandten, vor Furcht fast aus dem Kopf sich herausdrehenden Auge, mich selber, eins geworden mit ihm. Erst eine halbe Stunde später, als ich den breiten Graben erreichte, der die Grassteppe von der riesigen, zum Meeresstrand sich absenkenden Kiesbank trennt, hörte allmählich das Blut auf, in meinen Adern zu rauschen. Lange bin ich dann auf der Brücke gestanden, die hinüberführt auf das Terrain der ehemaligen

Forschungsanstalt. Weit hinter mir im Westen zeichneten sich kaum wahrnehmbar die leichten Anhöhen des bewohnten Landes ab, nach Norden und Süden glänzte das von einem mageren Rinnsal durchzogene Schlammbett des toten Flußarms, und voraus war nichts als Zerstörung. Die ringsum mit Unmengen von Steinen zugeschütteten Betongehäuse, in denen, während der meisten Zeit meines Lebens, Hundertschaften von Technikern an der Entwicklung neuer Waffensysteme gearbeitet hatten, nahmen sich aus der Entfernung, wahrscheinlich aufgrund ihrer seltsamen Kegelform, wie Hügelgräber aus, in denen in vor-

geschichtlicher Zeit große Machthaber beigesetzt worden waren mit all ihren Gerätschaften und all ihrem Silber und Gold. Der Eindruck, daß ich mich auf einem Areal befand, dessen Zweck über das Profane hinausging, wurde verstärkt durch mehrere tempel- oder pagodenartige Bauten, die ich auf keine Weise in

Verbindung bringen konnte mit militärischen Einrichtungen. Je näher ich aber den Ruinen kam, desto mehr verflüchtigte sich die Vorstellung von einer geheimnisvollen Insel der Toten und wähnte ich mich unter den Überresten unserer eigenen, in einer zukünftigen Katastrophe zugrundegegangenen Zivilisation. Wie einem nachgeborenen Fremden, der ohne jedes Wissen von der Natur unserer Gesellschaft herumgeht zwischen den Bergen von Metall- und Maschinenschrott, die wir hinterlassen haben, war es auch mir ein Rätsel, was für Wesen hier einstmals gelebt und gearbeitet hatten und wozu die primitiven Anlagen im Innern der Bunker, die Eisenschienen unter den Decken, die Haken an den zum Teil noch gekachelten Wänden, die tellergroßen Brausen, die

Rampen und Sickergruben gedient haben mochten. Wo und in welcher Zeit ich an jenem Tag auf Orfordness in Wahrheit gewesen bin, das kann ich auch jetzt, indem ich dies schreibe, nicht sagen. Zuletzt, soviel weiß ich noch, wanderte ich den hohen Deich entlang, von der Chinese Wall Bridge an dem alten Pumpenhaus vorbei in Richtung der Anlegestelle, zu meiner Linken in der Steppe ein schwarzes Barackenlager, und rechter Hand, jenseits des Flusses, das feste Land. Als ich, auf der Mole sitzend, auf den Fährmann wartete, brach die Abendsonne aus den Wolken hervor und überstrahlte das weithin sich krümmende Ufer des Meers. Die Flut stieg den Fluß hinauf, das Wasser glänzte wie Weißblech, von den hoch aus den Marschwiesen aufragenden Radiomasten ging ein gleichmäßiges, kaum hörbares Sirren aus. Die Dächer und Türme von Orford, zum Greifen nah, schauten zwischen den Baumkronen heraus. Dort, dachte ich, war ich einmal zu Hause, und dann, in dem immer blendender werdenden Gegenlicht, schien es mir auf einmal, als drehten sich hier und da zwischen den dunkler werdenden Farben die Flügel der längst verschwundenen Mühlen mit schweren Schlägen im Wind.

IX

Nach dem Aufenthalt in Orford bin ich mit einem der roten Autobusse der Eastern Counties Omnibus Company über Woodbridge landeinwärts nach Yoxford gefahren und von dort aus zu Fuß in nordwestlicher Richtung auf einer ehemaligen Römerstraße in die sehr dünn besiedelte Gegend hineingegangen, die sich unterhalb des Landstädtchens Harleston ausdehnt. Beinahe vier Stunden bin ich unterwegs gewesen und habe nichts gesehen als die großenteils bereits abgeernteten, bis an den Horizont reichenden Kornfelder, den von tiefem Gewölk überzogenen Himmel und die in Abständen von jeweils ein, zwei Meilen voneinander entfernt liegenden, meist von kleinen Bauminseln umstandenen Höfe. Kaum ein Fahrzeug ist mir begegnet, während ich auf der scheinbar endlosen Geraden dahinging, und ich wußte wohl weder damals, noch weiß ich es heute, ob ich das einsame Gehen als eine Wohltat empfand oder als eine Qual. Bisweilen an diesem in meiner Erinnerung manchmal bleischweren, manchmal ganz gewichtlosen Tag riß die Wolkendecke ein wenig auf. Dann kamen die gefächerten Strahlen der Sonne auf die Erde hernieder und erleuchteten den ein oder anderen Flecken, gerade so wie es dereinst üblich war in religiösen Darstellungen, die das Walten einer uns übergeordneten Instanz symbolisierten. Es war Nachmittag, als ich anlangte an dem Fahrweg, der über einen sogenannten *cattle-grid* von der Römerstraße hinabführt durch eine Weide zu der von einem dunklen Wassergraben umgebenen Moat Farm, wo Alec Garrard seit gut zwei Jahrzehnten an einem Modell des Tempels von Jerusalem baut. Alec Garrard, der Anfang Sechzig sein dürfte und der zeit seines Lebens auf dem Land gearbeitet hat, ist bald nach seiner Entlassung aus der Dorfschule auf das Modellbauen verfallen, und wie viele Modellbauer hat er an den langen Winterabenden zunächst allerlei Barken und Segler und namhafte Schiffe wie die *Cutty Sark* und die *Mary Rose* aus kleinen Holzstückchen zusammengeleimt. Diese bald zu einer Leidenschaft sich auswachsende Beschäftigung sowie das Interesse, das er als methodistischer Laienprediger seit langem schon hatte an den tatsächlichen Grundlagen der biblischen Geschichte, brachten ihn dann, eines Abends gegen Ende der sechziger Jahre, als er, wie er mir sagte, gerade dabei war, das Vieh für die Nacht zu versorgen, auf den Gedanken, den Jerusalemer Tempel zu bauen, genau so, wie er gewesen war am Anfang unserer Zeitrechnung. — Moat Farm ist ein stilles, etwas dusteres Haus. Jedesmal, wenn ich bei meinen Besuchen, vom Fahrweg herkommend, über das Grabenbrückchen auf die Eingangstür zugegangen bin, war nirgends ein Mensch zu sehen. Auch das Betätigen des schweren messingnen Klopfers ruft niemanden aus dem Inneren hervor.

Regungslos steht die chilenische Araukarie auf dem Vorplatz. Sogar die Enten auf dem Wasser des Grabens rühren sich nicht. Wirft man einen Blick durch die Fenster auf das anscheinend seit je auf seinen Standplätzen unverändert vor sich hin dämmernde Mobiliar, auf den spiegelblanken Eßtisch und die Sessel, die Mahagonikommode, die mit dunkelrotem Samt bezogenen Lehnstühle, den Kamin und die auf

dem Kaminsims angeordneten Zierstücke und Porzellanfiguren, so hat man den Eindruck, die Bewohner seien verreist oder verstorben. Doch gerade wenn man sich, nach längerem Warten und Lauschen und in dem Gefühl, man sei vielleicht ein zur Unzeit eingetroffener Gast, wieder abwenden will, bemerkt man, daß ein Stück weit seitab Alec Garrard einen bereits erwartet. So ist es auch an dem Spätsommertag gewesen, an dem ich zu Fuß von Yoxford heraufgekommen bin. Alec Garrard trug wie immer seinen grünen Arbeitsoverall und die Uhrmacherbrille. Wir wechselten ein paar belanglose Worte, indem wir dem Stadel uns näherten, in welchem der Tempel seiner Vollendung entgegenwächst. Dieser Vollendungsprozeß geht allerdings, aufgrund der Größe des Modellbaus, der eine Fläche von beinahe zehn Quadratmetern umfaßt, sowie aufgrund der Winzigkeit und Genauigkeit der einzelnen Teile so langsam vonstatten, daß man von einem Jahr auf das andere kaum einen Fortschritt erkennen kann, obgleich Alec Garrard, wie er mir sagte, die Landwirtschaft im Lauf der Zeit mehr und mehr eingeschränkt hat, um sich ganz dem Tempelbau widmen zu können. Nur ein paar Stück Vieh habe er noch, sagte er, und auch das eher aus Zuneigung als zur Erzielung eines Gewinns. Die weiten Ackerflächen um das Haus seien, wie ich wohl gesehen hätte, fast ausschließlich wieder Wiesenland, und das Heu verkaufe er am Halm an einen seiner Nachbarn. Er selber sei schon ewig auf keinem Traktor mehr gefahren. Es vergehe jetzt kaum ein Tag, an dem er nicht zumindest ein paar Stunden an dem Tempel arbeite. Fast den gesamten vergangenen Monat habe er allein damit zugebracht, an die hundert der nicht einmal einen Zentimeter großen Figuren zu bemalen, von denen weit über zweitausend inzwischen das Tempelgelände bevölkerten. Ganz zu schweigen, sagte Alec Garrard, von den Veränderungen, die ich an der Konstruktion immer wieder vornehmen muß, wenn meine Nachforschungen zu zu neuen Ergebnissen führen. Die Archäologen sind ja bekanntlich uneins über die genaue Anlage des Tempels, und auch meine eigenen, oft mühevoll errungenen Einsichten, sagte Alec Garrard, sind nicht in jedem Fall zuverlässiger als die Meinungen der untereinander zerstrittenen Wissenschaftler, wenn auch das von mir gebaute Modell heute allgemein als das akkurateste Nachbild des Tempels gilt, das je geschaffen worden ist. Regelmäßig kämen inzwischen Besucher aus aller Welt, sagte Alec Garrard, Historiker aus Oxford und Bibelforscher aus Manchester, Ausgrabungsexperten aus dem Heiligen Land, ultraorthodoxe Juden aus London und Agenten evangelistischer Sekten aus Kalifornien, die ihm den Vorschlag unterbreitet hätten, den Tempel nach seinen Angaben in der Wüste von Nevada neu zu erbauen. Verschiedene Fernsehanstalten und Verleger bedrängten ihn mit Plänen, und sogar Lord Rothschild habe sich erboten, den Tempel nach seiner Fertigstellung in der Eingangshalle seines in der Nähe von Aylesbury gelegenen Landschlosses der Öffentlichkeit zugänglich zu machen. Den einzigen Vorteil, den das von seiner Arbeit erregte Aufsehen für ihn selbst bisher mit sich gebracht habe, bestehe darin, daß seine Nachbarsleute ebenso wie diejenigen Mitglieder seines eigenen Familienkreises, die mehr oder weniger offene Zweifel an seiner Zurechnungsfähigkeit geäußert hätten, sich mit dergleichen abschätzigen Bemerkungen nun etwas zurückhielten. Es sei ihm durchaus verständlich, sagte Alec Garrard, wie leicht man einen Menschen für verrückt halten könne, der sich Jahr für Jahr weiter in seine Hirngespinste verstricke und der sich in einem ungeheizten Stadel mit einer jeden normalen Rahmen sprengenden, letztlich sinn- und zwecklosen Bastelarbeit beschäftige, insbesondere wenn dieser Mensch zugleich verabsäume, die Felder zu bestellen und die ihm zustehenden Subventionsgelder einzutreiben. Zwar habe es ihn nie gekümmert, was seine an der aberwitzigen Brüsseler Landwirtschaftspolitik immer fetter gewordenen Nachbarn von ihm gehalten hätten, aber daß es sich für seine Frau und seine Kinder bisweilen ausgenommen haben müsse, als befände er sich nicht mehr bei Trost, das, sagte Alec Garrard, bedrückte mich manchmal stärker, als ich mir eingestand. Insofern war der Tag, an dem Lord Rothschild in seiner Limousine auf meinem Hof vorgefahren ist, tatsächlich ein bedeutsamer Wendepunkt in meinem Leben, denn seit diesem Tag gelte ich auch unter den Meinen als ein ernsthaften Dingen nachgehender Gelehrter. Andererseits freilich hält mich die stetig steigende Zahl der Besucher von der Arbeit ab, und die Arbeit, die noch zu leisten ist, ist nach wie vor ungeheuer, ja man könnte sagen, daß sie mir heute, aufgrund meiner immer genauer werdenden Kenntnisse, in jeder Hinsicht schwerer zu bewältigen scheint als vor zehn oder fünfzehn Jahren. Einer dieser amerikanischen Evangelisten hat mich einmal gefragt, ob die Vorstellung, die ich von dem Tempel habe, mir durch eine göttliche Offenbarung zuteil geworden sei. *And when I said to him it's nothing to do with divine revelation, he was very disappointed. If it had been divine revelation, I said to him, why would I have had to make alterations as I went along? No, it's just research really and work, endless hours of work,* sagte Alec Garrard. Man müsse die Mischna studieren, fuhr er fort, und sämtliche anderen verfügbaren Quellen und die römische Architektur und die Besonderheiten der von Herodes errichteten Bauwerke von Masada und Borodium, denn nur so komme man auf die richtigen Ideen. Unsere ganze Arbeit beruht doch letzten Endes auf nichts als auf Ideen, Ideen, die sich im Verlauf der Zeit andauernd verändern und die einen darum nicht selten veranlassen, das, was man für bereits vollendet gehalten hat, wieder einzureißen und von neuem anzufangen. Wahrscheinlich hätte ich mich auf den Tempelbau überhaupt nicht eingelassen, wenn ich eine Ahnung gehabt hätte von den Anforderungen, die meine immer weiter ausufernde und immer gründlicher werdende Arbeit an mich stellt. Schließlich muß, wenn insgesamt der Eindruck von Lebenswahrheit entstehen soll, jede der quadratzentimetergroßen Kassetten an den Decken der Kolonnaden, jede der Hunderte von Säulen und jedes einzelne der abertausend Quadersteinchen von Hand gefertigt und eigens bemalt werden. Jetzt, wo es allmählich dunkel zu werden beginnt an den Rändern meines Gesichtsfelds, frage ich mich manchmal, ob ich den Bau jemals zu Ende führen werde und ob nicht alles, was ich

bislang geschaffen habe, bloß ein elendes Machwerk ist. Aber an anderen Tagen wieder, wenn das Abendlicht seitwärts hier durch das Fenster dringt und wenn ich die Gesamtansicht auf mich wirken lasse, dann sehe ich den Tempel mit seinen Vorhallen und mit den Wohnquartieren der Priesterschaft, die Römergarnison, die Badehäuser, den Viktualienmarkt, die Opferstätten, Wandelgänge und Wechselstuben, die großen Tore und Treppen, die Vorhöfe und die äußeren Provinzen und das Gebirge im Hintergrund augenblicksweise so, als sei alles bereits vollendet und als schaute ich hinein in die Gefilde der Ewigkeit. Zuletzt zeigte mir Alec Garrard in einer Illustrierten, die er unter einem Stapel von Papieren hervorkramte, eine doppelseitige Luftaufnahme des Tempelgeländes, wie es heute ist: weiße Steine, dunkle Zypressen und in der Mitte strahlend die goldene Kuppel des Felsendoms, die mich sogleich erinnerte an die Kuppel des neuen Reaktors von Sizewell, die in mondhellen Nächten weit über das Land und das Meer hin leuchtet gleich einem Heiligtum. Der Tempel, sagte Alec Garrard, indem wir seine Werkstatt verließen, hat ja nur hundert Jahre überdauert. *Perhaps this one will last a little longer.* Auf dem Grabenbrückchen, auf dem wir dann eine Weile noch gestanden sind, erzählte Alec Garrard mir von seiner Vorliebe für die Enten, von denen jetzt ein paar still auf dem Wasser herumruderten und das Futter auffischten, das er ab und zu aus seinem Hosensack holte und hinabstreute für sie. Immer, sagte er, habe ich Enten gehalten, schon als Kind, und immer ist mir die Farbgebung ihres Federkleids, insbesondere das Dunkelgrüne und das Schneeweiße, als die einzige mögliche Antwort erschienen auf die Fragen, die mich von jeher bewegten. So weit ich zurückdenken kann, ist das so gewesen. Als ich beim Abschied sagte, daß ich heute zu Fuß von Yoxford heraufgekommen sei und nun nach Harleston weitergehen wolle, meinte Alec, ich könne mit ihm mit dem Wagen fahren, da er ohnehin in der Stadt etwas zu erledigen habe. Die Viertelstunde bis Harleston saßen wir dann in dem Führerhaus seines Pick-up-Trucks stillschweigend nebeneinander, und ich wünschte mir, die kurze Fahrt übers Land möge niemals ein Ende nehmen, *that we could go on and on, all the way to Jerusalem.* Aber statt dessen mußte ich absteigen im *Swan Hotel* in Harleston, einem mehrere hundert Jahre alten Haus, dessen Gastzimmer, wie es sich herausstellte, angeräumt waren mit dem furchterregendsten Mobiliar, das man sich vorstellen kann. Das Kopfende des rosaroten Betts bestand aus einer nahezu fünf Fuß hohen, schwarzmarmorierten Resopalkonstruktion mit diversen Laden und Fächern, die einem Altaraufbau glich, die dünnbeinige Frisierkommode war reich mit Goldarabesken verziert, und der in die Tür des Kleiderkastens eingelassene Spiegel gab einem ein seltsam verwachsenes Aussehen. Da der Bretterboden sehr uneben und gegen die Fensterseite zu stark abschüssig war, standen die Möbelstücke alle irgendwie schief, so daß man bis tief in den Schlaf hinein von dem Gefühl verfolgt wurde, man befinde sich in einem einstürzenden Haus. Es war daher mit einer gewissen Erleichterung, daß ich am folgenden Morgen das *Swan Hotel* verließ und in östlicher Richtung aus der Stadt in die Felder hinausging. Die Gegend, die ich nun in einem weiten Bogen durchquerte, ist kaum dichter besiedelt als die, durch die ich am Vortag gewandert war. Etwa alle zwei Meilen kommt man durch eine selten mehr als ein Dutzend Häuser zählende Ortschaft, und diese Ortschaften sind ausnahmslos benannt nach dem Namenspatron der jeweiligen Pfarrkirche, heißen also St. Mary und St. Michael, St. Peter, St. James, St. Andrew, St. Lawrence, St. John und St. Cross, weshalb auch der ganze Landstrich von seinen Bewohnern bezeichnet wird als The Saints. Man sagt also beispielsweise: *He bought land in the Saints, clouds are coming up over the Saints, that's somewhere out in the Saints* und so fort. Ich selber dachte mir beim Dahingehen über die größtenteils baumlose und dennoch unübersichtliche Ebene, *that I might well get lost in The Saints,* so oft zwang mich das verwinkelte englische Fußpfadsystem, die Richtung zu wechseln oder an Stellen, wo der auf der Karte markierte Weg aufgepflügt oder überwachsen war, auf gut Glück querfeldein weiterzugehen. Ein paarmal glaubte ich mich schon verlaufen zu haben, als gegen Mittag mein Ziel, der runde Turm der Kirche von Ilketshall St. Margaret in der Ferne auftauchte. Eine halbe Stunde später saß ich, mit dem Rücken gegen einen der Grabsteine gelehnt, auf dem Friedhof der zahlenmäßig seit dem Mittelalter so gut wie unverändert gebliebenen Gemeinde. Die Pfarrherren, die im 18. und 19. Jahrhundert auf solchen abgelegenen Posten ein Amt versahen, lebten mit ihren Familien nicht selten in der nächsten kleinen Stadt und kutschierten bloß ein-, zweimal in der Woche aufs Land hinaus, um eine Messe zu lesen oder sonst ein wenig nach dem Rechten zu sehen. Einer dieser Pfarrherren von Ilketshall St. Margaret ist der Reverend Ives gewesen, ein Mathematiker und Hellenist von einigem Ansehen, der mit seiner Frau und Tochter in Bungay haus hielt und von dem überliefert ist, daß er in der Dämmerstunde gern ein Glas Kanariensekt zu sich nahm. Man schreibt das Jahr 1795. In den Sommermonaten kommt öfters ein junger französischer Adeliger zu Besuch, der vor den Schrecken der Revolution nach England geflohen ist. Ives unterhält sich mit ihm meist über die Homerischen Epen, über die Rechenkunst Newtons und über die amerikanischen Reisen, die sie beide gemacht haben. Was für Weiten man dort durchmaß und was für Wälder sich dort ausdehnten mit Bäumen, deren Schäfte höher hinaufragten als die Pfeiler der größten Kathedralen. Und die in die Tiefe hinabstürzenden Wassermassen des Niagara, was bedeutete ihr ewiges Tosen, wenn nicht auch ein Mensch am Ufer des Katarakts stand und seiner Verlassenheit inne war in dieser Welt. Charlotte, die fünfzehnjährige Tochter des Rektors, lauschte mit wachsender Hingabe diesen Gesprächen, insbesondere wenn der vornehme Gast phantastische Geschichten ausmalte, in denen federgeschmückte Krieger vorkamen und Indianermädchen, deren dunkle Haut einen Anhauch zeigte von moralischer Blässe. Einmal mußte sie vor lauter Rührung sogar geschwind in den Garten hinauslaufen, als davon erzählt wurde, daß der brave Hund eines Eremiten ein solches in der Seele schon zum Christentum hingeneigtes Mädchen sicher durch die gefahrvolle Wildnis geleitete. Von dem Erzähler später befragt, was an seiner Schilderung sie so besonders bewegt habe, äußerte Charlotte, es sei vor allem das Bild des Hundes gewesen, wie er mit der Laterne, die er an einem Stecken trug in seinem Maul, der angsterfüllten Atala vorausgeleuchtet habe auf ihrem Weg durch die Nacht. Dergleichen Kleinigkeiten seien es immer, die sie ergriffen, weitaus mehr als die hohen Gedanken. Es lag also sicherlich in der Entwicklung der Dinge, daß der aus seinem Heimatland verbannte, in den Augen Charlottes ohne Zweifel von einer romantischen Aura umgebene Vicomte im Verlaufe der Wochen allmählich die Aufgaben eines Hauslehrers und Vertrauten übernahm. Daß man im Französischen sich übte, Diktate und Konversation machte, verstand sich von selbst. Charlotte bat ihren Freund aber auch, ihr weiter ausgreifende Studienpläne auszuarbeiten über das Altertum, über die Topographie des Heiligen Landes und über die italienische Literatur. Lange Nachmittagsstunden lasen sie miteinander in Tassos *Gerusalemme Liberata* und in der *Vita Nuova*, und nicht selten zeigten sich dabei scharlachrote Flecken am Hals des jungen Mädchens und klopfte dem Vicomte das Herz bis unter die Halsbinde. Mit einer Musikstunde endete meistens der Tag. Wenn es im Inneren des Hauses bereits ein wenig dämmerte, draußen aber das westliche Licht noch den Garten durchstrahlte, spielte Charlotte das eine oder andere Stück aus ihrem Repertoire, und der Vicomte, *appuyé au bout du piano,* hörte ihr schweigend zu. Er war sich der Tatsache bewußt, daß sie sich durch das gemeinsame Studium Tag für Tag näher kamen, suchte die größte Zurückhaltung sich aufzuerlegen, war überzeugt, daß er es nicht wagen würde, Charlotte den Handschuh aufzuheben, und fühlte sich dennoch unwiderstehlich angezogen von ihr. Mit einiger Konsternation, so schreibt er später in seinen *Erinnerungen von jenseits des Grabs,* sah ich bald den Augenblick voraus, an dem ich gezwungen sein würde, mich zurückzuziehen. Das Abschiedsdiner war eine tieftraurige Angelegenheit, bei der niemand etwas Rechtes zu sagen wußte und wo am Ende, zum Erstaunen des Vicomtes, nicht die Mutter, sondern der Vater mit Charlotte sich in den Drawing Room hinüberbegab. Die Mutter aber, die, in der außergewöhnlichen Rolle, die sie unter Hintansetzung aller hergebrachten Sitte zu spielen hatte, nun selber, wie der Vicomte bemerkt, ungemein verführerisch wirkte, hielt bei dem sozusagen schon im Abreisen Begriffenen um seine Hand an für ihre, ihm in ihren Gefühlen, wie sie sagte, ganz und gar bereits angehörige Tochter. Sie haben kein Vaterland mehr, sagte sie, Ihre Güter sind veräußert, Ihre Eltern nicht mehr am Leben, was also könnte Sie zurückrufen nach Frankreich. Bleiben Sie bei uns und treten Sie hier in Ihr Erbe ein als unser angenommener Sohn. Der Vicomte, der die Großzügigkeit dieses gegen einen mittellosen Emigranten vorgebrachten Angebots kaum zu fassen vermochte, sah sich durch die von dem Reverend Ives offenbar gebilligte Intervention in den denkbar größten inneren Aufruhr gestürzt. Denn einerseits ersehnte er, wie er schreibt, nichts so sehr, als unerkannt von der Welt im Schoße dieser einsamen Familie den Rest seines Lebens zubringen zu dürfen, andererseits war jetzt der melodramatische Moment gekommen, da er die Eröffnung machen mußte, daß er bereits verehelicht sei. Zwar war die von ihm in Frankreich eingegangene, von seinen Schwestern gewissermaßen über seinen Kopf hinweg arrangierte Ehe eine Art Formsache geblieben, aber das änderte nicht im geringsten die Unhaltbarkeit seiner von ihm selbst mitverschuldeten peinlichen Lage. Als er das von Mme. Ives mit halb niedergeschlagenen Augen vorgebrachte Angebot ausschlägt mit dem Verzweiflungsruf *Arrêtez! Je suis marié!*, fällt diese in Ohnmacht, und ihm bleibt nichts, als das gastliche Haus auf der Stelle zu verlassen mit dem Vorsatz, nie mehr wiederzukehren. Später, bei der Niederschrift der Erinnerung an den unglückseligen Tag, fragt er sich, wie es wohl gewesen wäre, wenn er sich verwandelt und in der entlegenen englischen Grafschaft ein Leben als *gentleman chasseur* geführt hätte. Wahrscheinlich hätte ich dann niemals auch nur ein einziges Wort zu Papier gebracht, wahrscheinlich hätte ich schließlich sogar meine Sprache vergessen. Wieviel, fragt er sich, würde Frankreich verloren haben, wenn ich solchermaßen mich aufgelöst hätte in Luft? Und wäre es nicht am Ende ein besseres Leben gewesen? Ist es nicht unrecht, sein Glück für die Ausübung eines Talents zu vergeuden? Wird mein Geschriebenes hinausreichen über mein Grab? Wird überhaupt irgend jemand es noch begreifen können in einer von Grund auf veränderten Welt? — Der Vicomte schreibt diese Zeilen im Jahr 1822. Er ist jetzt Botschafter des Königs von Frankreich am Hof Georgs IV. Eines Morgens, als er in seinem Kabinett bei der Arbeit sitzt, wird ihm von seinem Kammerdiener gemeldet, eine Lady Sutton sei vorgefahren und wünsche ihn zu sprechen. Als die fremde Dame, in Begleitung von zwei etwa sechzehnjährigen Knaben, die gleich ihr Trauer tragen, über die Schwelle tritt, scheint es ihm, als könne sie sich kaum aufrecht halten vor innerer Bewegung. Der Vicomte nimmt sie bei der Hand und geleitet sie zu einem Sessel. Die beiden Knaben stellen sich ihr zur Seite. Die Dame aber sagt mit leiser, gebrochener Stimme, indem sie die schwarzen Seidenbänder, die von ihrer Haube herabhängen, ein wenig beiseite streift, *Mylord, do you remember me?* Und ich, schreibt der Vicomte, erkannte sie wieder, nach siebenundzwanzig Jahren saß ich wieder zu ihrer Seite, und die Tränen traten mir in die Augen, und ich sah sie, durch den Schleier dieser Tränen hindurch, gerade so, wie sie gewesen war in jenem so lang schon in die Schatten gesunkenen Sommer. *Et vous, Madame, me reconnaissez-vous?* fragte ich sie. Sie jedoch erwiderte nichts, sondern blickte mich bloß an mit einem dermaßen traurigen Lächeln, daß ich ahnte, daß wir uns geliebt hatten, weit mehr, als ich mir damals eingestand. — Ich trage Trauer um meine Mama, sagte sie, der Vater ist schon vor Jahren verstorben. Mit diesen Worten entzog sie mir ihre Hand und bedeckte ihr Angesicht. Meine Kinder, fuhr sie nach einiger Zeit fort, sind die Söhne des Admirals Sutton, den ich geheiratet habe drei Jahre nachdem Sie fortgereist sind von uns. Verzeihen Sie mir. Mehr vermag ich heute nicht zu sagen. — Ich gab ihr meinen Arm, heißt es in den Aufzeichnungen des Vicomte, und hielt, indem ich sie durch das Haus, über die Treppe hinab zu ihrem Wagen zurückführte, ihre Hand gegen mein Herz und spürte sie zittern am ganzen Leib. Wie zwei stumme Diener saßen die beiden dunklen Knaben, als sie davonfuhr, ihr gegenüber. *Quel boulversement des destinées!* Ich habe, schreibt der Vicomte, Lady Sutton in den nachfolgenden Tagen noch viermal besucht an der Adresse in Kensington, die sie mir gegeben hatte. Die Söhne waren jedesmal außer Haus. Und wir sprachen und schwiegen, und mit jedem »Erinnern Sie sich?« kam deutlicher unser vergangenes Leben herauf aus dem grausamen Abgrund der Zeit. Bei meinem vierten Besuch hat Charlotte mich gebeten, für den älteren ihrer beiden Söhne, der vorhatte, nach Bombay zu gehen, ein Wort einzulegen bei George Canning, der gerade zum Gouverneur von Indien ernannt worden war. Einzig dieser Bitte wegen, sagte sie, sei sie nach London gekommen, und jetzt müsse sie wieder nach Bungay zurück. *Farewell! I shall never see you again! Farewell!* — Lange Stunden habe ich mich nach dem schmerzhaften Abschied in meinem Kabinett in der Botschaft eingeschlossen und, unterbrochen immer wieder von vergeblichem Nachsinnen und Räsonieren, unsere unglückliche Geschichte zu Papier gebracht. Unabweisbar blieb dabei in mir die Frage, ob ich Charlotte Ives, schreibenderweise nicht abermals und endgültig verriet und verlor. Wahr ist allerdings auch, daß ich mich meiner Erinnerungen, die so oft und so unversehens mich überwältigen, anders nicht als durch das Schreiben zu erwehren vermag. Blieben sie verschlossen in meinem Gedächtnis, sie würden schwerer und schwerer wiegen im Laufe der Zeit, so daß ich wohl zuletzt zusammenbrechen müßte unter ihrer ständig zunehmenden Last. Monate-

und jahrelang liegen die Erinnerungen schlafend in unserem Inneren und wuchern im stillen fort und fort, bis sie von irgendeiner Geringfügigkeit heraufgerufen werden und auf seltsame Weise uns blind machen fürs Leben. Wie oft habe ich darum meine Erinnerungen und die Übertragung der Erinnerung in die Schrift als ein erniedrigendes, im Grunde verdammenswertes Geschäft empfunden! Und doch, was wären wir ohne Erinnerung? Wir wären nicht imstande, die einfachsten Gedanken zu ordnen, das gefühlvollste Herz verlöre die Fähigkeit, einem anderen sich zuzuneigen, unser Dasein bestünde nur aus einer endlosen Abfolge sinnloser Augenblicke, und es gäbe nicht die Spur einer Vergangenheit mehr. Was für ein Elend ist nicht unser Leben! So voller verkehrter Einbildungen ist es, so vergeblich, daß es beinahe nichts ist als der Schatten der Chimären, die unser Gedächtnis entläßt. Immer furchtbarer wird in mir das Gefühl der Entfernung. Als ich gestern durch den Hyde Park gegangen bin, erschien ich mir unsagbar armselig und verstoßen in der bunten Menge. Wie von weitem sah ich die schönen jungen Engländerinnen, mit jener sehnsüchtigen Verwirrung, die ich früher in der Umarmung verspürte. Und heute hebe ich kaum noch das Auge von meinem Werk. Ich bin beinahe unsichtbar geworden, gleiche gewissermaßen schon einem Toten. Vielleicht umgibt darum, von meiner Warte aus gesehen, ein besonderes Geheimnis die von mir fast schon verlassene Welt.

Die Geschichte der Begegnungen mit Charlotte Ives ist nur ein winziges Fragment aus den über mehrere tausend Seiten sich hinziehenden Memoiren des Vicomte von Chateaubriand. 1806 in Rom regt sich in ihm erstmals der Wunsch, die Tiefen und Untiefen seiner Seele auszuloten. 1811 nimmt Chateaubriand das Projekt ernsthaft in Angriff, und von diesem Zeitpunkt an arbeitet er, wann immer es die Umstände seines ebenso glorreichen wie qualvollen Lebens erlauben, an der Niederschrift des weiter und weiter sich auswachsenden Werks. Die Entwicklung der eigenen Gefühle und Gedanken geschieht vor dem Hintergrund der großen Umwälzungen jener Jahre: Revolution, Schreckensherrschaft, Exil, Aufstieg und Fall Napoleons, Restauration und das Königreich der Bürger wechseln sich ab in dem auf der Bühne des Welttheaters gegebenen, nicht enden wollenden Stück, das den privilegierten Zuschauer nicht minder in Mitleidenschaft zieht als die namenlose Menge. Fortwährend verschieben sich die Kulissen. Wir erblicken vom Bord eines Schiffs die Küste Virginias, besuchen das Marinearsenal in Greenwich, bestaunen das grandiose Gemälde des Brandes von Moskau, spazieren durch die Anlagen der böhmischen Bäder und werden Zeugen des Bombardements von Thionville. Leuchtfeuer illuminieren die von Tausenden von Soldaten besetzten Zinnen der Stadt, die glutsprühenden Parabelbahnen der Kugeln kreuzen sich in der dunklen Luft, und vor jedem Kanonenschlag fährt ein greller Widerschein über die sich auftürmenden Wolken bis in den blauen Zenit hinauf. Manchmal erstirbt der Lärm des Gefechts auf ein paar Sekunden. Dann vernimmt man das Rollen der Trommeln, die Blechfanfaren und das einem durch Mark und Bein dringende, am Rand des Überschnappens zitternde Kommandogeschrei.

Sentinelles, prenez garde à vous! Dergleichen farbenprächtige Schilderungen von militärischen Schauspielen und Staatsaktionen bilden im Gesamtzusammenhang der Erinnerungsarbeit sozusagen die Höhepunkte der blindlings von einem Unglück zum nächsten taumelnden Geschichte. Der Chronist, der dabeigewesen ist und der sich noch einmal vergegenwärtigt, was er gesehen hat, schreibt sich seine Erfahrungen in einem Akt der Selbstverstümmelung auf den eigenen Leib. Durch solche Beschriftung zum exemplarischen Märtyrer dessen geworden, was die Vorsehung über uns verhängt, liegt er zu Lebzeiten schon in dem Grab, das sein Memoirenwerk vorstellt. Die Rekapitulierung der Vergangenheit ist von Anbeginn ausgerichtet auf den Tag der Erlösung, im Falle Chateaubriands auf den 4. Juni 1848, an dem der Tod in einem Rez-de-chaussée in der Rue du Bac ihm die Feder aus der Hand nimmt, Combourg, Rennes, Brest, St. Malo, Philadelphia, New York, Boston, Brüssel, die Insel Jersey, London, Beccles und Bungay, Mailand, Verona, Venedig, Rom, Neapel, Wien, Berlin, Potsdam, Konstantinopel, Jerusalem, Neuchâtel, Lausanne, Basel, Ulm, Waldmünchen, Teplitz, Karlsbad, Prag und Pilsen, Bamberg, Würzburg und Kaiserslautern und dazwischen immer Versailles, Chantilly, Fontainebleau, Rambouillet, Vichy und Paris — das sind nur einige Stationen der jetzt an ihr Ende gekommenen Reise. Am Anfang der Laufbahn steht die Kindheit in Combourg, deren Beschreibung mir schon nach der ersten Lektüre unvergeßlich geblieben ist. Francois-René ist das jüngste von zehn Kindern, von denen die ersten vier nur ein paar Monate jeweils am Leben waren. Die Nachgeborenen werden auf die Namen Jean-Baptiste, Marie-Anne, Bénigne, Julie und Lucile getauft. Alle vier Mädchen sind von einer seltenen Schönheit, insbesondere Julie und Lucile, die beide umkommen werden in den Stürmen der Revolution. Die Familie der Chateaubriands lebt in völliger Abgeschiedenheit mit einigen Dienstboten im Herrenhaus von Combourg, in dessen weiten Räumlichkeiten und Gängen sich ein halbes Ritterheer hätte verlaufen können. Abgesehen von ein paar benachbarten Edelleuten wie dem Marquis von Monlouet oder dem Grafen Goyon-Beaufort kam kaum einmal jemand auf das Schloß zu Besuch. Vor allem in der Winterszeit, schreibt Chateaubriand, vergingen oft Monate, ohne daß irgendein Durchreisender oder Fremder an das Tor unserer Festung geklopft hätte. Weit größer noch als die Trauer über der Heide war darum die Trauer im Inneren dieses einsamen Hauses. Wer unter seinen Gewölben herumging, hatte Anwandlungen, wie man sie haben mag beim Betreten einer Kartause. Um acht Uhr immer schlug die Glocke zum Nachtmahl. Nach dem Nachtmahl setzten wir uns noch einige Stunden ans Feuer. Der Wind klagte im Kamin, die Mutter seufzte auf dem Kanapee, und der Vater, den ich, außer bei Tisch, nie sitzen gesehen habe, wanderte bis zur Bettzeit ununterbrochen in dem riesigen Saal auf und ab. Er trug stets eine Robe aus einem weißwollenen Zottelstoff und eine ebensolche Kappe auf dem Kopf. Sowie er sich bei diesen Promenaden etwas entfernte aus der Mitte des nur von dem flackernden Kaminfeuer und einer einzigen Kerze erleuchteten Raums, begann er in den Schatten zu verschwinden, und einmal ganz eingetaucht in die Dunkelheit, vernahm man nur mehr seine Schritte, bis er wieder zurückkam in seiner eigenartigen Aufmachung gleich einem Gespenst. Während der schönen Jahreszeit saßen wir in der einfallenden Nacht oft draußen auf der Treppe vor dem Haus. Der Vater schoß mit der Flinte auf die ausfliegenden Eulen, und wir Kinder schauten mit der Mutter hinüber zu den schwarzen Wipfeln des Waldes und hinauf in den Himmel, wo einer nach dem andern die Sterne aufgingen. Mit siebzehn Jahren, schreibt Chateaubriand, habe ich Combourg verlassen. Der Vater machte mir eines Tages die Eröffnung, daß ich von nun an meinen eigenen Weg gehen müsse, daß ich in das Régiment de Navarre eintreten und morgen über Rennes nach Cambrai abreisen würde. Hier, sagte er, sind einhundert Louis d'or. Vergeudet sie nicht und bringt niemals Unehre auf Euren Namen. Er litt zum Zeitpunkt meines Abschieds bereits an der fortschreitenden Paralyse, die ihn schließlich ins Grab bringen sollte. Sein linker Arm zuckte andauernd, und er mußte ihn festhalten mit der rechten Hand. So stand er, nachdem er seinen alten Degen mir übergeben hatte, mit mir vor dem Cabriolet, das schon wartete auf dem grünen Hof. Wir fuhren den Fahrweg beim Fischweiher hinauf, ich sah noch einmal den Mühlenbach glänzen und die Schwalben kreuzen über dem Schilf. Dann blickte ich voraus, auf das weite, vor mir sich eröffnende Feld.

Ich hatte noch eine Stunde zu gehen von Ilketshall St. Margaret bis nach Bungay hinein und eine zweite Stunde von Bungay über die Marschwiesen des Waveney-Tals bis auf die andere Seite von Ditchingham. Von Ferne her schon zu erkennen, am Fuß des von Norden her zu den niedrigen Gründen ziemlich steil abfallenden Landes, war Ditchingham Lodge, das für sich ganz allein am Rand der Ebene stehende Haus, das Charlotte Ives nach ihrer Vermählung mit dem Admiral Sutton bezogen und wo sie viele Jahre gelebt hat. Als ich näher kam, blinkten die Scheiben im Sonnenlicht. Eine Frau in einer weißen Schürze — was für ein ungewöhnlicher Anblick, dachte ich mir — trat unter das von zwei Säulen getragene Vordach und rief nach dem schwarzen Hund, der im Garten herumsprang. Sonst war nirgends eine Menschenseele zu sehen. Ich stieg die Anhöhe hinauf bis zur Hauptstraße und ging dann über die Stoppelfelder zu dem ein gutes Stück außerhalb von Ditchingham gelegenen Kirchhof, auf dem der ältere der beiden Söhne Charlottes, eben derjenige, der in Bombay sein Lebensglück begründen wollte, begraben liegt. Die Inschrift auf dem steinernen Sarkophag lautet: *At Rest Beneath, 3*rd *Feb*^{ry} *1850, Samuel Ives Sutton, Eldest Son of Rear Admiral Sutton, Late Captain 1*st *Battalion 60*th *Rifles, Major by Brevét and Staff Officer of Pentioners.* Neben dem Grab Samuel Suttons erhebt sich ein noch eindrucksvolleres, gleichfalls aus schweren Steinplatten gefügtes und von einer Urne gekröntes Monument, an dem mir zunächst vor allem die runden Öffnungen am oberen Rand der Seitenteile aufgefallen sind. Sie erinnerten mich irgendwie an die Luftlöcher, die wir früher in die Deckel der Schachteln gemacht haben, in denen wir die von uns gefangenen Maikäfer mit ihrem Blätterfutter eingesperrt hielten. Möglicherweise, dachte ich mir, hat ein empfindsamer Hinterbliebener diese Löcher eigens durch den Stein bohren lassen für den Fall, daß die von ihm Gegangene

in ihrem Totenhaus noch einmal Atem schöpfen will. Der Name der Dame, für die so gesorgt wurde, war Sarah Camell, verstorben am 26. Oktober 1799. Als Ehefrau des Arztes von Ditchingham dürfte sie zu den Bekannten der Familie Ives gehört haben, und es ist wahrscheinlich, daß Charlotte mit ihren Eltern bei der Beisetzung zugegen gewesen ist, und vielleicht hat sie später bei der Trauerfeier sogar eine Pavane gespielt auf dem Pianoforte. Die höheren Gefühle, die damals in den Kreisen gehegt wurden, denen Sarah und Charlotte angehörten, können wir heute noch ablesen an den schön geschwungenen Lettern des Epitaphs, das Dr. Camell, der seine Gattin um beinahe vierzig Jahre überlebte, an der Südseite des hellgrauen Grabmals in den Stein meißeln ließ:

Firm in the principles and constant
in the practice of religion
Her life displayed the peace of virtue
Her modest sense, Her unobtrusive elegance
of mind and manners,
Her sincerity and benevolence of heart
Secured esteem, concilliated affection,
Inspired confidence and diffused happiness.

Der Friedhof von Ditchingham war beinahe die letzte Station meiner Wanderung durch die Grafschaft Suffolk. Der Nachmittag begann sich bereits zu neigen, und ich beschloß deshalb, wieder zur Hauptstraße hinauf- und dann ein kleines Stück Richtung Norwich weiterzugehen bis zur *Mermaid* in Hedenham, wo man gewiß bald die Bar aufsperren würde. Von dort aus konnte ich zu Hause anrufen, um mich abholen zu lassen. Der Weg, den ich zurücklegen mußte, führt an Ditchingham Hall vorbei, einem um 1700 aus schönen mauvefarbenen Ziegeln gebauten, ungewöhnlicherweise mit dunkelgrünen Fensterläden versehenen Haus, das weit zurückgesetzt oberhalb eines Serpentinensees in der nach allen Seiten sich ausdehnenden Parklandschaft liegt. Als ich später in der *Mermaid* auf Clara wartete, ging es mir durch den Kopf, daß die Anlage des Parks von Ditchingham sicherlich erst vollendet wurde zu der Zeit, da Chateaubriand sich in dieser Gegend aufgehalten hat. Parkanlagen wie die von Ditchingham, vermittels deren die herrschende Elite sich rings umgeben konnte mit einem dem Auge gefälligen, scheinbar unbegrenzten Gelände, waren erst in der zweiten

Hälfte des 18. Jahrhunderts in Mode gekommen, und die Planung und Durchführung der für ein *emparkment* nötigen Arbeiten zog sich nicht selten über zwei, drei Jahrzehnte hin. Zur Abrundung des bereits vorhandenen Besitzes mußten meist verschiedene Liegenschaften zugekauft oder ausgetauscht werden, Straßen, Fahrwege, einzelne Gehöfte und manchmal sogar ganze Ansiedlungen waren zu verlegen, da man vom Haus aus einen ununterbrochenen Blick haben wollte über eine von jeder Spur menschlicher Anwesenheit freie Natur. Aus diesem Grund mußten auch die Zäune in breiten grasüberwachsenen Gräben, sogenannten Hahas, versenkt werden, zu deren Aushebung allein Abertausende von Arbeitsstunden erforderlich waren. Es versteht sich von selbst, daß es bei einem solchen tief nicht nur in das Land, sondern auch in das Leben der umliegenden Gemeinden eingreifenden Vorhaben nicht immer ohne Auseinandersetzungen zugegangen ist. So wird beispielsweise berichtet, daß in der fraglichen Zeit ein Vorfahre von Earl Ferrers, dem jetzigen Besitzer von Ditchingham Hall, einen seiner Verwalter im Verlauf einer für ihn offenbar sehr ärgerlichen Konfrontation kurzerhand über den Haufen geschossen hat, wofür er schließlich von den Peers des Oberhauses zum Tode verurteilt und öffentlich in London an einem seidenen Strick aufgehängt worden ist. — Das am wenigsten aufwendige Geschäft bei der Anlage eines Landschaftsparks war wohl das Pflanzen der Bäume in kleinen Gruppen und einzelnen Exemplaren, auch wenn ihm oft das Umholzen von Waldstücken, die nicht in das Gesamtkonzept paßten, und das Abbrennen von unansehnlichem Gestrüpp und Strauchwerk voraufging. Heute, da in den meisten Parks nur noch ein Dritteil der damals gesetzten Bäume steht und wo jedes Jahr mehr an Überalterung und aus vielen anderen Ursachen zugrunde gehen, können wir uns bald wieder vorstellen, in welcher torricellischen Leere die großen Landhäuser im Ausgang des 18. Jahrhunderts gestanden sind. Das dieser Leere eingeschriebene Naturideal hat auch Chateaubriand später — in einem vergleichsweise bescheidenen Ausmaß — zu verwirklichen versucht. Als er 1807 von seiner langen Reise nach Konstantinopel und Jerusalem zurückkehrte, kaufte er sich in La Vallée aux Loups unweit der Ortschaft Aulnay ein zwischen bewaldeten Hügeln verborgenes Gartenhaus. Dort beginnt er, seine Erinnerungen niederzuschreiben, und er schreibt, ganz am Anfang, von den Bäumen, die er gepflanzt hat und von denen er jeden einzelnen umsorgt mit eigener Hand. Jetzt, so schreibt er, sind sie noch so klein, daß ich ihnen Schatten spende, wenn ich zwischen sie und die Sonne trete. Aber später einmal, wenn sie aufgewachsen sein werden, werden sie mir den Schatten zurückgeben und meine alten Tage behüten, wie ich sie behütet habe zu ihrer Jugendzeit. Ich fühle mich den Bäumen verbunden, ich schreibe Sonette an sie und Elegien und Oden; wie Kinder kenne ich sie alle bei ihren Namen und wünsche mir nur, daß ich einmal sterben darf unter ihnen. — Diese Aufnahme wurde vor zirka zehn Jahren in Ditchingham gemacht, an einem Samstagnachmittag, als das Herrenhaus zu Wohltätigkeitszwecken für das allgemeine Publikum geöffnet war. Die libanesische Zeder, an

die ich, in Unkenntnis noch der unguten Dinge, die seither geschehen sind, gelehnt stehe, ist einer der bei der Anlage des Parks gepflanzten Bäume, von denen so viele sonst, wie gesagt, schon verschwunden sind. Etwa seit der Mitte der siebziger Jahre hat das Abnehmen der Bäume sich zusehends beschleunigt, und insbesondere unter den in England häufigsten Baumarten ist es zu schweren Einbrüchen, ja in einem Fall sogar zu einer so gut wie völligen Ausrottung gekommen. Um 1975 hat die von der Südküste ausgehende holländische Ulmenkrankheit Norfolk erreicht, und kaum waren zwei, drei Sommer vergangen, gab es in unserem Umkreis bald keine lebende Ulme mehr. Die sechs Ulmen, die den Teich in unserem Garten überschatteten, sind im Juni 1978, nachdem sie noch einmal ihr wunderbar helles Grün entfaltet hatten, innerhalb weniger Wochen verdorrt. Mit unglaublicher Geschwindigkeit liefen die Viren durch das Wurzelwerk ganzer Alleen und lösten die Verengung der Kapillargefäße aus, die in kürzester Frist zum Verdursten der Bäume führt. Selbst vereinzelte Exemplare wurden von den Flugkäfern, die die Krankheit verbreiteten, mit unfehlbarer Sicherheit aufgefunden. Einer der vollkommensten Bäume, die ich je gesehen habe, war eine nahezu zweihundertjährige Ulme, die allein auf freiem Feld stand, nicht weit von unserem Haus. Sie erfüllte einen wahrhaft enormen Luftraum. Ich entsinne mich, wie sie, als die meisten Ulmen in der Gegend der Krankheit bereits erlegen waren, ihre zahllosen, leicht asymmetrischen, fein gezahnten Blätter in einer Brise bewegte, als müßte die Seuche, die ihr gesamtes Geschlecht niedergemacht hatte, an ihr spurlos vorübergehen, und ich entsinne mich ferner, daß nach Ablauf von kaum vierzehn Tagen all diese scheinbar unverletzlichen Blätter braun und eingerollt gewesen sind und daß sie sich noch vor dem Herbst aufgelöst hatten in Staub. Um dieselbe Zeit begann ich zu bemerken, daß die Kronen der Eschen sich mehr und mehr lichteten und daß das Eichenlaub schütter wurde und seltsame Mutationsformen zeigte. Die Bäume selbst fingen zugleich an, direkt aus dem harten Astholz heraus Blätter zu treiben und im Sommer schon massenhaft steinharte, verkrüppelte und mit einem klebrigen Stoff überzogene Eicheln abzuwerfen. Die Buchenbestände, die sich bislang einigermaßen gehalten hatten, wurden von einer Reihe extrem trockener Jahre stark in Mitleidenschaft gezogen. Die Blätter hatten nur die Hälfte ihrer normalen Größe, die Bucheckern waren fast ausnahmslos taub. Eine nach der andern gingen die Pappeln ein auf der Weide. Die toten Stämme stehen

teilweise noch aufrecht, teilweise liegen sie zerbrochen und vom Wetter gebleicht im Gras. Schließlich, im Herbst 1987, fuhr ein Sturm über das Land hinweg, wie ihn hier niemand erlebt hatte je zuvor und dem nach amtlichen Schätzungen über vierzehn Millionen ausgewachsene Bäume zum Opfer gefallen sind, vom niedrigen Holz gar nicht zu reden. Es war in der Nacht vom 16. auf den 17. Oktober. Ohne Vorwarnung kam der Sturm aus der Biscaya die französische Westküste herauf, überquerte den Ärmelkanal und ging über die südöstlichen Teile der Insel in die Nordsee hinaus. Ich erwachte gegen drei Uhr morgens, weniger wegen des zunehmenden Tosens als wegen der eigenartigen Wärme und des steigenden Luftdrucks in meinem Zimmer. Im Gegensatz zu anderen Äquinoktialstürmen, die ich hier erlebt hatte, kam dieser Sturm nicht in schlagenden Böen, sondern in einem gleichmäßig fortdauernden, aber immerzu, wie es schien, stärker werdenden Schub. Ich stand am Fenster und blickte durch das bis zum Zerspringen angespannte Glas hinunter an das Ende des Gartens, wo die Kronen der großen Bäume des benachbarten bischöflichen Parks gebogen und durchfurcht wurden wie Wasserpflanzen in einer dunklen Strömung. Weiße Wolken fuhren in der Finsternis dahin, und immer wieder ging ein furchtbares Flackern über den Himmel, das, wie ich später erfuhr, ausgelöst wurde von den miteinander in Berührung kommenden Hochspannungsleitungen. Einmal muß ich eine Zeitlang mich abgewendet haben. Jedenfalls ist es mir noch erinnerlich, daß ich meinen Augen nicht traute, als ich von neuem hinausblickte und dort, wo zuvor die Luftwogen an der schwarzen Masse der Bäume aufgelaufen waren, nur mehr den fahlleuchtenden, leeren Horizont sah. Es schien mir, als hätte jemand einen Vorhang beiseite gezogen und als starrte ich nun hinein in eine gestaltlose, in die Unterwelt übergehende Szene. Im selben Moment, in dem ich die ungewohnte Nachthelle über dem Park wahrnahm, wußte ich, daß dort drunten alles zerstört war. Und doch hoffte ich, die schauderhafte Leere könne zurückgeführt werden auf eine andere Erklärung, denn ich hatte durch das Brausen des Sturmes hindurch nicht die geringste Andeutung jenes krachenden Geräuschs vernommen, das ich vom Holzfällen her kannte. Später erst begriff ich, daß die Bäume, bis zuletzt festgehalten von ihrem Wurzelwerk, nur nach und nach zu Boden gingen und daß bei einem solchen langsamen Hinabgezwungenwerden die ineinander verfangenen Kronen nicht zerschmetterten, sondern so gut wie unbeschadet blieben. Ganze Waldstücke sind auf diese Weise wie Kornfelder niedergedrückt worden. Es war im Morgengrauen, als der Sturm etwas nachgelassen hatte, daß ich mich hinaustraute in den Garten. Mit zugeschnürter Kehle stand ich lang inmitten der Verheerung. Man glaubte sich in einer Art Windkanal, so stark war immer noch der Sog der für die Jahreszeit viel zu warmen Luft. Die über hundertjährigen Bäume, die den Spazierweg gesäumt hatten, der am Nordrand des Parks entlangführte, lagen alle, wie in einer Ohnmacht niedergesunken, am Boden, und unter den riesigen türkischen und englischen Eichen, Eschen, Platanen, Buchen und Linden war zerfetzt und zerbrochen das niedrigere Gehölz, das in ihrem Schatten gestanden hatte, die Thujen und Eiben, die Hasel- und Lorbeerstauden, Stechpalmen und Rhododendren. Strahlend kam die Sonne herauf. Eine Zeit wehte es noch, dann war es mit einemmal still. Nichts rührte sich mehr, bis auf die Vögel, die in den Buschen und Bäumen ihre Wohnungen gehabt hatten und von denen viele Dutzende jetzt verstört herumhuschten in dem in diesem Jahr bis in den Herbst hinein grün gebliebenen Gezweig. Ich weiß nicht, wie ich den ersten Tag nach dem Sturm überstanden habe, entsinne mich jedoch, daß ich mitten in der Nacht, zweifelnd an dem, was ich mit eigenen Augen erblickt hatte, nochmals durch den Park gegangen bin. Da der Strom in der ganzen Gegend ausgefallen war, lag alles in tiefer Dunkelheit. Nicht der schwächste Abglanz von unseren Behausungen und Verkehrswegen trübte den Himmel. Statt dessen waren die Sterne aufgezogen, so prachtvoll, wie ich sie nur in der Kindheit über den Alpen gesehen habe oder im Traum über der Wüste. Vom hohen Norden bis hinab an den südlichen Horizont, wo früher die Bäume die Sicht verstellt hatten, breiteten die funkelnden Zeichen sich aus, die Wagendeichsel, der Drachenschweif, das Dreieck des Taurus, die Pleiaden, der Schwan, der Pegasus, der Delphin. Unverändert, ja schöner, schien es mir, als zuvor, drehten sie sich in der Runde. — So lautlos, wie es gewesen ist in dieser glanzvollen Nacht nach dem Sturm, so durchdringend kreischten in den Wintermonaten die Sägen. Bis in den März hinein waren vier bis fünf Arbeiter andauernd mit dem Zerschneiden des Astwerks, mit dem Verbrennen des Abfalls und dem Hinausschleifen und Verladen der Stämme beschäftigt. Zuletzt wurden von einem Bagger große Löcher gegraben und die Wurzelstöcke, von denen einige die Ausmaße eines Heufuders hatten, hineingeschoben. Dadurch kam im wahrsten Sinne das Unterste zuoberst. Der Waldboden, auf dem im Vorjahr noch Schneerosen, Veilchen und Anemonen zwischen Farnen und Moospolstern wuchsen, war nun überdeckt von einer Schicht schweren Lehms. Nur Sumpfgras, dessen Samen wer weiß wie lang in der Tiefe gelegen hatten, ging büschelweise in der bald völlig verbackenen Erde auf. Die Einstrahlung der Sonne, durch nichts mehr abgehalten, zerstörte in kürzester Frist sämtliche Schattengewächse des Gartens, und immer mehr war es einem, als lebe man am Rand einer Steppe. Wo vor kurzer Zeit noch bei Anbruch des Tages die Vögel so zahlreich und so lauthals gesungen hatten, daß man manchmal die Schlafzimmerfenster zumachen mußte, wo die Lerchen am Vormittag über die Felder gestiegen waren und wo man in den Abendstunden bisweilen sogar eine Nachtigall aus dem Dickicht hörte, da vernahm man jetzt kaum noch einen lebendigen Laut.

X

In einem von Thomas Browne nachgelassenen Konvolut vermischter Schriften über den Nutz- und Ziergartenbau, über das Urnenfeld bei Brampton, das Anlegen künstlicher Hügel und Berge, die von den Propheten und heiligen Evangelisten erwähnten Pflanzen, die Insel Island, die altsächsische Sprache, die Antworten des Delphischen Orakels, die von unserem Erlöser gegessenen Fische, die Gewohnheiten der Insekten, die Falknerei, einen Fall von Altersfreßsucht und noch manch anderes mehr befindet sich auch ein

MUSÆUM CLAUSUM

or

Bibliotheca Abscondita

betitelter Katalog merkwürdiger Bücher, Bildnisse, Antiquitäten und sonstiger absonderlicher Dinge, von denen dies oder jenes tatsächlich Teil einer von Browne selber zusammengetragenen Raritätensammlung gewesen sein mag, das allermeiste aber offenbar zum Bestand eines rein imaginären, einzig im Inneren seines Kopfes existierenden und nur über die Buchstaben auf dem Papier zugänglichen Schatzhauses gehörte. Dieses *Musaeum Clausum,* das Browne in einem kurzen Vorwort an einen unbekannten Leser den seinerzeit weithin berühmten Natur- und Kunstkabinetten des Musaeum Aldrovandi, des Musaeum Calceolarianum, der Casa Abbellitta und der Rudolfinischen Repositorien in Prag und in Wien zur Seite stellt, enthält an seltenen Druckwerken und Schriftstücken unter anderem ein aus dem Besitz der Herzöge von Bayern stammendes Traktat des Königs Salomon über die Schatten des Denkens, einen Briefwechsel in hebräischer Sprache zwischen Molinea von Sedan und Maria Schurman von Utrecht, den beiden gelehrtesten Frauen des siebzehnten Jahrhunderts, und ein Kompendium der unterseeischen Botanik, in welchem alles, was auf den Felsengebirgen und in den Tälern des Meeresgrundes wächst, sämtliche Algen, Korallen und Wasserfarne, von niemandem bisher in Augenschein genommene, von warmen Strömungen durchwogte Stauden und mit den Passatwinden von Kontinent zu Kontinent treibende Pflanzeninseln vollständig beschrieben und dargestellt sind. Ferner enthält die Phantasiebibliothek Brownes ein Fragment eines von Strabo zitierten Berichts des Weltreisenden Pytaeas von Marseille, in dem es heißt, daß die Luft im höchsten Norden, jenseits von Thule, von einer den gallertigen Quallen und Seelungen gleichenden sulzartigen und jeden Atem erstickenden Dichte sei, sowie ein verschollenes Poem des Ovidius Naso, *written in the Getick language during his exile in Tomos,* das, eingeschlagen in ein gewachstes Tuch, an den Grenzen von Ungarn, in Sabaria, aufgefunden wurde, eben dort also, wo Ovid, der Überlieferung zufolge, bei seiner Rückkehr vom Schwarzen Meer, sei es nach erfolgter Begnadigung, sei es nach dem Tod des Augustus, gestorben war. Zu sehen ist in dem Museum Brownes, nebst den verschiedensten Kuriositäten, eine Kreidezeichnung des zur Vermeidung der Hitze in der Nacht gehaltenen großen Marktes von Almachera in Arabien; ein Gemälde der zwischen Römern und Jazigen auf der zugefrorenen Donau ausgefochtenen Schlacht; ein Traumbild der Meeresprärie vor den Küsten der Provence; Solyman the Magnificent, zu Pferde, bei der Belagerung von Wien, vor einer bis an den Himmelsrand reichenden Stadt aus lauter schneeweißen Zelten; ein Seestück mit treibenden Eisbergen, auf denen Walrösser, Bären, Füchse und wilde Vögel sitzen; und eine Reihe von Skizzen, welche die furchtbarsten Foltermethoden festhalten für den Beschauer: den Scaphismus der Perser, die bei der Vollstreckung von Todesurteilen in der Türkei übliche stückweise Verkürzung des Körpers, die Galgenfeste der Thraker und das von Thomas Minadori auf das genaueste geschilderte, mit einem Schnitt zwischen den Schulterblättern beginnende Abziehen der Haut bei lebendigem Leib. Irgendwo eingeordnet zwischen Natur und Unnatur, begegnet uns auch *the portrait of a fair English Lady, drawn Al Negro or in the Aethiopian hue,* von viel größerer Schönheit durch diese Verdunkelung, so Browne, als sie sonst wäre in der ihr angeborenen Blässe, und mit der ihm unvergeßlichen Unterschrift: *sed quandam volo nocte Nigriorem.* Außer solchen staunenswerten Schrift- und Kunstwerken sind aufbewahrt in dem *Musaeum Clausum* Medaillen und

Münzen, ein Edelstein aus dem Kopf eines Geiers, ein aus dem Schädelknochen eines Frosches geschnittenes Kreuz, Straußen- und Kolibrieier, die buntesten Papageienfedern, ein Skorbutpulver, hergestellt aus den getrockneten Schlinggewächsen der Sargassosee, *a highly magnified extract of Cachundè employed in the East Indies against melancholy* sowie ein hermetisch verschlossenes Glas mit einem aus ätherischen Salzen gewonnenen Geist, der sich unter dem Einfluß der Taghelle so leicht verflüchtigt, daß man ihn bloß während der Wintermonate beziehungsweise beim Schimmer eines bononischen Karfunkels studieren kann. All das ist verzeichnet in dem an Seltsamkeiten reichen Register des Naturforschers und Arztes Thomas Browne, all das und vieles noch mehr, von dem ich aber jetzt nichts weiter anführen will, außer vielleicht jenes als Wanderstab dienende Bambusrohr, in dessen Inwendigem, zur Zeit des byzantinischen Kaisers Justinian, zwei persische Mönche, die zur Ergründung der Geheimnisse des Seidenbaus lange in China sich aufgehalten hatten, die ersten Eier der Seidenraupe glücklich über die Reichsgrenzen und in den westlichen Weltteil brachten.

Der in den weißen Maulbeerbäumen lebende sogenannte Seidenvogel, *Bombyx mori,* zählt zu den *Bombycidae* oder Spinnern, einer Unterart der *Lepidoptera,* die einige der schönsten aller Nachtfalter aufweist — den großen Hermelin, *Harpyia vinula,* den Pfauenspiegel, *Bombyx Atlas,* die Nonne, *Liparis Monacha* und den Prozessions- oder Hainbuchenspinner *Saturnia carpini.* Der voll ausgebildete Seidenvogel (Taf. 29, Fig. 23) selbst ist jedoch eine unscheinbare Motte, die bei ausgebreiteten Flügeln kaum anderthalb Zoll querwärts und einen Zoll der Länge nach mißt. Die Flügelfärbung ist aschweiß mit blaßbrauner Streifung und einem mondförmigen, öfters kaum kennbaren Fleck. Das einzige Geschäft dieses Schmetterlings ist die Fortpflanzung. Das Männchen stirbt bald nach der Begattung. Das Weibchen legt mehrere Tage hinter-

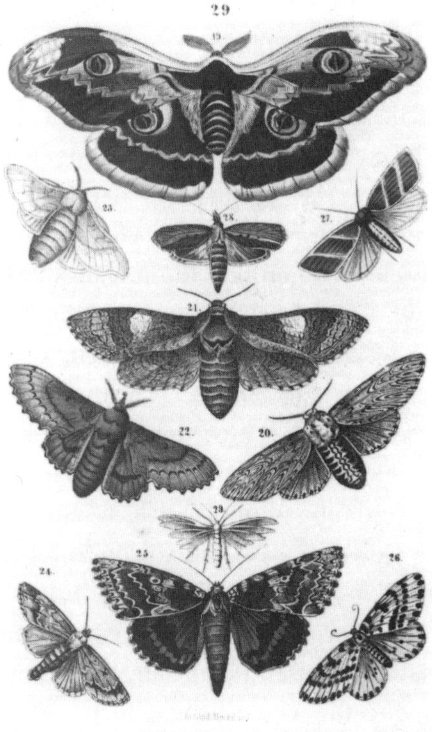

einander drei- bis fünfhundert Eier und stirbt dann gleichfalls. Die aus den Eiern ausschlüpfenden Seidenraupen sind, wie es in einem Conversationslexikon aus dem Jahr 1844 heißt, bey ihrem Eintritt in die Welt mit einem schwarzen, sammetartigen Pelz begabt. Während ihres kurzen, nur sechs bis sieben Wochen dauernden Lebens halten sie vier mal einen Schlaf und gehen aus jedem, die alte Haut verlassend, neugestaltet hervor, stets sich weißer, glatter und größer, also schöner bildend, und endlich sich beynahe ganz durchsichtig machend. Ein paar Tage nach der letzten Häutung bemerkt man am Hals eine Röthe, das Zeichen, daß die Zeit der Verwandlung nahe ist. Die Raupe hört jetzt auf zu fressen, läuft rastlos herum, strebt gegen die Höhe und, gleichsam die niedere Welt verachtend, gegen den Himmel an, bis sie den rechten Platz gefunden hat und beginnen kann mit ihrem Gespinst, das sie aus den harzigen, in ihrem Inneren hergestellten Säften entwickelt. Wenn man eine mit Weingeist getötete Raupe längs des Rückens aufschneidet, so erblickt man ein Bündel vielfach durcheinander gewundener Röhrchen, die wie Gedärme aussehen. Sie laufen vorn am Maul in zwei sehr feinen Öffnungen aus, durch die der erwähnte Saft sich ergießt. Am ersten Arbeitstag spinnt die Raupe ein weitläufiges, unordentliches, unzusammenhängendes Gewebe, das dem Cocon zur Befestigung dient. Und dann baut sie, indem sie immerfort den Kopf hin und her bewegt und so einen ununterbrochenen, nahezu tausend Fuß langen Faden aus sich heraushaspelt, die eigentliche eiförmige Hülle um sich herum. In diesem Gehäuse, das weder der Luft noch der Feuchtigkeit Eingang verstattet, verwandelt sich die Raupe zur Nymphe durch ein letztes Abstreifen ihrer Haut. Der Nymphenstand währt insgesamt zwei bis drei Wochen, bis der oben beschriebene

Schmetterling auskriecht. — Das Vaterland der Seidenraupe scheinen all jene Länder Asiens zu sein, wo der weiße Maulbeerbaum, der ihr zur Nahrung dient, wild angetroffen wird. Hier lebt sie, sich selbst überlassen, im Freien. Ihrer Nützlichkeit halber aber hat der Mensch sie unter seine Pflege genommen. Die Geschichte von China vermerkt darüber, daß zweitausendsiebenhundert Jahre vor dem Anfang der christlichen Zeitrechnung Hoang-ti, der Kaiser der Erde, der mehr als ein Jahrhundert regierte und seine Untertanen Wagen, Schiffe und Schrotmühlen bauen lehrte, seine erste Gemahlin Si-ling-chi bewogen habe, den Seidenwürmern ihre Aufmerksamkeit zu widmen, Versuche anzustellen zu ihrer Verwendung und somit, durch ihre, der Kaiserin Arbeit, das Glück des Volkes vermehren zu helfen. Si-ling-chi nahm daher die Würmer von den Bäumen des Palastgartens und brachte sie unter ihre eigene Obhut in die kaiserlichen Gemächer, wo sie, geschützt von ihren natürlichen Feinden und von der im Frühjahr nicht selten äußerst unregelmäßigen Witterung, so wohl gediehen, daß damit bereits der Anfang der später sogenannten Hausseidenzucht gemacht war, die in der Folge, zusammen mit dem Auflösen der Gespinste und dem Weben und Besticken der Stoffe, zur vornehmlichen Beschäftigung aller Kaiserinnen wurde und aus deren Händen überging in die Hände des gesamten weiblichen Geschlechts. Im Verlaufe von nur wenigen Generationen nahm die Seidenzucht und die Seidenverarbeitung einen derartigen, von den Machthabern stets auf jede nur erdenkliche Weise geförderten Aufschwung, daß der Name China schließlich als der

Name des Landes der Seide und des unerschöpflichen Seidenreichtums galt. Die ganze Breite Asiens durchmaßen die serischen Kaufleute mit ihren seidenbeladenen Karawanen, die vom chinesischen Ozean bis an die Küste des Mittelmeers um die zweihundertvierzig Tage brauchten. Trotz oder vielleicht gerade wegen dieser riesigen Entfernung und aufgrund auch der grausamen Strafen, die auf die Verbreitung des Wissens vom Seidenbau und der Mittel zu seiner Einrichtung außerhalb der Reichsgrenzen standen, blieb die Seidenherstellung Jahrtausende hindurch auf China beschränkt, bis eben die beiden besagten Mönche mit ihren hohlen Wanderstäben eintrafen in Byzanz. Nachdem der Seidenbau am griechischen Hof und auf den Inseln der Ägäis sich entwickelt hatte, dauerte es ein weiteres Jahrtausend, ehe diese kunstreiche Form der Menagerie über Sizilien und Neapel nach dem Norden Italiens, nach Piemont, Savoyen und in die Lombardei gelangte und Genua und Mailand aufblühten als die europäischen Hauptstädte der Seidenkultur. Von Oberitalien aus kam die Kenntnis des Seidenbaus innerhalb eines halben Jahrhunderts nach Frankreich, und zwar in erster Linie durch das Verdienst des bis auf den heutigen Tag als Vater der französischen Landwirtschaft geltenden Olivier de Serres. Sein Leitfaden für den Gutsbesitzer, veröffentlicht im Jahr 1600 unter dem Titel *Théâtre d'agriculture et mesnage de Champs,* der binnen kürzester Frist in dreizehn Auflagen erschien, machte auf Heinrich IV. einen so tiefen Eindruck, daß er ihn, unter Anbietung einer Fülle von Auszeichnungen und Gnaden, als ersten Berater, neben dem Premier- und Finanzminister Sully, nach Paris kommen ließ. De Serres, der die Verwaltung seines eigenen Landguts nur ungern einem anderen übergab, bestand, als Bedingung für die Übernahme des ihm angetragenen Amts, auf der einzigen Gunst, den Seidenbau in Frankreich einführen und zur Erreichung dieses Zwecks zunächst sämtliche wilden Bäume aus den Schloßgärten im ganzen Land ausreuten und die entstandenen leeren Räume mit Maulbeerbäumen bepflanzen zu dürfen. Der König begeisterte sich für den Plan de Serres, hatte jedoch, vor dessen praktischer Umsetzung, den Widerstand des von ihm ansonsten hochgeschätzten Sully zu überwinden, der sich dem Seidenbauprojekt entgegensetzte, sei es, weil er es tatsächlich für einen Unfug größten Ausmaßes hielt, sei es, weil er in de Serres, wohl nicht zu Unrecht, einen aufsteigenden Rivalen vermutete.

Die Gründe, die von Maximilien de Béthune, Duc de Sully, seinem Souverain gegenüber ins Feld geführt wurden, finden sich zusammengefaßt im sechzehnten Buch seiner Memoiren, die, seit ich von diesem Werk

MÉMOIRES
DE SULLY.

LIVRE SEIZIÈME.

IL ne s'agissoit plus que de donner une dernière forme aux conventions qui ve- 1603.

vor Jahren auf einer Auktion in dem nördlich von Norwich gelegenen Landstädtchen Aylsham eine schöne, 1788 bei F. J. Desoer in Lüttich, à la Croix d'or gedruckte Ausgabe für ein paar Schillinge erstanden habe, zu meiner liebsten Lektüre gehören. Das Klima in Frankreich, so beginnt Sully mit seinem Raisonnement, eigne sich nicht für den Seidenbau. Der Frühling komme zu spät, und selbst wenn er einmal da sei, herrsche in der Regel eine viel zu hohe Feuchtigkeit, welche teils auf die Felder sich niedersenke, teils aus denselben aufsteige. Allein dieser ungünstige, durch nichts zu behebende Umstand wirke sich äußerst nachteilig aus, sowohl auf die Seidenwürmer, die nur schwer zum Ausschlüpfen gebracht werden könnten, als auch auf die Maulbeerbäume, für deren Gedeihen milde Luft, insbesondere in der Jahreszeit, in der sie ausschlagen und neue Blätter hervorbringen, die Hauptvoraussetzung sei. Ganz abgesehen aber von dieser grundsätzlichen Erwägung, habe man zu bedenken, so fährt Sully fort, daß die mit dem Landleben in Frankreich verbundenen Arbeiten und Beschäftigungen niemandem, es sei denn dem vorsätzlich Faulen, unnötige Muße gönnten und daß deshalb, wenn man wirklich den Seidenbau in großem Maßstabe einführte, die Arbeitskraft der Landbewohner von ihrem gewohnten Tagwerk und somit von einem sicheren und ertragreichen Erwerb abgezogen und eingesetzt werden müsse für ein in jeder Hinsicht zweifelhaftes Unternehmen. Zwar, so räumt Sully ein, sei das Landvolk für eine solche Umwandlung seiner Lebensgrundlagen aller Voraussicht nach leicht zu gewinnen, denn wer gebe nicht gern ein hartes, mühseliges Geschäft auf für ein anderes, das einem, wie der Seidenbau, kaum eine Anstrengung abfordert? Doch gerade hierin, behauptet Sully in einer von ihm gegenüber dem Soldatenkönig gewiß für besonders geschickt gehaltenen Wendung, liege das, was mehr als jeder Grund sonst gegen die allgemeine Ausbreitung des Seidenbaus in Frankreich spreche, nämlich die Gefahr, daß das Landvolk, aus dem seit jeher die besten Musketiere und Kavalleristen sich rekrutierten, durch eine in Wahrheit nur für Frauen- und Kinderhände taugliche Arbeit seine kräftige, von Ihrer Majestät selber, schreibt Sully, für das Staatswohl für unverzichtbar erachtete Konstitution einbüßen würde und infolgedessen mit dem zur Ausübung der militärischen Kunst nötigen Nachwuchs bald nicht mehr zu rechnen wäre. Dieser durch den Seidenbau bewirkten Degeneration der Landbevölkerung entspreche im übrigen, so Sully weiter, die fortschreitende Korrumpierung der städtischen Klassen durch den Luxus und sein gesamtes Gefolge — Faulheit, Verweichlichung, Lüsternheit und Verschwendungssucht. Viel zuviel werde bereits überall in Frankreich ausgegeben für prachtvolle Gärten und pompöse Paläste, für die teuersten Einrichtungsgegenstände, goldenen Zierat und Porzellangeschirr, für Kutschen und Cabriolets, Festlichkeiten, Likör und Parfum, ja, sagt Sully, selbst für Ämter, die zu Wucherpreisen verschachert, und heiratsfähige Damen aus der gehobenen Gesellschaft, die an den Meistbietenden versteigert werden. Dem generellen Sittenverfall weiter Vorschub zu leisten durch die Einführung des Seidenbaus im ganzen Reich, davon, schreibt Sully, habe er seinem König abraten müssen mit dem Hinweis, daß man jetzt vielleicht auf die Tugenden derer sich besinnen sollte, die mit wenigem ihr Auskommen finden. Den Einwänden des Premiers ungeachtet, etablierte sich die Seidenkultur in Frankreich binnen eines Jahrzehnts, nicht zuletzt auch weil das 1598 erlassene Edikt von Nantes die Tolerierung der bis zu diesem Zeitpunkt den schwersten Verfolgungen ausgesetzten hugenottischen Bevölkerung, zumindest innerhalb gewisser Grenzen, garantierte und somit den Verbleib in ihrem französischen Vaterland eben derjenigen, die beim Aufbau des ganzen Seidenbauwesens die hervorragende Rolle spielten. — Die Adoption des Seidenbaus durch königliches Patronat fand, angeregt durch das französische Beispiel, beinahe zu gleicher Zeit auch in England statt. Jakob I. hatte auf dem Platz, auf dem heute Buckingham Palace steht, einen mehrere Morgen umfassenden Maulbeergarten anlegen lassen, und auf Theobald's, seinem Lieblingslandsitz in Essex, unterhielt er ein eigenes Seidenhaus zur Aufzucht der Raupen. Dermaßen stark war das Interesse Jakobs an diesen emsigen Geschöpfen, daß er Stunden über Stunden damit verbrachte, ihre Lebensgewohnheiten und Bedürfnisse auszustudieren und daß er, selbst auf den Reisen, die er durch sein Reich machte, stets eine große, von einem speziellen Kammerdiener versorgte Schatulle voller königlicher Seidenwürmer mit sich führte. Weit über hunderttausend Maulbeerbäume ließ Jakob in den eher regenarmen ostenglischen Grafschaften setzen und schuf durch diese und andere Maßnahmen die Grundlagen eines bedeutsamen

Manufakturwesens, das zu Beginn des achtzehnten Jahrhunderts in seine Blütezeit eintrat, als, nach Aufhebung des Edikts von Nantes durch Ludwig XIV., über fünfzigtausend hugenottische Flüchtlinge nach England kamen, von denen zahlreiche, die erfahren waren in der Aufzucht der Seidenraupen und in der Herstellung seidener Stoffe, Handwerker und Unternehmerfamilien wie die Lefèvres und die Tillettes, die De Hagues, die Martineaus und die Columbines, in Norwich sich niederließen, der damals nach London zweitgrößten englischen Stadt, wo es seit dem frühen sechzehnten Jahrhundert bereits eine an die fünftausend Seelen zählende Kolonie zugewanderter flämischer und wallonischer Weber gab. Bis 1750, kaum zwei Generationen später, waren die hugenottischen Meisterweber von Norwich aufgestiegen zur wohlhabendsten, einflußreichsten und kultiviertesten Unternehmerklasse im ganzen Königreich. In ihren Betrieben und in denen ihrer Zulieferer herrschte tagaus, tagein die denkbar größte Geschäftigkeit, und wenn damals, so habe ich neulich in einer Geschichte der Seidenmanufaktur in England gelesen, ein Wanderer in der einbrechenden Winternacht unter einem tintenschwarzen Himmel Norwich von fernher sich näherte, dann war es für ihn zum Erstaunen, was für ein Glanz über der Stadt war von dem noch zu später Stunde aus den Gadenfenstern der Werkstätten dringenden Licht. Die Vermehrung des Lichts und die Vermehrung der Arbeit, das sind ja Entwicklungslinien, die parallel zueinander verlaufen. Denke ich heute, wo unser Blick den fahlen Widerschein, der über der Stadt und ihrer Umgebung liegt, nicht mehr zu durchdringen vermag, an das achtzehnte Jahrhundert zurück, dann nimmt es mich wunder, in welch großer Zahl, zumindest an manchen Orten, die Menschen bereits in der Zeit vor der Industrialisierung mit ihren armen Körpern fast ein Leben lang eingeschirrt gewesen sind in die aus hölzernen Rahmen und Leisten zusammengesetzten, mit Gewichten behangenen und an Foltergestelle oder Käfige erinnernden Webstühle in einer eigenartigen Symbiose, die

vielleicht gerade aufgrund ihrer vergleichsweisen Primitivität besser als jede spätere Ausformung unserer Industrie verdeutlicht, daß wir uns nur eingespannt in die von uns erfundenen Maschinen auf der Erde zu erhalten vermögen. Daß darum besonders die Weber und die mit ihnen in manchem vergleichbaren Gelehrten und sonstigen Schreiber, wie man in dem etwa zu jener Zeit in Deutschland veröffentlichten

Magazin für Erfahrungsseelenkunde nachlesen kann, zur Melancholie und zu allen aus ihr entspringenden Übeln neigten, das versteht sich bei einer Arbeit, die einen zwingt zu beständigem krummem Sitzen, zu andauernd scharfem Nachdenken und zu endlosem Überrechnen weitläufiger künstlicher Muster. Man macht sich, glaube ich, nicht leicht einen Begriff davon, in welche Ausweglosigkeiten und Abgründe das ewige, auch am sogenannten Feierabend nicht aufhörende Nachsinnen, das bis in die Träume hineindringende Gefühl, den falschen Faden erwischt zu haben, einen bisweilen treiben kann. Die Kehrseite der Geisteserkrankung der Weber allerdings ist es, und auch das verdient hier festgehalten zu werden, daß viele der in den Jahrzehnten vor dem Ausbrechen der industriellen Revolution in den Manufakturen von Norwich hergestellten Stoffe — *silk brocades and watered tabinets, satins and satinettes, camblets and cheveretts, prunelles, callimancoes and florentines, diamantines and grenadines, blondines, bombazines, belle-isles and martiniques* — von wahrhaft phantastischer Vielfalt und einer in sich leicht changierenden, mit Worten kaum zu beschreibenden Schönheit waren, ganz als seien sie hervorgebracht worden von der Natur selber wie die Federkleider der Vögel. — So jedenfalls denke ich mir oft, wenn ich die wunderbaren Farbstreifen mir ansehe in den an den Rändern und in den Zwischenräumen mit geheimnisvollen Ziffern und Zeichen versehenen Musterbüchern in den Vitrinen des kleinen Museums Strangers Hall, das einmal das Stadthaus einer solchen aus Frankreich exilierten Seidenweberfamilie gewesen ist. Bis zum Niedergang der Nor-

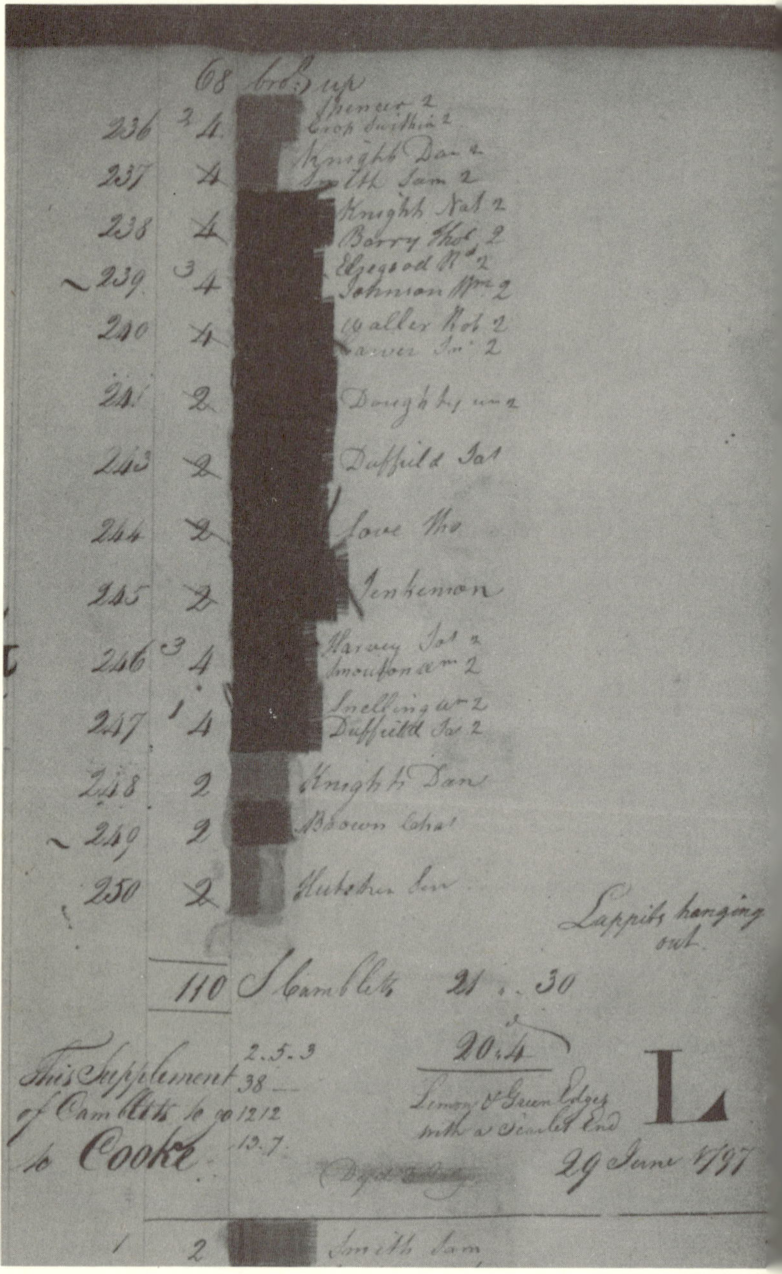
Lappits hanging out.
110 Camblets
This Supplement of Camblets to go to Cooke
Lemon & Green Edges with a Scarlet End
L
29 June 1797

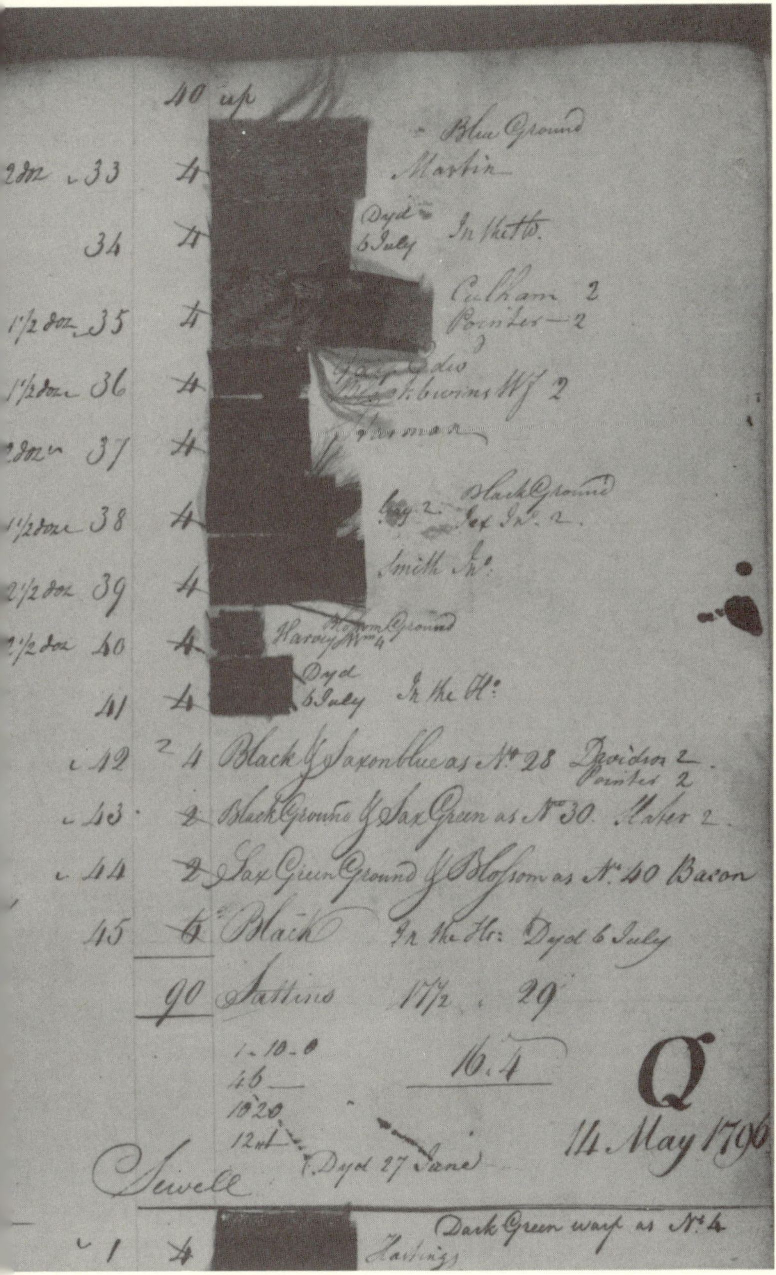
40 up
Blue Ground
Martin
Dyd 6 July In the Ho.
Culham 2
Pointer 2
Black Ground
Smith Jno.
Harvey Wm. 4
Dyd 6 July In the Ho.
Black & Saxon blue as No. 28 Davidson 2 Pointer 2
Black Ground & Sax Green as No. 30. Maker 2.
Sax Green Ground & Blossom as No. 40 Bacon
Black In the Ho: Dyd 6 July
90 Sattins 17/2 29
16.4
Q
14 May 1796
Dyd 27 June
Sewell
Dark Green warp as No. 4
Hastings

wicher Manufaktur gegen Ende des achtzehnten Jahrhunderts lagen diese Musterkataloge, deren Seiten mir immer als Blätter aus dem einzig wahren, von keinem unserer Text- und Bildwerke auch nur annähernd erreichten Buch erschienen sind, in den Kontoren der Importeure überall in Europa, von Riga bis Rotterdam, von St. Petersburg bis Sevilla. Und die Stoffe selber gelangten von Norwich aus auf die Warenmessen von Kopenhagen, Leipzig und Zürich und von dort in die Lager der Grossisten und Handelshäuser, und das eine oder andere halbseidene Hochzeitstuch vielleicht gar in der Buckelkraxe eines jüdischen Hausierers bis nach Isny, Weingarten oder Wangen.

Selbstredend wurden auch in dem damaligen, eher rückständigen Deutschland, wo man in manchen Residenzstädten am Abend noch die Schweine über den Schloßplatz trieb, die größten Anstrengungen zum Emporbringen des Seidenbaus unternommen. In Preußen hatte Friedrich versucht, mit Hilfe der französischen Eingewanderten eine staatliche Seidenkultur ins Leben zu rufen, indem er die Anlage von Plantagen verordnete, Seidenwürmer gratis verteilen und für die, welche mit der Seidenzucht nutzbringend sich beschäftigten, beträchtliche Preise aussetzen ließ. 1774 wurden allein in den Provinzen Magdeburg, Halberstadt, Brandenburg und Pommern an die siebentausend Pfund reine Seide gewonnen. Gleiches geschah in Sachsen, in der Grafschaft Hanau, in Württemberg, Ansbach und Baireuth, durch den Fürsten von und zu Liechtenstein auf seinen Gütern in Österreich und in der Rheinpfalz durch Karl Theodor, der, als er 1777 nach Baiern kam, auch in München sogleich eine General-Seidendirektion gründete. In Freising, Egelkofen, Landshut, Burghausen, Straubing und in der Landeshauptstadt selbst wurden ohne Verzug bedeutende Seidengärten angelegt und auf allen Spaziergängen, Remparts und entlang sämtlicher Straßen Maulbeerbäume gepflanzt, Seidenhäuser und Filatorien gebaut, Fabriken eingerichtet und ein Heer von Beamten angestellt. Seltsamerweise aber kam der in Baiern und in den anderen deutschen Fürstentümern mit solcher Tatkraft geförderte Seidenbau bereits vor seiner völligen Entfaltung zum Erliegen. Die Maulbeergärten verschwanden wieder, die Bäume wurden für Brennholz umgehauen, die Angestellten pensioniert, die Siedkessel, Filierungsmaschinen und Stellagen abgebrochen, verkauft oder verschleppt. Unter dem 1. April 1822 setzt die Königliche Hofgarten-Intendanz das Generalkomité des Landwirthschaftlichen Vereins davon in Kenntnis, daß der noch am Leben sich befindende alte Kunstschönfärber Seybolt, der, wie es in dem heute noch in der Münchener Staatsbibliothek liegenden Aktenstück heißt, dahier bey der unter der vorigen Regierung bestandenen Seidenanstalt als Wärter der Seidenwürmer und Aufseher bey der Abhaspelung und Filirung während neun Jahren mit 350 fl. angestellt war, ihr, der Intendanz, zu Protokoll gegeben habe, daß seinerzeit auf allerhöchsten Befehl auf den Vorfeldern um die ganze Stadt viele Tausende von Maulbeerbäumen gepflanzt und numeriert worden seien, die schnell zu einer erstaunenden Größe heranwuchsen und auch vortreffliche Blätter lieferten. Von diesen Bäumen, sagte

Seybolt, stehe jetzt bloß noch einer im Garten des v. Utzschneiderischen Tuchfabrik-Gebäudes vor dem Einlaßthor, und ein zweyter, soviel er wisse, im Hausgarten der vormaligen Augustiner, welche auch kleine Versuche mit der Seidenzucht anstellten. Die Hauptursache für den Verfall der Seidenzucht, so bald schon nach ihrer Einführung, lag nicht nur darin, daß die merkantilischen Rechnungen nicht aufgingen, sondern vorab in der despotischen Weise, in der die deutschen Landesherren, koste es, was es wolle, sie voranzubringen suchten. Aus einer Denkschrift des baierischen Gesandten in Karlsruh, Herrn Grafen von Reigersberg, in welcher auf die Aussagen des allein in Schwetzingen mit der Seidenzucht noch beschäftigten Plantagen-Inspektors Kall Bezug genommen wird, geht hervor, daß in der Rheinpfalz, wo der Seidenanbau ehedem am meisten betrieben wurde, jeder Unterthan, Beamte, Bürger oder Beysaß, welcher mehr als einen Morgen liegendes Eigenthum hatte, ohne alle Rücksicht auf seine Verhältnisse und auf den Zweck, dem er seine Felder gewidmet, innerhalb einer bestimmten Zeit sechs Bäume per Morgen aufweisen mußte. Jeder angehende Bürger mußte zwey, jeder Beysaß einen, jeder neue mit Schild=, Back= oder Feuergerechtigkeit versehene Unterthan einen, weiter, alle Kameral=, Zeit= und Erbbeständer eine bestimmte Anzahl Bäume pflanzen, alle Gemeindeplätze, Straßen, Dämme, Gemarkungsgräben, ja selbst die Kirchhöfe mußten bepflanzt werden, so daß die Unterthanen jährlich hundertausend Stück Bäume aus den Baumschulen der staatlichen Seidenkompagnie zu kaufen gezwungen waren. Das Einsetzen und

Aufhacken der Maulbeerbäume wurde den zwölf jüngsten Bürgern in jeder Gemeinde zur Privatlast gemacht. Hinzu kam die kostspielige Anstellung von neunundzwanzig Seidenbau=Obmännern sowie die von Spezialaufsehern für jeden einzelnen Ort mit der Belohnung von Personal= und Fronfreiheit, Nahrungsschatzung und Diäten von 45 kr. per Tag. Die infolge dieser Verordnung entstehenden Kosten mußten teils direkt aus Gemeindemitteln gedeckt, teils dem Landmann auf dem Steuerweg aufgedrungen werden. Eine solche, durch den wahren Wirtschaftswert des Seidenunternehmens in nichts gerechtfertigte Belastung machte, im Verein mit den drastischen Geld- und Leibesstrafen, die auf jederlei Seidenfrevel standen, die an sich gute Sache unter dem Volk auf das tiefste verhaßt und mündete in ewigen Eingaben, Konzessionsgesuchen, Klagen und Prozessen, die die höheren Justiz- und Verwaltungsbehörden auf Jahre hinaus mit Papier- und Schreibwerk überfluteten, bis, nach dem Ableben Karl Theodors, der Kurfürst Max Joseph dem immer uferloser werdenden Unsinn durch Aufhebung der ganzen Zwangsanstalt ein für allemal, wie man meinte, den Boden entzog. — Auch die im Jahr 1811, also um die Zeit des Niedergangs der deutschen Seidenkultur bei dem Kaiserlich Königlichen Hofkriegsrath in Wien anlangenden Berichte der von ihm mit der Erforschung des Seidenbaus im Freien beauftragten sogenannten Gränzregimenter waren alles andere als ermutigend. Von dem Wallachisch=Illyrischen Gränzregiment aus Caransebes und dem Deutschbanatischen Gränzregiment Nr. 12 aus Pancsova trafen, gezeichnet von den Obersten Michalevics und Hordinsky, beinahe gleichlautende Memoranden ein, dahingehend, daß, nach anfänglichen Hoffnungen, das Wurmgeschlecht gut aufbringen zu können, dasselbe durch Sturmwinde und Platzregen, beziehungsweise, in Glogau, Perlasvarosch und Isbitie, wo die Würmer bereits den ersten, und in Homolitz und Oppowa, wo sie schon den zweyten Schlaf getan hätten, durch eingetretenen Hagelschlag vom Laube herabgeworfen worden und zugrunde gegangen sei. Nebenbey, heißt es weiter, litten die Würmer durch ihre zahlreichen Feinde, die Spatzen und Staaren, welche die in die Bäume gesetzte Brut mit großer Begierde verschlangen. Oberst Minitinovich vom Gradiskaner Regiment klagt über die schlechte Eßlust der Würmer, über gähe Witterungsveränderungen, wilde Gelsen, Wespen und Fliegen, und Oberst Milletich vom Broder Gränzregiment Nr. 7 gibt an Handen, daß die den 12. Julei auf den Bäumen noch befindlichen Würmer und nachherigen Papillons von der heuer gewesenen großen Hitze teilweise verbrannt worden, oder aber, da sie das schon sehr starke Laub nicht fressen konnten, abgestanden seien. Dieser Rückschläge ungeachtet unternahm es der baierische Staatsrath Joseph von Hazzi in einem von ihm im Jahr 1826 vorgelegten *Lehrbuch des Seidenbaus für Deutschland,* die Serikultur, unter tunlicher Vermeidung bisheriger Mißgriffe und Fehler, als einen wichtigen Zweig der allmählich nun aufstrebenden Nationalökonomie mit Nachdruck zu befürworten. Das als vollständiges Unterrichtsprogramm konzipierte Werk von Hazzis schließt an an die von dem Vareser Grafen Dandolo 1810 in Mailand herausgebrachte Schrift *Dell arte di governare i bachi da Setta,* an Bonafous *De l'éducation des vers à soie,* Bolzanos *Wegweiser zum Seidenbau* und Kettenbeils *Anleitung zur Behandlung des Maulbeerbaums und Erziehung der Seidenraupe.* Es käme, schreibt von Hazzi, um den Seidenbau in Deutschland aus dem Grabe steigen zu machen, vor allem darauf an, die begangenen Fehler einzusehen, welche, seines Erachtens, sich ergeben hätten aus obrigkeitlicher Regie, staatsmonopolistischen Bestrebungen und einem jeden Unternehmergeist in einem fast schon lachhaften Reglement erstickenden Verwaltungsunwesen. Zum Seidenbau bedürfe es, nach Ansicht von Hazzis, keiner eigenen Gebäude und Anstalten, die immer kostspielig blieben und Kasernen oder Spitälern glichen, sondern er müsse, wie ehemals in Griechenland und Italien geschehen, gleichsam aus dem Nichts geboren und in gewöhnlichen Zimmern und Gemächern als eine Nebensache unterhalten werden von Frauen und Kindern, vom Hausgesinde, von den Armen und Alten, kurz von all denjenigen, welche jetzt noch ausgeschlossen seien von jedem Verdienst. Nicht allein unbestreitbare wirtschaftliche Vorteile im Wettbewerb mit anderen Nationen brächte ein solcher, auf eine populäre Grundlage gestellter Seidenbau nach von Hazzi mit sich, sondern auch die bürgerliche Verbesserung des Weibergeschlechts und aller anderen an ein regelmäßiges Arbeiten ungewohnten Teile der Bevölkerung. Zudem sei die Beobachtung des unscheinbaren Insekts, wie es unter menschlicher Pflege sich stufenweise entwickelt und zuletzt die zartesten und nützlichsten Stoffe hervorbringt, ein höchst schickliches Mittel zur Bildung der Jugend. Die für jedes Gemeinwesen unabdingbaren Tugenden der Ordnung und der Sauberkeit könnten, so schreibt von Hazzi, seiner Überzeugung nach günstiger nicht in die niedrigeren Schichten getragen werden als durch die allgemeine Ausbreitung des Seidenbaus, ja er gewärtige sich, schreibt von Hazzi, durch die Aufzucht der Seidenraupe im Schoße der Mehrzahl der deutschen Familien geradezu eine moralische Umwandlung der Nation. In der weiteren Folge räumt von Hazzi verschiedene mit dem Seidenbau verbundene falsche Vorstellungen und Vorurteile aus, wie etwa, daß die Würmer am besten in Mistbeeten oder im Busen junger Mädchen ausgebrütet würden, daß man ihnen, wenn sie ausgeschlüpft sind, an kühlen Tagen den Ofen heizen, bei Donnerwetter die Läden schließen und zur Zerstörung unguter Miasmen Wermuthbüschel in die Fenster hängen müsse. Weit vernünftiger sei es, so von Hazzi, in allem nur auf die strengste Disziplin und Hygiene zu halten, die Zimmer täglich zu lüften und gegebenenfalls mit billig aus Meersalz, Braunsteinpulver und ein wenig Wasser herzustellendem Chlorgas auszuräuchern. Gelbsucht, Auszehrung und andere Übel unter den Raupen seien so ohne Schwierigkeit zu vermeiden und eine in jeder Hinsicht nutz- und gewinnbringende Volksindustrie durch das in weitesten Kreisen wie von selber sich vermehrende Wissen so gut wie sichergestellt. Die Vision des Staatsrathes von Hazzi von einer durch die Seidenkultur vereinigten, zu höheren Zwecken sich fortbildenden Nation fand zwar seinerzeit, wohl aufgrund der vorangegangenen und noch nicht weit genug in die Vergangenheit gerückten Fehlschläge, keinen Anklang, wurde aber, nach hundertjähriger Remission, mit der den deutschen Faschisten in allem, was sie verfolgten, eigenen Gründlichkeit wieder aufgegriffen, wie ich zu meiner nicht geringen Verwunderung entdeckte, als ich im Sommer letzten Jahres auf der Kreisbildstelle des Ortes, an dem ich aufgewachsen bin, bei der Suche nach dem mir im Zusammenhang mit meiner Arbeit wieder in Erinnerung gekommenen Unterrichtsfilm über die Heringsfischerei in der Nordsee auf einen offenbar für dieselbe Serie gemachten Streifen über den deutschen Seidenbau stieß. Im Gegensatz zu dem ungeheuer dunklen, fast mitternächtlichen Heringsfilm war der Seidenbaufilm erfüllt von einer wahrhaft blendenden Helligkeit. Männer und Frauen in weißen Laborantenkitteln hantierten da in lichtdurchfluteten, frischgeweißelten Räumen mit schneeweißen Spinnrahmen, schneeweißen Papierbögen, schneeweißer Abdeckgaze, schneeweißen Kokons und schneeweißen leinenen Versandsäkken. Der ganze Film hatte einen die beste und sauberste aller Welten versprechenden Charakter, ein Eindruck, der sich durch die Lektüre des wohl in erster Linie für die Lehrer gedachten Beihefts noch verstärkte. Unter Bezugnahme auf den vom Führer auf dem Reichsparteitag 1936 verkündeten Plan, daß Deutschland innerhalb von vier Jahren in all jenen Stoffen, die irgendwie durch deutsche Fähigkeit beschafft werden können, unabhängig sein müsse, heißt es da, daß dies, selbstredend, auch für den Seidenbau zutreffe und daß, dementsprechend, vermittels des vom Reichsminister für Ernährung und Landwirtschaft, vom Reichsarbeitsminister, vom Reichsforstmeister und vom Reichsminister für Luftfahrt verabschiedeten Seidenbau-Aufbauprogramms eine neue Anbauperiode in Deutschland eingeleitet worden sei. Die Reichsfachgruppe Seidenbauer e.V., Berlin, in dem dem Reichsnährstand angegliederten Reichsver-

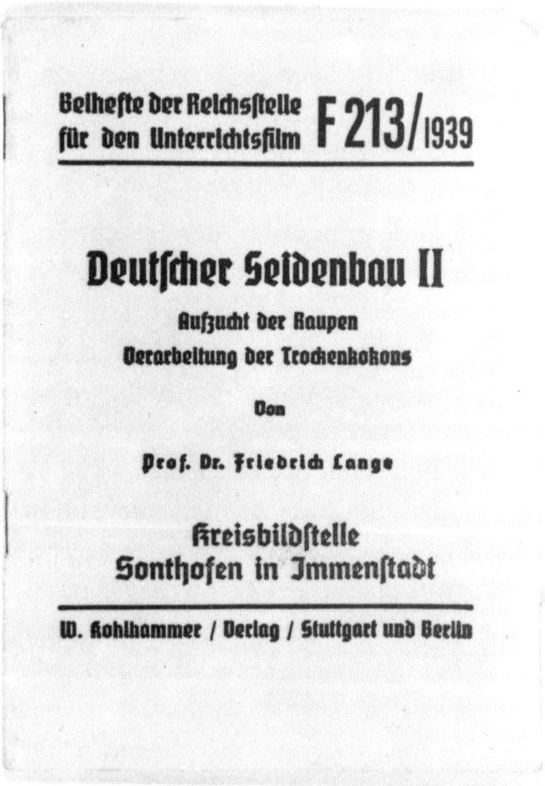
Beihefte der Reichsstelle für den Unterrichtsfilm F 213/1939

Deutscher Seidenbau II

Aufzucht der Raupen
Verarbeitung der Trockenkokons

Von

Prof. Dr. Friedrich Lange

Kreisbildstelle
Sonthofen in Immenstadt

W. Kohlhammer / Verlag / Stuttgart und Berlin

band Deutscher Kleintierzüchter e.V. betrachte als seine Aufgabe die Leistungssteigerung in allen vorhandenen Betrieben, die Werbung für den Seidenbau durch Presse, Film und Funk, die Einrichtung von

Beispielsraupereien zu Schulungszwecken, die Betreuung aller Seidenbauer durch die Organisation der Landes-, Kreis- und Ortsfachgruppenvorsteher, die Vermittlung des Maulbeerpflanzenbedarfs und die Anpflanzung von Millionen von Maulbeerbäumen auf bisher ungenutztem Boden, in Wohnsiedlungen und auf Friedhöfen, an Wegrändern und an Bahndämmen und entlang der Reichsautobahnen. Die Bedeutung des Seidenbaus für Deutschland, heißt es in den Ausführungen Professor Langes, des Verfassers des Beihefts F213/1939, bestehe nicht allein darin, daß die den Devisenmarkt unnötig belastenden Auslandskäufe eingestellt werden müßten, sondern auch in der wichtigen Rolle, welche der Seide im Rahmen der fortschreitenden Aufrichtung einer unabhängigen Wehrwirtschaft zukomme. Aus diesem Grund sei auch in den Schulen das Interesse der deutschen Jugend am Seidenbau zu wecken, allerdings nicht, wie unter Friedrich dem Großen, durch Zwang. Vielmehr gelte es, die Lehrer- und Schülerschaft aus freier Entscheidung für den Seidenbau zu gewinnen. Eingehend auf die Möglichkeiten schulischer Pionierarbeit auf dem Gebiet des Seidenbaus, schreibt Professor Lange, daß die Schulhöfe mit Maulbeerhecken umsäumt und die Seidenraupen in den Schulhäusern aufgezogen werden könnten. Schließlich sei ja die Seidenraupe, so fügt Professor Lange noch an, über ihren offenkundigen Nutzwert hinaus auch ein nahezu idealer Gegenstand für den Unterricht. In beliebiger Menge praktisch unkostenfrei erhältlich und als völlig »zahmes Haustier« ohne Käfig oder Gehege zu halten, sei die Seidenraupe in jeder Entwicklungsstufe zu den verschiedensten Versuchsanordnungen (Wägungen, Messungen und drgl. mehr) verwertbar. Bau und Besonderheiten des Insektenkörpers seien an ihr aufzuzeigen, desgleichen Domestikationserscheinungen, Verlustmutationen sowie die in der menschlichen Zuchtarbeit notwendigen Grundmaßnahmen der Leistungskontrolle, Auslese und Ausmerzung zur Vermeidung rassischer Entartung. — In dem Film selbst zu sehen ist der Empfang des von der Reichsanstalt für den Seidenbau in Celle versandten Eimaterials durch den Züchter, das Auslegen in sauberen Fächern, das Ausschlüpfen und die Fütterung der heißhungrigen Raupen, das mehrmalige Umbetten, die Spinnarbeit in den Hürden und endlich die Abtötung, die hier nicht, wie früher oft, dadurch geschieht, daß man die Kokons der Sonne aussetzt oder sie in einen warmen Backofen schiebt, sondern über einem beständig am Sieden gehaltenen eingemauerten Waschkessel. Drei Stunden müssen die in flachen Körben ausgebreiteten Kokons über dem aus dem Schaff aufsteigenden Wasserdampf liegenbleiben, und wenn man mit einer Menge fertig ist, so fährt man mit der nächsten fort, so lange, bis das ganze Tötungsgeschäft vollendet ist.

Heute, da ich meine Aufzeichnungen zum Abschluß bringe, schreibt man den 13. April 1995. Es ist Gründonnerstag, der Tag der Fußwaschung und das Namensfest der Heiligen Agathon, Carpus, Papylus und Hermengild. Auf den Tag genau vor dreihundertsiebenundneunzig Jahren wurde von Heinrich IV. das Edikt von Nantes erlassen; wurde in Dublin, vor zweihundertdreiundfünfzig Jahren, das Messias-Oratorium Händels uraufgeführt; Warren Hastings, vor zweihundertdreiundzwanzig Jahren zum Gouverneur von Bengalen ernannt; in Preußen, vor einhundertdreizehn Jahren, die antisemitische Liga gegründet und ereignete sich, vor vierundsiebzig Jahren, das Massaker von Amritsar, als der General Dyer zur Statuierung eines Exempels das Feuer eröffnen ließ auf eine fünfzehntausendköpfige aufständische Menge, die zusammengelaufen war auf dem unter dem Namen Jallianwala Bagh bekannten Platz. Nicht wenige der damaligen Opfer mögen beschäftigt gewesen sein in dem damals in der Gegend von Amritsar wie in Indien überhaupt auf den einfachsten Grundlagen sich

entwickelnden Seidenbau. Vor nunmehr fünfzig Jahren auf den Tag wurde in den englischen Zeitungen gemeldet, daß die Stadt Celle gefallen sei und daß die deutschen Truppen vor der unaufhaltsam vordringenden Roten Armee das Donautal hinauf sich im vollsten Rückzug befänden. Ja, und zuletzt, wie wir am Morgen früh noch nicht wußten, ist Gründonnerstag, der 13. April 1995 auch der Tag, an dem Claras Vater, kurz nach seiner Einlieferung in das

Coburger Spital, aus dem Leben geholt wurde. Indem ich jetzt, wo ich dies niederschreibe, noch einmal unsere beinahe nur aus Kalamitäten bestehende Geschichte überdenke, kommt es mir in den Sinn, daß einst für die Damen der gehobenen Stände das Tragen schwerer Roben aus schwarzem Seidentaft oder schwarzer Crêpe de Chine als der einzige angemessene Ausdruck der tiefsten Trauer gegolten hat. So soll beispielsweise bei dem Leichenbegängnis der Königin Victoria die Herzogin von Teck erschienen sein in einem, wie es in den zeitgenössischen Modejournalen hieß, wahrhaft atemberaubenden, von dichten Schleiern umwogten Kleid aus schwarzer Mantuaseide, von der die Seidenweberei Willett & Nephew in Norwich, unmittelbar vor ihrer endgültigen Schließung, zu diesem einzigen Zweck und zur Demonstration ihrer auf dem Gebiet der Trauerseide nach wie vor unübertroffenen Kunstfertigkeit eine sechzig Schritt lange Bahn herstellte. Und Thomas Browne, der als Sohn eines Seidenhändlers dafür ein Auge gehabt haben mochte, vermerkt an irgendeiner, von mir nicht mehr auffindbaren Stelle seiner Schrift *Pseudodoxia Epidemica,* in Holland sei es zu seiner Zeit Sitte gewesen, im Hause eines Verstorbenen alle Spiegel und alle Bilder, auf denen Landschaften, Menschen oder die Früchte der Felder zu sehen waren, mit seidenem Trauerflor zu verhängen, damit nicht die den Körper verlassende Seele auf ihrer letzten Reise abgelenkt würde, sei es durch ihren eigenen Anblick, sei es durch den ihrer bald auf immer verlorenen Heimat.

ÜBER DEN AUTOR

W. G. Sebald, geboren 1944 in Wertach im Allgäu, ging nach seinem Studium in die französische Schweiz und nach England; er war Schullehrer in St. Gallen und Lektor an der Universität Manchester. Seit 1970 lebt er als Dozent in Norwich.

Veröffentlichungen: DIE BESCHREIBUNG DES UNGLÜCKS. Salzburg 1985; NACH DER NATUR. EIN ELEMENTARGEDICHT. Nördlingen 1988; SCHWINDEL. GEFÜHLE. Frankfurt am Main [Die Andere Bibliothek] 1990; UNHEIMLICHE HEIMAT. ESSAYS ZUR ÖSTERREICHISCHEN LITERATUR. Salzburg 1991; DIE AUSGEWANDERTEN. Frankfurt am Main [Die Andere Bibliothek] 1992.

INHALT

Die Ringe des Saturn. Eine englische Wallfahrt von W. G. Sebald ist im Oktober 1995 als einhundertdreißigster Band der Anderen Bibliothek im Eichborn Verlag, Frankfurt am Main, erschienen.

Das Bildmaterial zu dieser Erstausgabe wurde vom Autor selbst zusammengestellt. Die photographischen Arbeiten besorgte Michael Brandon-Jones.

Für die Erlaubnis der Reproduktion aus dem Seidenbuch sei dem Norfolk Museum Service, insbesondere John Renton, freundlich gedankt.

Das Lektorat lag in den Händen von Roswitha Gerlach.

Dieses Buch wurde in der Buchdruckerei Greno in Nördlingen aus der Korpus Dante Monotype gesetzt und auf einer Condor-Schnellpresse gedruckt. Das holz- und säurefreie mattgeglättete 100 g/qm Bücherpapier stammt aus der Papierfabrik Niefern. Den Einband besorgte die Buchbinderei G. Lachenmaier in Reutlingen.

1. bis 10. Tausend, Oktober 1995. Einmalige, limitierte Ausgabe im Buchdruck vom Bleisatz.

ISBN 3-8218-4130-3.

Von jedem Band der ANDEREN BIBLIOTHEK gibt es eine Vorzugsausgabe mit den Nummern 1–999.

Linstead Parva
Chediston
Chediston Green
HALESWORTH
Holton
Upper Holton
Broadway
Cookley
Cookley Green
Walpole
Huntingfield
Heveningham
Bramfield
Sibton Green
Sibton
Peasenhall
River Yox
Hemp Green
Yoxford
DARSHAM STA
Minsmere River
Rotten End
Bruisyard
Rendham
Sweffling
Kelsale
Carlton
SAXMUNDHAM
North Green
Great Glemham
Silverlace Green
ROMAN ROAD
B 1123
B 1117
A 1120
A 144
B 1122
B 1119
A 12(T)